# 邀請妳參加我的每一場葬禮

穹魚 著

每一次睜眼，都像是重生。
這是一份禮物，也是一份補償。
飄盪，落下，開花，然後再次起飛。
也許有一天會靠岸。
但在這之前，我會繼續旅行。

我在妳的每一堂課，
邀請妳參加我的每一場葬禮。

# 目次

第一幕

# 遲到的23號同學

# 引子

每間大學都有自己的傳說。

校園七大不可思議：許願成真的情人湖、半夜在牆壁走路的蔣公雕像……類似，之類。而在這間大學的某間教室裡，也有著一個傳說。這個傳說，只有選修某堂課的學生才有機會碰到。它不被外人知悉，學生們默默放在心裡，當成一輩子的祕密。

在這堂課，永遠會有一個空位。這個座位不屬於任何人，但是每週都會有不同的旁聽生前來聽課。有年紀八十歲的老公公，有年僅十歲的小女孩；有珠光寶氣的貴婦，有身上還裹著報紙的流浪漢；有穿著筆挺西裝的中年大叔，也有忘記紮衣服的染髮國中生。

來自社會各階層，不管男女老少，你能想像到的人都有。全部，都是為了這堂課而來。

有人說，這些不同的旁聽生，是因為仰慕老師而來；有人說，他們是真心話大冒險輸掉的受害者；有人說，他們是神祕宗教的信徒，來這邊是因為神祕神明的神祕旨意；也有人說，這些不同的旁聽生，其實根本不是人。

針對這奇怪現象，老師從未解答，旁聽生們也不曾替其他同學解惑。僅僅是來到這邊上課，下課後自動離開，就這麼簡單。每週都來，從不缺課。

上課時，老師不會特別注意這些旁聽生，也不太會問他們問題——僅僅是偶爾，當他們的視線相遇時，彷彿會產生一道溫柔的光。彷彿有一份默契，存在於這對素昧平生的陌生人之間。

今天，一輛跑車直接開進了校園。

就算是見過大風大浪的大學生，也鮮少看見這麼高調的登場方式，沿路的學生不禁多看了幾眼。等到跑車胡亂停好，車主人下車後，立刻有更多學生看傻了眼。下車的是一個很美、很美，絕對是明星等級的美女——不，她真的就是明星。

「等等，那不是梁芝穎嗎？」

「咦？好像是喔！她為什麼會來我們學校？」

「是來拍戲嗎？我可以去要簽名嗎？」

「不過，她怎麼穿著……那是戲服嗎……？」

學生們竊竊私語，驚訝地看著偶像級的人物就這麼現身。

只因為這位名氣頗大的女明星，身上還穿著一件印著卡通圖案的睡衣；當她雙腳一踏到地面，就以跑百米的速度往山頂狂奔而去。

「遲到了遲到了要遲到了！」

梁芝穎沒有任何氣質地吼著，長髮飄逸、全速往上。

學生們看著和螢幕中形象截然不同的偶像絕塵而去，紛紛愣在原地。

「……」

「她……是來上課的嗎？」
「呃，她是我們學校的學生嗎？」
「而且她好像沒有穿鞋子……」
「……」女明星遠去，留下後方滿滿傻眼。

學校最高的大樓，五樓。等到梁芝穎衝到這邊，已經是汗流浹背、氣喘如牛。
「一看就是……一看就是……完全沒在運動……」
梁芝穎雙腳無力，幾乎要撲倒在地。幸好，在她虛脫以前，她已經抵達目的地。她抬頭，看著前方的503教室大門——對她來說，沒辦法準時抵達這邊，比什麼都還可怕。
「接下來，就按照我的一貫風格，保持低調，不吸引任何注目地進去吧。」梁芝穎這樣想著，伸手按住門把。轉動。
門開。教室內所有視線一齊射至。
「……」梁芝穎僵在原地，還維持著推門進去的姿勢。一個清冷的聲音傳了過來。
「23號同學，妳遲到了。」
「……」女明星的臉立刻變成苦瓜，只能默默地走進教室，默默地走到自己的專屬座位坐好。
那是最後一排、最後一個位置，獨屬於旁聽生的特等席。學生一下子就認出她，興奮地竊竊私語起來。果然，只要待在這堂課夠久，誰都能遇到。而這堂課的老師，果然不在意今天出現的是誰，就算是明星也照罵不誤。

「對不起，臨時有事。」梁芝穎只能用道歉回應老師的銳利視線。

……那眼神真的很銳利，讓她全身寒毛都豎了起來。

「都已經剩沒幾堂課了，還敢遲到？」女老師淡淡說道：「下週請準時。」幾個學生噗哧一聲笑了出來。

「老師，她也只會來這一次呀。」

「難得有大明星來，只上一堂課好可惜喔。」

「不過，不管是誰，都只會來上一堂課嘛。」

「下週不知道會換誰？看來如果市長來也不意外了。」

「真的好可惜要期末了……」

大家談論著，直到老師輕輕地一拍桌子才安靜下來。

「作為遲到的代價，23號同學——」女老師凝視著台下遲到的旁聽生，一字一字問道：「請你回答我一個問題。」

「咦，什麼問題？」梁芝穎不禁愣了一下。女老師看著那位旁聽生。她的眼神，與他的眼神。

余思蘋輕輕一笑。

「請你告訴我，蒲公英的花語是什麼。」

「無論你是誰，我都能找到你。」

# 01

「黃皓修先生，我必須很遺憾地通知你兩件事情。」

「哪兩件事情？」

「第一件事情，你已經死了。」

「什麼？」

「第二件事情，你本來不該死的。」

「什麼！」

「不過別擔心，我是來補償你的。」

「等等，你到底是誰？」

「我是死神，帶著一筆你無法拒絕的交易而來。」

這，就是故事的開頭。遠在於皓修、思蘋相遇之前，很久、很久以前。一切皆始於一場意外，一切皆始於這筆交易。因為這場交易，皓修成了人世間最特別的存在——一個旅人。

對普通人來說，跨越縣市就算是旅行；對有錢一點、或捨得花錢的人來說，搭飛機出國算是旅行；對浪漫一點的人來說，用雙腳走遍台灣也是旅行；對沒錢的人來說，任何踏出生活圈的行為都叫旅行。

而對於皓修來說，他的旅行與眾不同：以七天為一個單位，他在不同的身體間旅行。

皓修曾睜開眼睛，發現自己正泡在溫泉裡。白氣氤氳，泉水溫度正好，皓修背後卻瞬間滲出大量冷汗。只因為泡在身邊的，是一群刺龍刺鳳、臉孔猙獰的大漢。

「……」皓修儘量不動聲色，慢慢地從泉水中站起，想要離開。

「大哥！」所有大漢也同時站起，水花四濺中同時躬身。

「……」皓修默默地坐回水中——這之後，他足足泡了六個小時，才與同樣泡了六小時的手下離開。好像是被集體抬出去的。

有時候，皓修睜開眼睛時——第一個聽見的聲音，就是異常深情的呼喚。

「啊！我親愛的茱麗葉！」然後，緊接著就是一張嘟起來的大嘴，正不斷朝自己靠近！

「……！」皓修在還來不及反應過來前，先本能地抬起了膝蓋。對方兩眼一吊，屈膝，軟倒。底下，數千道同時倒抽一口氣的聲音傳進耳朵。皓修這才發現，自己正站在一個舞台上，強光燈照耀，身上還穿著厚重且華麗的戲服。台下的觀眾，後台的工作人員，正呆滯地看著自己。而這齣舞台戲的男主角，正臉色鐵青著癱在前方。

「羅密歐，你怎麼突然就死了呢！」皓修只能當場大哭，狠狠抱住對方。

有時候，皓修睜開眼睛時，發現自己躺在垃圾堆裡——垃圾堆？

在不知道來源是垃圾堆還是自己的臭氣中，皓修踢開身上報紙，狼狽地從垃圾堆中爬起。過了幾秒，他才發現自己是被尖銳的哨聲驚醒的。

——哨聲？一回頭，他立刻看到數個警察，一面吹著哨子，一面朝這邊奔來。而一旁，見機的幾個遊民，早就熟練地一把抓住所有家當，邁開腳步而去。

「混帳死神！」皓修慘叫，連忙跟著開跑。

他知道，這是為了他上次旅行到那位舞台劇女演員身上時，在短短十分鐘就將她本來人生破壞殆盡的懲罰。但是這哪能怪他！

「別動！」一個警察暴喝一聲，將他狠狠撲倒在地。

又有的時候，當皓修睜開眼睛從床上坐起，卻有一種本不屬於他、也從來沒感受過的重量，比視覺和聽覺更優先，閃電般傳到他的感知神經中。那是一種沉甸甸的重量感：肩膀的沉重、胸前的重量。

他只能用力皺著眉頭，一面沉痛思考自己上次旅行中是否又犯了什麼錯，才會被死神塞到女人身體裡，一面用雙手揉著百趟旅行也難得一遇的雙峰。直到室友一臉鄙視地出現在門口。

「我這輩子，還沒見過有人摸自己胸部摸得這麼痛苦的。」她說。說完，室友砰地關上門。皓修只能繼續皺眉，進行思考與揉捏。

不過，比起上述這些精采冒險，大部分的旅行，還是平凡的人生。

可能今天還待在四十歲中產階級身體，一睜眼就得面對房貸、車貸、電費、水費、孩子學費、老婆卡債的壓力，然後出門時發現信箱裡躺著幾張新罰單，鏡子裡反射出的眼神鐵定充滿疲倦的血絲；也可能下週出現在年過半百的市議員身上，人正攀著政府機關的柵欄，背上還綁著政治標語，自己憤慨喊出的「政府無能」回聲，仍殘留在耳邊。

可能下個月的某天醒來，自己已經躺在沙灘的躺椅上，喝著椰子汁，悠閒地看著比基尼辣妹。再可能，下一次醒來時，自己就是一個比基尼辣妹，正大方在陽光下展示自己小麥色的肌膚，假裝沒注意到那些透過太陽眼鏡盯著自己瞧的遊客。

然後又過七天，自己旅行到在書桌前振筆疾書的高中資優生身體內，面對著堆滿桌子的三角函數，以及媽媽端上的一碗綠豆湯。

任何人、任何身體都有可能。無論他們過著怎樣的生活，無論他們來自社會的哪個階層。只要滿足某個條件，他們都是皓修的目的地。這個條件，是皓修與死神交易中最重要的一個部分——「死亡」。這些人都位列於死神的名單上，本該在特定日期死去。

而他們本該面對的死亡，就是皓修的機票。

當他敲門後，便能借用這些最後剩下七天的人生。

皓修得承認，在前五十次旅行中，幾乎每一次都搞得手忙腳亂，每一次都會有些突發狀況。畢竟，突然把你塞到別人的身體裡，在沒有繼承記憶的情況下，要你盡量不露破綻地過七天生活——說有多難，就有多難。

若不是死神多次cover，皓修懷疑自己可能很快就會被政府抓去研究，或是被道士神父強行驅魔。

但是有句成語是這樣說的——熟能生巧。在進行更多次的旅行後，皓修慢慢摸索出一套以不變應萬變的法則。尤其，當社會不斷演變，人與人的連結反而愈來愈疏離，皓修附身時，往往少了需要更分神應付的人際網路。

從手忙腳亂，到後來的習慣；從胡亂摸索，到能漸趨冷靜。

「這種感覺，就好像你不會說英文，身上也沒事先換好英鎊，只買了一張單程飛往英國的機票。」皓修曾經這樣說道：「那麼，難道你抵達希斯洛機場後，就只能手足無措地卡在海關嗎？」

當然不會。如果想旅行，自然就得克服那重重難關。只要好好應對完身體原主人的人際關係，接下來便是旅行的最珍貴之處——等皓修回神時，他已經可以從容應對每次睜眼後的世界。

告別式，一向是嚴肅、莊重的場合。

無論生前多風光，一旦來到這裡後，所有的漣漪都會停止。只剩下悼念者，來沉默地送上最後祝福。

今天的這一場告別式也不例外。已經與世界告別的往生者躺在棺木中，表情安詳。穿著黑色系服裝、手臂別著小黃絲帶的家屬們，各個眼眶泛紅，神色哀戚。

陳清木，享壽七十五歲。非常富有，身價數億，光是房子就有好幾棟，是商場上的大老。然而，出於他個人要求，他的葬禮卻辦得意外低調，受邀到場的只有他的直系親屬，以及老婆……或者說，老婆們。

雖然台灣的法律不允許一夫多妻，但他的財產多到，不需要用法律上的那紙結婚證書來維繫婚姻關係；至少，在大家心知肚明的範圍裡，陳先生就有五個老婆——還不包括台灣之外的地方。

而這個數量，在陳老先生活著時也許是種有權有勢的象徵，但等他一翹辮子，這數量就演變成戰爭。

兩個字，一句話：一個字是遺，另一個字：產。一句話——人之常情。

這也是為什麼，在場這五個年紀最小才二十二歲、年紀最長已經有五十五歲的老婆們，一面擺出哀慟的神色，一面還用敵視的眼光掃視現場所有可能的競爭者。一面，又拚命舉起耳朵，聽著律師的最後宣讀。

「陳先生生前致力於——」律師慢吞吞地唸著。家屬們繼續神色哀戚，但已經有人的頸子浮起不耐煩的青筋。

叩、叩、叩。

就在這時，一陣冷脆的高跟鞋聲響，踏進了告別式中。

所有人閃電般轉頭，只見一個約莫三十歲的年輕女子，穿著一身黑色長裙，神色淡然地走進會場，手上還提著一台黑色的播音機。

「……」五位老婆同時愣住。

她們用眼神彼此詢問，交換意念：這女人是誰？是家屬嗎？但她們怎麼不認識？還是……陳清木的什麼後生晚輩？為什麼她手上要提著一台播音機？五個老婆都不知道這女子是誰，不過倒是有志一同，冒出一模一樣的想法——

「第六房！」她們心裡怒吼。

「……」女子倒是一點都不介意那些充滿敵意的視線，自顧自按下播音機的播放鈕。錄音帶開始流轉，音樂如同月光，靜靜地流洩開來——

鄧麗君的〈月亮代表我的心〉。

在一代歌后空靈的嗓音中，所有人還來不及傻眼，律師的宣讀突然來到尾聲。

「我過世以後，我的所有財產將捐出去，好幫助更多人。」

他念完，將手上的遺囑摺好，俐落地收回信件中。

如此突兀，而且直切重點，和前面數千字冗長鋪陳截然不同。

一時間，本來哭哭啼啼的家屬們，全部愣在當場。

然後，就是不約而同地變臉。

「什麼！」大老婆豁然站起：「全部捐出去了！」

「有沒有搞錯！」三老婆尖叫起來：「騙人的吧！」

「是真的喔。」律師盡責地解釋：「這份遺囑是陳先生過世前三天寫的，具有最強的效力。」

「不可能！一定、一定是被竄改的！清木怎麼可能這樣做！」二老婆搖搖晃晃，隨時可能戲劇化地摔倒：「他……他明明最愛我……」

「別自以為是了，阿姨。」最年輕的五房冷笑一聲，眼神也異常暴怒：「他要給也一定是給我啊，妳們這些老人憑什麼跟我爭？」

「妳閉嘴！不過才嫁進來不到兩年，妳最沒資格！」

「妳自己也只是個三房，好意思跟我比年分？」

「要倚老賣老嗎？就算現在給妳，妳還有多少年可以花！」

「妳、妳說什麼！」

「姓張的，這一定是妳的計謀，對吧！妳一向卑鄙無恥！」

「好啊，要來翻舊帳是吧？妳怎麼不提妳當初怎麼橫刀奪愛！」

五個女人衝著彼此大吼，最後理所當然地衝向彼此，開始扭打起來。

這場面難得一見，葬儀社的工作人員一時間也看傻眼，不知道是該阻止她們，還是讓她們痛快一戰。

無視於一切紛亂，女子靜靜地看著棺木中老人家。〈月亮代表我的心〉持續播放，背景的咆哮仍然喧囂。唯獨老人家，睡得安詳。

「如妳所願，在第二份遺囑中，會有一筆錢，捐給這位老先生遠在他鄉的青梅竹馬。」律師突然開口了。

「嗯。」女子點點頭，對著棺木中的老先生說道：「這算是我能做的極限了，你可以安心了吧？」

陳清木的故事，其實並不複雜。在他還是個落魄窮小子時，有一個彼此相愛的對象；但陳清木堅持要去大城市闖蕩，在沒有賺大錢以前怎樣也不肯回鄉。不知過去多少年後，錢是賺到了，但時間也改變了一切，這對情侶早就錯過彼此，雙方人生漸行漸遠。只能在遲暮之時，在心底深處埋藏著一點回憶的光。

「為什麼不在活著的時候，多珍惜一點呢？」女子看著陳清木。那安詳的表情，甚至不屬於他。

「不是我要念妳，妳知道妳的行為算是擦邊球吧。」律師光明正大偷看女子乳溝，神色自若說道。

「頂多算是小小的惡作劇罷了。」女子終於抬起頭，沒好氣地一翻白眼：「倒是你，為什麼又把我塞到女生的身體了？」

「我們的交易可是有規矩的，其中最重要的一條就是——『不能影響社會秩序』。」律師慢條斯理回答：「基本上，『一口氣把兩百億的財產全部捐給慈善機構』，怎麼看都算是驚天動地的違規喔。」

「所以……因為我違規，你就把我塞到女生身體裡？」女子聳聳肩：「好吧，很公平，反正又不是第一次了。」

「嘖，再亂來，小心我把妳塞進一株仙人掌內。」律師瞪了女子一眼。若有旁人在場，自然會發現這兩人的對話明顯異於常人。律師不只是律師，女子當然也不是女子。

鄧麗君的歌聲停止了。場中的互毆卻還在繼續，五個女人幾乎全部掛彩，卻還是沒打算住手。

「我做死神這麼多年，也很少見過這麼精采的場面。」律師吹了聲口哨。

「沒什麼事的話我先走了，這具身體的時間也快到了。」皓修拎起播音機，穿過那些紛紛掛彩的女人們，走出告別式會場。

「我送妳一程吧。」律師笑道，提起公事包跟上。皓修不置可否，走出了告別式會場。

兩人並肩，很快就離開了第二殯儀館區，回到了外頭的世界。閒晃著。

「對了，為什麼是鄧麗君。」律師突然問道。

「這老傢伙喜歡。」皓修回答，隨手將播音機丟進路邊的垃圾桶裡：「我之前在他的身體裡活動時，發現他有收藏一整櫃子的鄧麗君原版唱片。」

「嗯哼？」律師一挑眉，彷彿看出對方言不由衷。

「嗯，然後……我好像也挺喜歡的。」皓修咋舌，睨了對方一眼：「喂，這沒違規吧？」

「算是半個擦邊球。」律師又聳了聳肩。

半個嗎？這代表自己下次的旅行目的，八成又是會讓自己一睜眼就尖叫的身體吧？例如：一睜眼睛發現被五花大綁在床上，身上還流著尚未凝固熱蠟那種。

「敬請期待。」律師笑吟吟的，彷彿在肯定皓修的猜想。

「……」皓修一翻白眼。

「啊，差不多就是這裡了。」律師突然說道，制止了皓修腳步。

他們在人行道的斑馬線邊緣停下，人行道的紅色指示燈快要數完。

「又是馬路？」皓修嘆了口氣：「該不會又是車禍吧。」

「馬路如虎口。」律師笑嘻嘻道：「交通事故可是業界常駐的熱門點播喔。」

「好吧。」皓修哼了一聲，坦然地站著。

他正等待著燈號轉變的那一刻。

律師的存在感突然變得稀薄，彷彿正逐漸被稀釋的水彩畫。

「啊，請讓我再問最後一個問題。」他想到什麼，問道：「你何時才會停止這種行為？」

「你是指……？」皓修一挑眉。

「參加前一具身體的葬禮。」律師看著女子，死神看著皓修。

皓修一呆，低頭，陷入短暫的沉思。就在這時，一輛汽車沒有因為黃燈而減速，反而一踩油門、想加速闖過。那頭的黃燈轉紅。這側的紅燈轉綠。皓修抬頭，重新邁開腳步。

「我猜，等我明白自己為什麼這麼做時，就會停止了吧。」他說。

砰！

下一秒，皓修已經被撞飛上天。

「哇！這高度破紀錄了！」死神仰頭，又吹了聲口哨。

死亡是公平的。任何人都會老死，也都有機會因為意外而提早死亡；這一點，不會因為你戶頭裡的存款多幾個零就能逃過一劫。然而，降臨在皓修身上的死亡，並不公平。他第一次見到死神，便是在他自己的葬禮。

此時的他，則待在另一具毫不相關的大叔身體內，待在不起眼的最後一排。一旁，穿著葬儀社工作人員服裝的死神，向他解釋一切來龍去脈。

「『死亡』是一套非常精密的系統，每個人應該哪時候死亡，全部都是已經排好的行事曆。」他口若懸河地說著：「但是你一定懂，再精密的體系也會出問題……例如，不該死的一不小心就在錯誤的時間點死了。」

我該懂嗎？皓修看著對方——說是死神，其實只是一個長相很普通的男子。

他就像是一個隨處可見的路人，沒有任何能讓人記住的要素；與常人一樣有著兩隻眼睛、兩隻耳朵，一個鼻子兩個鼻孔；膚色不突出，長相不突出，身高也不突出；可能你前一秒以為記住了他的髮型與髮色，下一秒卻只剩下「他好像有頭髮」的概念；再過一秒，你根本不會再想起他。與其說是平凡，不如說是存在感稀薄。

「但……正如同我之前所說，死亡是公平的，沒有人能逃過死亡，也不該有人提早死亡。」死神的語氣中透露出一股尷尬：「所以……」

這位自稱死神的傢伙，表示自己「代表死亡」向皓修提出一筆交易——這是一份有關旅行，有關於借用他人七天人生的補償措施。皓修只聽得一愣一愣，只覺得名為荒唐的烏雲正籠罩著他。葬禮本身彷彿離他很遠，但死神的話也近不到哪去，都非常有距離感。

關於這份交易，死神說得清楚明白。這筆交易，算是一個補償措施，皓修可以自己決定要不要接受。整份合約，扣掉可以在不同人身體旅行的部分，便是皓修應該要遵守的幾個規則：

第一，不能探詢自己的過往。

第二，不能讓其他人意識到「黃皓修」的存在。

第三，不能讓其他人知道有關死神、有關交易的一切。

第四，不能影響社會秩序。

第五，不能提早結束附身者的生命。

第六，無論如何，附身者延長的壽命都只有七天。

第七，無論如何，附身者離開世界的方式不會改變。

「『不能探詢自己的過往』？」皓修疑問。直到這時，他才發現某種異樣——自己實在是太冷靜了。而能夠冷靜到現在，並不是因為個性使然，而是因為他根本沒有生前的記憶。

他為什麼會死，他死前在做什麼，他死前那天吃了什麼餐點，他有什麼親人，他有什麼興趣喜好，他有沒有女朋友，他有什麼夢想，他是什麼職業——統統，一片空白。唯一知道的，只有死神最開始稱呼自己的名字——黃皓修。

「意思是，如果我要接受這份合約，我就不能去探查我是誰？」皓修皺眉。

「如果你想探查自己是誰，恐怕會對還活著的人造成影響。」死神搖搖頭：「這份交易，畢竟還是以不影響現世為優先。」

「……」皓修沉默。

如果不知道自己的過往，那他要怎麼判斷自己適不適合這樣的交易？死神看出皓修的想法，露出潔白牙齒一笑。

「正因為你的過往空白一片，所以才適合這份交易。」他說道：「接不接受的決定權，始終在你身上。」

死神這是最後一次提醒，因為他知道對方不需要再多說什麼。無論有沒有記憶，皓修都不算是婆婆媽媽的人。

皓修抬頭，看了一眼前方。在那片哭哭啼啼的悲傷中，想必藏著自己曾認識、也認識自己的人吧？那些他愛過的、那些愛過他的，那些空白的過去，關於自己到底長什麼樣子，所有關於「黃皓修」的一切一切。只要自己站起來，拿支香往前走去，就能看清楚自己的臉，看清楚那每一張淌滿淚水的臉龐，可能記憶就會戲劇化地湧上吧？

但，如果他選擇轉身離開告別式現場，一切都將隨之而逝。這大概便是死神給予的選擇，也是自己要不要接受這份交易的分岔點。

「……」皓修站了起來。隱隱約約，他心底深處有一個模糊、卻堅定的光芒，輕輕地搖曳。

那是一份，自己來不及履行的約定。

「我接受。」皓修點點頭，轉身離開了葬禮。

合約簽下。

台灣每天都有三百多人死去，一週便是兩千多人的選項。這些全部都寫在死神的黑色筆記裡，他也不吝於大方展示；讓皓修自由選擇下個七天要去哪個身體，是這份交易中的最大福利。

於是，富翁、遊民、帥哥、醜男、美女、兩百公分的巨漢、侏儒、黑道、英雄般的警察、比泥水還髒的黑警、大明星、過氣的偶像、市井小民、資優生——這些來自不同階層的不同人生，皓修都體驗了一番。

透過不同人的眼，透過不同人的七天人生，他看見很多、很多。也許這七天體會的是榮華富貴，也許下一週便降落到貧困挨餓的身體裡；又或許是當個一夕致富的暴發戶，然後下個七天見證某位商人的繁華落盡。又或者，偶爾只是靜靜地躺在病床，就這麼靜靜看著窗外的風景，什麼事也不做——當然，他也不會拒絕偶爾心血來潮，惡搞一下這些身體的人際圈。

附身的身體，使用的手機從老舊的鍵盤式，演變到最新款的智慧型手機。攜帶至葬禮上的，從笨重的播音機、隨身聽、CD播放器、MP3、MP4，到最新款的智慧型手機。每次打開電腦時的網路平台，從Yahoo奇摩家族、無名小站，到現在的Facebook或是IG。時代在演變，人們也在演變。

皓修在不斷變化的世界中，慢慢找到讓他最舒適的固定習慣。隨著他掌握住每個七天的節奏，他放棄了主動選擇的機會。命運怎麼安排，該旅行到哪個身體，一切都順其自然。同時，他有了幾個無論旅行到何種身體都一定會做的事。

其一，自然就是死神常常抱怨的參加上一具身體的告別式。原因不明，皓修自己也講不出自己為什麼要這樣做。

其次，是存錢。每旅行到新的身體，他都會將這些身體的百分之一財產，匯入某個通用帳戶中。其管道非常隱密、安全，堪稱台灣的瑞士銀行；至於為什麼會得知這個存錢的地方，自然得歸功於皓修那豐富的旅行經歷了。

每一具身體的百分之一，有時候很少，有時候卻很驚人；日積月累下，這些百分之一匯聚成一筆可觀的財富。尤其如果他旅行到某個有錢人的身體，他們區區百分之一的財產，就能輾壓過去一百個身體全部財產的總和。

「我使用這些錢，應該不算是破壞規則吧？」皓修再三確認。

「不算。」死神搖搖頭，這算是這份交易附帶的福利之一吧。

於是，皓修用這筆錢，買了一棟房子。這間房子，也成了他固定會做的「其三」。

房子的地點，位於郊區。對社會大眾來說，這是一間毫無疑問的豪宅。

宅邸內，正與它的外表一樣，呈現讓人舒適的溫暖色系。雖然內部裝潢沒有特別強調富麗堂皇，但光看牆壁上的名貴壁畫，或是鋪在地上的進口羊毛毯，也能看出這間豪宅的價值。這裡的一切，都是皓修花了數年時光，一點一滴添購而來。

「老爺，您回來了。」門口，一個年約六十多的老人，畢恭畢敬鞠躬。

「抱歉，這次隔得有點久。」皓修脫掉黑色的西裝外套，讓老管家接過。

上週的百歲老婆婆，以及上上週被通緝的身分，的確都不太適合來這邊。
「無論隔多久，我都會在此等候。」老管家將外套整齊摺好，掛在手臂上。
「我說過我沒有來的話，其實你可以不用打掃這邊的。」皓修說。
「這是我的職責。」老管家恭敬回答。
「謝謝。」皓修微微一笑。
他也沒有再多說什麼，只是走到自己最喜歡的那張躺椅上坐下——椅子的角度不太對，他差點忘記自己上次來時，身高足足少了三十公分。調整了一會，他才重新躺好，讓還有點痠痛的身體舒展開。老管家取下西裝外套上的黃絲帶，放到衣架上後，便開始著手準備晚餐。
「晚餐有什麼想吃的嗎？」廚房內，老管家問道。
「給我點驚喜吧。」皓修還是閉著眼睛，舉起一隻手。
「是。」老管家說著，開始烹調美食。
「這次的身體，除了些微的脾臟腫大外，其實還挺健康的。」皓修喃喃說道。這樣很好，除了可以不用忍受七天的病痛，在飲食上也能任由老管家發揮，很少人知道，這位老人擁有的手藝，不下於任何米其林主廚。不過，他卻沒有去任何大飯店的廚房當大廚，也不受命於任何私人富豪，而是選擇窩在這棟宅邸裡，為每一次都以嶄新面貌出現的「老爺」做菜。
「啊，對了，我最近有些貧血。」皓修突然想到：「這裡有紫菜嗎？」
「有。」老管家回答，幾個念頭中，基本上也訂好了明天的早餐菜單：「還會幫您準備一些新鮮的番茄。」至於為什麼老爺會突然貧血，他也沒有多問。
「好。」皓修靠回躺椅。

天然的薰香點起，悠揚古典樂播放，皓修慢慢閉上眼睛。長久以來，這個老管家與「老爺」的對話，都不會太長。對於每一次進來的老爺都是不同人，他從不過問。既不好奇，也不在乎。他只知道這位「老爺」救過他，讓他擁有了現在的人生。也許是因為他的不在乎，也許是因為他雙眼半盲，也許是因為他曾經歷過的各種歷練——這些眾多「也許」，讓這位老管家成了皓修在這世上唯一還會接觸的人類。這也是死神默許的溫柔擦邊球。

「今天的主餐是，法式櫻桃鴨胸。」老管家說道。

餐點一道一道被端上餐桌。鴨皮煎的金黃香脆，肉質帶著飽滿光澤，光從外表就能感受到鴨肉的Q彈，那醉人的香氣讓人食指大動。

「太棒了。」皓修坐到餐桌前時，不禁讚嘆出聲。餐桌上，燭火點起，他將餐巾紙平放在膝上，拾起餐刀與叉子。趁皓修用餐時，老管家也著手準備明天的早餐。

偌大的餐桌上，只剩下皓修餐刀刮過餐盤的聲響。他咀嚼著食物的同時，靜靜看著對面的座位——空的。

自然也只能是空的。老管家從來不與他一起用餐；老管家不會僭越，皓修也沒主動提過。死神曾抱怨過，這麼大一間房子一個人住起來感覺實在太空曠：它甚至還建議皓修，既然買了這麼大一棟房子，不妨試著邀請別人來吃飯——挑個英俊一點的身體，邀請漂亮的妹子，蠟燭點一點，在燈光美氣氛佳中好好體驗一下不同層級的人生。反正老管家的服務裡，包含換床單。

「總比不斷參加葬禮好吧？」死神大皺眉頭：「而且某方面還算是你自己的……你都不覺得很晦氣嗎？」

皓修無言，這是死神該講的話嗎？

「你可以試著去交個筆友，反正又不用露臉。」死神甚至幫忙出起主意來：「搞不好還能談場跨國戀愛？」

談戀愛？皓修啞然。真是太遙遠的名詞。他隱約有種感覺——對於生前的自己，這恐怕也非常遙遠。

就在這時，餐桌上的手機震動起來。皓修自然不可能有手機，響起來的是這具身體的手機。

來電稱謂是「老婆」，顯示的聯絡人照片中，一個年約三十歲的女子，抱著大約五個月大的小嬰兒，笑容非常溫暖。

皓修微微蹙眉——照理來說，自己已經編排好合適的理由，讓這具身體的妻子不會在這個時間點打來。而他也確定那位小嬰兒並不在死神近期的名單上；這點，除了向死神確認外，他自己也細心地檢查過。所以，對方應該沒有任何急迫性的理由打這通電話。

手機響了二十多下以後，總算靜止下來。一陣子後，換成簡訊提示亮起。

「老公，沒什麼事情，只是寶寶在想你了。我也想你。出差辛苦了，下週回來我再做好料給你補一補。」

還附上一張小嬰兒哇哇大哭、女子嘟起嘴巴的照片。

「……」

皓修挪回視線，將一塊切好的鴨胸放進嘴中。直到手機螢幕暗下，他都沒多看一眼。甚至也沒再看向對面。

「七天後必死的恐怖故事叫七夜怪談，那七天註定結束的愛情故事叫什麼？」皓修喃喃說道。

這也是當時他提出的反問，死神當場閉嘴。

不同的人生，不同的七天。我就好像只有七天生命的蒲公英一樣，到處飄盪，飄到哪就在哪重新開花。然後等到七天過後，一陣風吹過，便開始往新的地方飛去。

經過好幾次輪迴後，我才慢慢發現一件事：對我來說，能夠繼續活著，比能夠繼續以「黃皓修」的身分活著還重要。或者說，來得真實。畢竟我根本想不起自己生前的一切，自然也想念不了任何人。

無論我是誰，無論我是誰的誰。七天以後，我都注定成為不被記憶的陌生人。

——然後，皓修旅行到了那間教室。

# 02

若要問皓修，假如靈魂有形體會是什麼模樣，他一定會回答——光。

不會強烈到讓人睜不開眼睛，卻也不會微弱到無法暈開黑暗。那是帶著一點點溫度，能恰到好處捧在手掌中的微光。而所謂的旅行，就像是把這一道溫暖輕輕刺入冰冷大海。

日月無光，星沉大海。屬於皓修的意識重新浮起，冷冷的包覆感漸漸褪去。任由那股暖流充盈四肢的同時，他開始感應一切。

熙熙攘攘經過的人群。肩膀擦過肩膀的觸感。透過窗戶照進走廊的光影變化。細碎的交談聲。不時響起的手機鈴聲迴盪。不知是誰的秀髮捎起的香氣。

在皓修的意識完全掌握住新身體前，上述所有資訊已經流入他的感官。根本不用超過一秒。

「……走廊。」

無數次旅行的經驗累積，能讓他在短時間內掌握一切。皓修睜開眼睛時，發現自己正在走路。

「學校的走廊？」

看來，自己是一個揹著側背包的學生吧？他透過四周穿著各種新潮打扮的年輕人群，判斷這是一間大學。

「大學學校的走廊。」皓修完全回神時，發現自己正站在一間教室的門口——503教室。看來，這具身體本來將走進去上課吧？皓修暗暗點頭，這樣的開場很普通。普通，也代表著平靜；平靜，就代表他這七天不會有什麼大麻煩。不過就是當個學生嘛？這方面他可算是駕輕就熟——在以往無數旅行裡，他扮演過日校生、夜校生、高中生、國中生，甚至連小學生都有；以他的經驗來看，一個學生的七天人生，再怎麼樣都不會有太離奇的遭遇。

「只要保持低調，把該上的課上一上就可以離開了。」而維持低調，算是皓修目前最精通的技能了。他一邊這樣想著，一邊伸出手來轉動教室門把。

門推開。

裡頭滿坑滿谷的視線投了過來。

「期中考還敢遲到。」老師淡淡說道：「23號同學，你非常有種。」

「……」

教室內，課桌椅全部被排到後方，前面空出了一大塊。

皓修呆呆地看著場中，腦中還在消化適才接收到的一切資訊。這堂課，這間教室，無處不古怪。首先，最古怪的地方，自然就是空地裡那個真人等高、百貨公司衣櫃展示用的塑膠模特兒。經過皓修詢問，他總算透過旁邊同學的解釋，搞懂目前正在發生的事。這堂課，名叫「自我探索與愛情實現」。而這場期中考，考題就是那個人偶——每個學生共有十分鐘的時間，可以與那個人偶進行互動。你要做什麼都可以，主題不限，內容隨意，只要別違法，完全讓你自由發揮，只要和人偶有關就好。當然了，要給你怎樣的分數，老師也會自由發揮。

聽完，皓修心裡不禁吐槽——這到底是什麼考試規則啊！

他剛剛眼睜睜看著一個又一個「同班同學」上前與人偶進行著匪夷所思的互動，忍不住暗暗驚嘆現在年輕人的創意實在豐富。有人與人偶進行了一場茶會，有人唱歌給它聽，有擅長裁縫的學生將自己不要的洋裝縫縫補補後給它穿上。有最近在美甲店打工的女生，迫不及待替它的二十根指頭塗上繽紛的指甲油。甚至有學生表示要演戲，卻與人偶端坐對視整整十分鐘，什麼也沒做。

「我演的是內心戲。」那位學生斬釘截鐵地說道：「藉著眼神，傳達愛。」

「想被當掉嗎，18號同學？」老師淡淡簡短回應。

皓修看著那學生垂頭喪氣地離開空地，視線隨即看向發話的老師。是個女生，好整以暇地坐在教室最後面，隱沒在燈光範圍外；從皓修這個距離和角度看不太清楚對方長相，只聽得出她的聲音非常柔軟。讓人感到絲絲涼意的同時，又不會不舒服。

「……」皓修低頭，看向自己胸口掛著的號碼牌。

這堂課還有一個古怪的地方，就是每個學生都有一個號碼牌。這是這堂選修課的第一條規矩——每個學生都會有一個號碼牌，上頭的阿拉伯數字就是你這一堂課唯一的象徵；老師不會記住你的名字，點名是用數字來點名，就連期中考這種重要的活動也不會提到學生本名。學生在這堂課中，便是數字，如同皓修身上的23號號碼牌。

——場中，21號同學，正在用吃奶的力氣，向人偶吼著〈正氣歌〉。文天祥的浩然氣魄，跨越悠久時光，再次降臨這間教室。

「悠悠我心悲，蒼天曷有極！哲人日已遠，典型在夙昔！」21號同學邊吼，甚至激動到噴出眼淚。

緊接著，就是22號同學的表演。此時的人偶，已經被點綴成某種恐怖的裝置藝術；就像本來鄉下來的純樸姑娘，搖身一變成電子花車裡放聲尖叫的鋼管女郎。

「……」皓修深吸一口氣，將手機放回口袋。

他剛剛已經盡快瀏覽了這具身體的相關資訊，卻找不到任何有助於他應付這場期中考的靈感。出於對身體原主人的尊重，皓修也不可能直接翹課離開教室；畢竟再怎麼說，這都是這位23號同學的最後一堂課了——不過，如果他能晚幾個小時再旅行過來有多好？

「……」皓修憤慨地抓著這顆本來該在今天死去的腦袋。

「遲到的23號同學，換你了。」老師的聲音再次響起。

皓修這才回神，竟然已經換自己了？但腦海依然一片空白呀！

「我希望你在遲到的那段時間裡，是在思考和考試有關的東西。」黑暗中的老師似乎坐直了身體，眼神閃過一道光芒：「**你應該知道，我最痛恨別人遲到了。**」

——我不知道！

皓修心裡嘶吼著，只能硬著頭皮走到空地中央。但是他的腦中還是一片空白，半點靈感都沒有。

「我生前，百分之百一定是理科。」皓修咋舌。

什麼美感、什麼創意、什麼藝術之類的，一向離他非常遙遠；要他與這麼一個無機質塑膠模特兒互動……如果可以，他很想狠狠揍幾拳，或是用關節技把它拆了。就說自己是在表演空手道？反正自己是最後一號學生，拆了它也沒關係吧？對吧？

「我說過了，不可以破壞它。」彷彿讀到皓修眼中的殺氣，老師出聲警告。

「……」皓修無奈地鬆開握緊的拳頭。

那麼，該怎麼做呢？

感受到四周無數視線，尷尬的感覺搔刮他的背。

「沒有靈感嗎？」老師似乎輕笑了一聲：「還是你決定演另一個人偶？」班上立刻爆出一串笑聲。

「……」若不是剛剛才有人表演類似的內心戲，皓修還真的有這打算。老師低頭看了看手錶，似乎是判斷時間還有剩餘，便站了起來。

「還記得我上一堂課時對你們說了什麼嗎？」她說著，離開了原本的位置，朝場中走來。

——當然不記得，我上週還是個要撐著拐杖不然根本站不起來的老頭子呢。皓修心裡暗嘆。

「因為現實中，不可能存在完美的人。真正的完美只存在於想像，所以老師妳要我們把這個人偶當成理想的對象。讓我們藉此次機會，找到自己內心深處的渴求。」一個學生機靈地舉手，回答了老師的問題。

「沒錯，就類似阿尼瑪，或者是阿尼姆斯。」老師點點頭。

「……」皓修瞪著那力求表現的學生，他不正是剛剛大吼〈正氣歌〉的傢伙嗎？難道他的理想，就是對理想的另一伴每天吼詩？還有，什麼是阿尼瑪，什麼又叫做阿尼姆斯？

「意思是，夢中情人。」女子回答了皓修的疑問。就在這時，她踏進了光芒之中。

皓修一愣，呼吸暫時停止。時間也靜止了。

這是一個年輕的女性，大約二十八歲左右；她的身形非常纖細，一頭黑色長髮柔順地在背後滑下，上身穿著淡藍色的襯衫，下身則是隨性的牛仔褲。她的肌膚有點過度白皙，給人一種柔弱的感覺；但在她清秀的臉龐下，缺乏血色的嘴唇微微抿起，又給人一種倔強的感覺。看得出來，她並不習慣笑，表情總是維持著不喜不悲的淡然。

但，真正震盪到皓修的，是女子的眼神。看似柔軟，卻又質地堅強。彷彿一壓就彎的花梗，卻又總是能再次昂然抬頭，向世界釋放芬芳。

「……」皓修恍神。

是因為燈光嗎？他總覺得這個女子身上，似乎籠罩著某種淡淡的光暈。

「現實中，根本不存在所謂的夢中情人——不然怎麼會被稱為『夢中情人』？」女子沒有察覺到自己學生的呆滯狀態，繼續說道。

「老師，妳……妳叫什麼名字？」皓修神智不清地脫口。這八竿子打不著的問題，讓女子一愣。

「……不但遲到，連自己的老師叫什麼都不記得？」她皺了皺眉，卻也沒生氣，只是搖了搖頭：「算了，反正我也不記得你們。」說完，她也不管底下心碎的學生們，看向台上的皓修。

「有女朋友嗎？」她問。

「沒有。」皓修下意識地回答，卻總算回神：「我是說……我還沒確定……」萬一這具身體有女友，這回答就太失禮了。

「那麼，你理想的愛情，是什麼模樣？」老師突然問道。

皓修一呆。

這問題，他還真的完全沒有想過。不，應該說，他沒想過會在這種情況下被問這個問題。

「看來你真的完全沒進入狀況呀。」女子微微蹙眉，這個23號同學的一連串表現，實在是太脫軌了：「先是遲到，又完全沒準備期中考，然後……」

「那老師呢？」皓修用問題截斷對方：「對妳來說，理想的愛情是什麼？」

女老師似乎沒想到會被學生反問，忍不住一愣。一旁的學生們紛紛鼓譟起來。

「哇！對啊！老師妳快講！」

「長得一定要帥吧！」

「身高至少要一八〇！」

「妳們這些女人未免也太膚淺了！」

「你們男生還不是一樣，只要長得漂亮就好。」

「錯！是要胸部大。」

「老師有男友嗎？」

「這麼漂亮一定有吧！」

「應該沒有吧，不然怎麼會出這種鬼題目？」

「……吵死了。」老師一聲冷喝，立刻鎮壓住所有躁動。

「所以？」皓修卻凜然無懼，直直看著老師。不只是想轉移對方焦點，他是真的有點好奇對方的答案。只見女子眯著眼睛，打量著這個反客為主的23號同學——

「我拒絕回答。」她淡淡一笑。

「那我可以拒絕表演嗎？」皓修立刻說道。

「可以，但握著你分數的人是我。」對方點出關鍵。

「……」皓修無言，這倒是真的。

「盡情發揮吧。」老師說著，轉身走回後排：「我期待。」

「……」皓修嘆了口氣。說是盡情發揮，但腦中還是空蕩蕩的，半點想法都沒有。只能硬著頭皮上了。皓修走到場中，看了一眼人偶——混帳22號，他把現場布置成了靈堂。只見人偶雙手交疊放在胸口，一片祥和，只差一張黑白照片了。

「先生，你……」皓修只能順著本能，向玩偶伸出僵硬的手。

「你是Gay？」一個學生愕然。

「小姐，妳……」皓修立刻修正。

他開始用盡全神全靈去想像，眼前平靜睡在地上的人偶，是自己的夢中情人。

問題是，何謂夢中情人，何謂理想的愛情？自己身為一個旅行者，怎麼可能會有這種東西？在還沒釐清任何頭緒前，皓修已經本能地單膝跪下。

「快叫救護車！快幫忙啊！」他大喊，語氣中的焦急，打動了旁觀的學生們。

「倒下的，一定是他的老婆吧？」

「也可能是女朋友，或者是妹妹？」

皓修不理會四周臆測，把真摯眼神投向人偶，旁邊幾個女學生更是雙眼放光。

「是、是要演睡美人嗎？」

「不，我看是白雪公主的那一幕。」

「是《冰雪奇緣》吧？」

幾朵粉紅小花綻放，後頭的老師身體也微微前傾。皓修不理會四周的竊竊私語，自顧自進行他的動作。

「小姐，小姐，妳還清醒嗎？」他伸出一隻手，輕輕拍了拍人偶肩膀。

「……」人偶沉默，當然沒回話。

「那麼，接下來……」皓修點點頭。接下來，眾學生期待的浪漫場景並沒有發生。

皓修雙手打直、兩掌交疊，按上人偶的胸膛。

「呃，難道他要……」一個女生張大嘴巴。

皓修深吸一口氣。

然後，就是非常專業、強而有力的——按壓！

「……」所有人都傻眼了。

「……」老師似乎捏斷了筆。CPR？竟然是心肺復甦術！

再次完美忽視四周的氛圍，皓修飛快地、忘我地按著。

「這種感覺，真的很懷念呀……」他嘴角情不自禁地微微上揚。

一百二十下一個循環，一百二十下一個循環……他心中默念，一面按著。

按著！按著！按著！按著！按著！按著！按著——

砰！

就在這時，皓修突然聽見他掌下爆出清脆的聲響；緊接著，他的雙手直接按穿了人偶的胸膛。

下課鈴聲響起。

皓修苦著臉，扛著被他壓壞的人偶，默默站在教室門口。等最後一個學生離開，教室窗戶都關上後，教室裡只剩下他與那位酷酷的女老師。

「拿去吧，這是店家的聯絡方式。」她揹起背包，走到門口：「這人偶畢竟是他們要淘汰的瑕疵品，應該不會太貴。」說著，她遞過一張小紙條。

「好。」皓修只能摸摸鼻子接過。

同時，他嗅到對方傳來的淡淡髮香，精神當場一振。不過，為了避免變成變態，他表情還是不動如山。

「對了，妳……」皓修說到一半，這才驚覺到輩分問題，連忙加上敬語：「老師您為什麼要用這種方式來點名？」

自己旅行過這麼多身體，體驗過如此多的七日人生，卻很少遇見這麼奇特的課程——也因此他打定主意，反正之後也沒機會再遇到這個老師，不如就試著在此時此刻解開這些疑惑。女子微微挑眉，眼中似乎閃過一抹不悅。

「……你好像真的是第一次來上我的課似的？」她說：「我第一堂課就說過，不要對我的上課方式提出任何質疑，不然就別選修這堂課。」

「……」皓修有點尷尬，他還真的是第一次來上這堂課呢。

「……」女子隨即聳了聳肩，關上教室的門：「算了，看在你出眾的表演上，我就姑且回答你一半吧。」

「……」

「你叫23號同學，或是叫做其他，有什麼差別嗎？」她問。

「……」皓修一愣，這是什麼哲學式的反問？

「重點不是你是誰，而是別人把你當成誰。」女子說著，隨手鎖上了教室：「所以無論你叫什麼名字，對我來說都不重要——你們只是因為機緣巧合，所以選到了我的課，來到這間教室的過客罷了。」

「……」皓修完全愣住了。

對方的話，隱隱約約戳到了他的痛點。

他默默地做了個深呼吸，壓抑好情緒後才重新開口。

「意思是，我只是過客？」皓修淡淡問道。

女子查覺到對方語氣中的不悅，不禁微微皺眉。

「不然你覺得自己是什麼？」她緩緩道：「難道區區一堂選修課的關係，不長、不短半個學年的相處，能建立起什麼更進一步的連結嗎？」

「師生之情吧。」皓修聳聳肩：「類似……友情？」

「別說笑了。」女子回答，沒有一絲遲疑：「我不想和一個上課無法準時、連基本守時觀念都沒有的學生當朋友。」說這句話時，她並沒有特別的情緒，這只是她一貫的風格。說著，她轉身就打算離開。

「……」皓修默默地看著女子的背影。

其實他也知道，這位老師說的話非常有道理。畢竟今天遲到的是自己，然後在課堂上破壞掉人偶的也是自己。所以，如果今天在這裡的真的是那位23號學生，也許便會摸摸鼻子認了。

但是，23號學生已經死了。在皓修睜開眼睛一瞬間，23號同學便已經消失。然而沒有人會發現這一點，他們都得等到七天後皓修旅行結束時才會察覺。言者無心聽者有意，對皓修而言，這位老師的說話方式實在過度刻薄了。

「老師，妳一定沒什麼朋友吧。」皓修開口。

壓抑不了的情緒，變成刺出的字句。女子的腳步停住，慢慢轉頭看著這個學生。

「為什麼這麼說？」她語氣變得低沉許多。

「因為從妳的話中，我聽不出妳對人際關係的珍惜。」皓修說著，又聳了聳肩：「妳大概是那種很難相處的類型吧。」

女子凝視著皓修，眼中閃過一絲怒火：「你知道，你今天所破壞的人偶，是我唯一的朋友嗎？」

「咦？」皓修一愣，這什麼展開。

「它的名字叫安東尼，是陪了我許多年的朋友。」女子繼續說道。

「為什麼會把這樣的人偶當朋友……」皓修咋舌，看著跟自己一樣高的塑膠模特兒。

「我的父母都曾是知名設計師，但他們很早就離開我了；而他們以前開設的工作室也隨著他們的離去而關閉。」女子不理會皓修的疑惑，繼續說道：「這人偶，是他們留給我的最後一份遺物。」

「……」皓修身體一震，只覺得背後開始冒出冷汗。

「而現在你卻毀了它，毀了我在這世上唯一的朋友。」女子道：「然後，你還指責我是很難相處的人？」

「……」皓修張了張嘴，眼中滿是歉疚：「我……一定想辦法把它修好。」

看見他這模樣，女子眼中的火焰也漸漸消失了，她嘆了口氣。

「沒關係，真的修不好就算了。」女子淡淡說道：「畢竟如你所言，我該試著跟其他人好好相處。」

「……」聽到這番話，皓修只覺得罪惡感更重了。

「不過，希望你能幫我個忙。」女子突然說。

「儘、儘管說。」

「這是安東尼的願望，它很希望自己離開這個世界時，是……」女子似乎猶豫了一下，這才說道：「是被人公主抱著離去的。」

「所以我希望你可以用公主抱的方式，將它一路抱回它該離開的地方。」

「咦？」皓修呆住。

「一、一路？」

「嗯。」

「……」皓修只覺得天旋地轉。

但是看到女子懇切的眼神，以及她凝視著人偶時的悲傷模樣，再想到人偶胸膛那個大洞……

「……我知道了。」皓修只能如此答道。

「那就再麻煩你了，安東尼會很開心的。」女子說完，再次轉身。

「那個……剛剛我說的那些話，很抱歉。」皓修忍不住出聲。

「沒關係。」女子笑了笑：「畢竟某方面而言，我真的不適合跟人相處。」

她這一笑，讓皓修又陷入無法動彈的狀況。

「妳叫什麼名字？」他只能在對方消失在走廊前，將這問題脫口拋出。

女子這次沒有再回頭，只是衝著後頭揮了揮手。

「我的名字，學校的教學網站上有寫。」

半天過去，陽光消失在天際，輪到黑夜上場。豪宅中，自動化的燈光亮起。接近全盲的老管家，露出了不算是訝異，但是仍然有點遲疑的表情。

「老爺，請問……這是？」從他模糊的視線，能看見自己的老爺正將一個與真人等高的……人偶？辛苦地揹進屋中。就算是視力很差的他，也能清楚看見人偶詭異的穿著，以及胸口的洞。

「這是義大利知名藝術師設計的裝置藝術。」皓修回答，眼中帶著死寂。

「胸口的那個大洞是？」

「藝術的一種。」

皓修將人偶隨便擺放在客廳，隨即癱回最愛的那張躺椅上。老管家識趣地轉身走進廚房，替有一陣子沒回這裡的老爺準備晚餐。

皓修瞪著天花板。氣喘吁吁，面色難看。之所以這麼累，是因為他真的公主抱了這個人偶一整天——當他發現自己受騙後，差點對人偶使出標準的炸彈摔。

完全被騙了。

皓修用正統的公主抱姿勢，一路抱著那個塑膠模特兒，走了整整一小時才找到那張小便條紙上寫的地址。

一路上那些驚愕的眼神就不提了，皓修說服自己他是為了滿足安東尼偉大的遺願而來，忽視所有異樣眼神。

目的地，是一間小型衣物專賣店。老闆是個高大的男子，微微皺著眉，盯著眼前的塑膠模特兒。看老闆的眼神，顯然把發生在模特兒身上的所有慘案都算在皓修頭上了。看看那五顏六色的裝扮，看看那超前時代一百年的搭衣風格……

「我從你的眼中看得出懷疑，不過我得先聲明，這具人偶會變成這樣，和我完全無關，我也沒有這麼糟糕的品味……」皓修義正嚴辭說到一半，突然有點心虛：「不過，也不能這樣說……」

至少中間那個大洞的確是他用的。

「你到底是對這個人偶做了什麼，才會出現這樣一個大洞？」

「你這是什麼讓人誤會的用法和眼神？」

「變成這樣，我也不可能回收了。」老闆挑起眉，就事論事：「連修理都無法。」

「咦？沒辦法修嗎？」皓修一驚，立刻想到女子可能的失望表情，忍不住急切起來：「不能試著修修看嗎？」

「沒關係，這些模特兒從送出去以後，我就沒有要討回來的意思。」老闆咕噥：「我打算買一批新的。」

「……」皓修腦袋停住了一下——等等。送出去，討回來？

「這人偶是你送她的？」皓修全身震動。

「是啊。」老闆說道：「雖然我不知道小女娃拿這人偶去做什麼，不過她一向物盡其用。」

「這人偶不是叫安東尼嗎？」皓修愕然：「這不是她父母送給她的遺物嗎？」

「說什麼啊，她爸媽還活得好好的。」老闆皺了皺眉。

「……」

「看來，你是被她耍了呢。」老闆露出了然的表情。

「廢話。」皓修崩潰：「一般人會公主抱著人偶到處亂跑嗎！」

「我以為那是你的特殊癖好呢。」老闆哈哈大笑。

「她叫什麼名字！」皓修簡直氣急敗壞。

「現在的學生呀，連自己的老師名字都記不得啦？」老闆一副感嘆世風日下的模樣：「自己上網查吧，你們學校的教學網站上有寫。」

——去他的教學網站上有寫。皓修已經有好久、好久沒被人當作猴子耍了。那個討厭鬼，擺明是被自己戳中痛處，然後才想出這種惡作劇來惡整自己吧？

「……」想到這邊，皓修轉頭，沒好氣地看著那個人偶。人偶當然沒有回看，沒辦法緩解豪宅主人心中的鬱悶。

今天的這一切，都奇怪透頂。奇怪的課堂，奇怪的規矩，奇怪的老師。

奇怪的人偶——哦，不只奇怪，還很醜；這突兀的人偶放在屋子裡的哪裡都不適合，直接把整體調性拉低不只一個檔次。還有，奇怪的老師，奇怪的討厭鬼。

「……」皓修本來打算出聲呼喚老管家，要他打電話給收垃圾的清潔公司，但本來要脫口的話卻在舌尖止住，重新嚥下。

他在背包中翻了翻，找到那張23號號碼牌。盯了一會，他忍不住笑了出來，隨即將它丟到腳邊。

「我想這麼多做什麼？」皓修心想，伸了伸懶腰。是呀。再怎麼火大，畢竟都只是七天的事，一下子就過去了。不過就是這漫長旅行中，一個微不足道的小插曲，僅此而已。

十分鐘後，他還是點開了學校的教學網站。

皓修能以自己真實身分對話的人一向不多，而其中之一，甚至不是人。

葬禮上，死神訝然。

「你在期中考課堂上做ＣＰＲ？」

「……」

「你是認真的嗎？你想對你夢中情人做的事，竟然是心肺復甦術？」

「……」

「然後你還被一個小女娃耍，被騙抱著人偶在市區用雙腳走了一下午？」

「……畢竟，抱著人偶上不了公車，也上不了計程車。」

皓修依然待在那位大學生的身體裡，假裝沒聽見身邊死神的吐槽；只有在關鍵處替自己薄弱地辯護一下。順帶一提，此刻的死神穿著郵差的裝扮，絲毫不管自己這樣大剌剌坐在喪禮會場中有多突兀。

「你可是經歷了數百段人生的旅人，竟然還會被耍？」死神呼了一聲：「真讓我好奇，對方到底是何方神聖呀。」

「不是她太厲害，而是我太天真。」皓修沒好氣地回答：「她就是一個……無可救藥的討厭鬼罷了。」

「講得好像你很了解她似的。」死神鼻孔噴氣。
「我花了一點時間調查她。」皓修神色自若說道。
死神立刻轉頭看著他。皓修神色不變。
「……變態。」
「我不是。」
「所以你找到什麼？」
「什麼都沒有。」
「啊？」
「她沒有用任何網路平台——在這時代還有這種人存在嗎？」
「啊？」死神訝然。他絕對不懷疑皓修的尋人功力，這畢竟是在無數次旅行中淬煉出的技巧。如果說，他在網路上找不到某個人的資訊，往往不代表對方隱藏得好。而是代表對方根本沒有在經營網路。
「現在可是二十一世紀，這種人還存在嗎？」死神皺眉。
「對吧，超怪的。」換皓修鼻孔噴氣。他當然無法否認，自己的調查完全沒必要。
通常，皓修會做功課的，僅限於這七天中可能會有密切交集、或是需要有交集的對象；像這種人生最後一堂課的老師，根本沒必要去蒐集資料。所以……
「所以，對你而言，這樣的女生有什麼特別意義嗎？」死神笑了。
「你不覺得，她挺特別的嗎？」皓修反問。
「在死神眼前，只有生者和亡者，其餘一律平等。」死神先是一臉嚴肅地闡述，隨即變臉嘻嘻一笑：「不過在我眼中，的確頗為特別。」

「說到底就是討厭鬼吧。」皓修愈說愈激動：「什麼人會想出這種考試呀？什麼樣的人把自己的父母當成玩笑來開啊？嘖，她一定是那種不受歡迎的討厭鬼，天生反社會，沒事喜歡把自己關在無人的地方自言自語，她就是這種討厭鬼！」

死神心裡暗道，這傢伙是真的被激怒了吧，討厭鬼竟然說了三次呢。

「唉呀，真是難得情緒化啊，別生氣別生氣。」他笑道。

「我很冷靜。」皓修怒道。

「所以，你對這位討厭鬼產生了好奇？」死神問，畢竟除了關於交易的內容，皓修很少找他討論旅行中遇到的人、事、物。皓修怒氣頓挫，過了好一會，才慢吞吞地擠出答案。

「……一點點吧。」

「『所有愛情都開始於一份好奇，終結於一絲懷疑』。」死神輕輕一拍手：「這是某位愛情心理學者的名言喔。」

「我怎麼可能對這種女人有興趣。」皓修一臉厭惡地搖頭：「更何況，我頂多知道她的姓名還有工作，除此之外對她一無所知。」

「你想試圖了解她，不就代表你有興趣嗎？」死神一針見血。

「……」皓修一愣，隨即安靜下來。的確如此。這樣不好。

「差點就違規了。」皓修嘆了口氣，心跳也漸趨平緩。

「……」死神聳聳肩，不置可否。

「況且，我也沒機會再遇到她。」皓修說出結論。下週，自己當然不可能再去上課。無論對方有多特別，他與這位老師的「師生之情」便是如此短暫。那看起來讓他生氣許久的惡作劇，不過也是一場小小的鬧劇。一向如此。也會一直是如此。

皓修將眼神投向前方，正圍著棺木哭哭啼啼的家屬們。其中，還包括一個抱著年幼嬰兒哭泣的女人。那些人，在更早的七天裡，都曾經與自己有短暫的交集。他甚至還記得他們的名字——迅速忘掉人們的技巧，自己一直沒有學會。

他只是沒有生前的記憶，但仍擁有正常人的心智。他能確定自己一定比普通人聰明，不然不會有這麼快的學習能力。但是，智商與情商是完全不同層面的東西。所以，這一份好奇與不可名狀的情感，就隨著這次的結束而結束吧。

這就是旅行。旅程裡遇到的一切人事物，都是會有句點的。沒有緣分，沒有巧合，更沒有什麼命運。一切都得在短短的七天中，做出一個起承轉合。不管她是什麼樣的女人，都和自己無關。

滴滴，滴滴。滴滴，滴滴。手錶上的鈴聲響起。

「時間到了，期待自己是怎麼死的嗎？」死神站起。

「急性腎衰竭，來不及送院。」皓修也站起，臉上已經重新恢復淡然。

「真無趣，為什麼要自己破梗？」

「意外之外的死亡，對我來說都不在意料之外。」

皓修說著，轉身就離開了葬禮現場，沒有再看一眼身後的場景。

她叫余思蘋。

一個光從外表，絕對看不出有多機車的美麗女子。

# 03

皓修的評價其實錯了一半。那一位在網路平台上沒有任何痕跡的討厭鬼，並不是所有人都討厭她；相反地，她很受學生歡迎。余思蘋所帶的課程，由於是大四選修課，會選這堂課的學生大部分都是抱著較輕鬆的心態來上課。加上這堂課的課程內容多樣化，常常給學生很大的驚喜。而且只要遵守這位老師訂下的基本規則，這兩學分並不難拿。所以這門「自我探索與愛情實現」也成了熱門選修——當然了，更重要的是，這位老師很漂亮。

這位名為余思蘋的年輕女子，雖然不像那些喜歡打扮自己的潮流正妹，卻帶著某種清新脫俗的清秀。尤其常駐在她眉宇間的淡淡不屑，以及總是從容講課的高冷氣質，更吸引了一票少年少女熾熱的心。

就學生們的八卦網所知，她來到這間大學的兩年內，不乏追求者——不只是其他老師，就連懷抱著姊弟戀夢想的學生也有，足見她人氣之高。可惜的是，她沒有接受任何人的意思——這一點，就是皓修說對的另一半了。

她不只在網路上沒有任何痕跡，在現實生活中也離人群非常遙遠——認真說起來，余思蘋根本幾乎沒有朋友。

不是朋友少，不是幾乎沒朋友，更不是什麼「只有一個生死至交便足矣」——她是真的一、個、朋、友、也、沒、有。沒有能夠談心的同性朋友，沒有正在曖昧的異性友人；國中、高中的同學畢業後就沒有再聯絡過，大學時期出國遊學數年，聯絡人清單裡也沒有因此多了任何外國名字。

在現實生活中，她除了上課時會跟學生互動，以及感情很好的父母外，其他地方完全不會跟他人往來；這世上和她生活圈有所連結的人，除掉學生、親人後，恐怕一隻手就能數完。

哪怕旁人只是露出一丁點好奇，想要靠近一丁點，她都避之唯恐不及——喔，不對，她並不會有「唯恐不及」這種失措的舉動，她處理所有想親近她的意念時，都是以一層硬度十足的冰牆隔開。

這並非強行裝出來的冷淡，也不是刻意拒人於千里之外。而是單純將整個世界都視為陌生人。

課堂接近尾聲，余思蘋開始收拾著東西，一邊替這堂課做結尾。雖然才剛考完期中考就要交作業，但學生們並沒有不開心；相反地，由於作業內容很簡單有趣，老師給分又大方，對大部分人而言反而是福音。不過，學生們之所以接受度這麼高，主要還是因為這位老師的課程內容有別於其他老師，更多了一份趣味性。

例如今天的課堂主題，叫「戒指」。

但是余思蘋切入的觀點非常特殊，甚至有點反傳統。

「戒指會做成圓形環狀，代表著監禁。」她說道：「這個圓箍狀物體，從戴上無名指那刻起，便以契約的形式奪走對方下半生，更剝奪了兩人的自由。」

底下學生面面相覷，這觀點未免也太嚇人。

「老、老師，可是婚姻不是該讓人幸福的嗎？」一個學生鼓起勇氣舉手。

「誰說被奪走自由就會不幸福？」余思蘋搖搖頭：「大部分的人看似追求自由意志，同時潛意識裡又渴望被束縛——束縛代表承諾，承諾帶來穩定，穩定製造安全，安全帶給我們最終的歸宿——」她說著，晃了晃手中的事物。那是一枚外貌有點陳舊、卻保養得非常乾淨的銀色戒指。

「鮮少有人意識到這兩者的關聯，但自由與幸福本來就是一體兩面。」余思蘋認真說道：「想要追求愛情，卻又不肯放棄自我，最後只會落得竹籃打水一場空的下場。」

「……」底下不乏有交往對象的學生，聽到這番話都露出不服氣的表情。但是按照他們的經驗，他們是沒辦法在口舌上辯過這位老師的。

「老師的意思是，我們其實都想被綑綁 play 嗎？」一個學生隨口胡扯，立刻引起一陣笑聲。

「我的意思是，大部分的人並不明白自己的真實想法——比起需要什麼，我們更容易因為想要什麼而去行動。」余思蘋臉上也帶上難得的笑意：「就像你們是否還記得自己一開始選課的時候，考慮到的是自己是否需要這門課的學分，還是很想要聽這堂課的內容——」她的視線注意到某個空位，接下來的話戛然而止。笑容消失了。

她的課堂上，幾乎沒有人敢翹課。在她為數不多的規則中，翹課是最嚴重的；你敢在沒有正當理由的情況下亂翹老娘的課，那就請你在期中考後退選吧，不然就是等我當掉你了。

「但是，我想一定有人什麼都沒想清楚就選了這堂課吧。」余思蘋說著，眼中溫度很低。

虧我還對你這個在期中考時做心肺復甦的學生印象深刻呢，23號同學。還是，他被自己的惡作劇給激怒，這堂課罷課？

「真是幼稚。」余思蘋喃喃說著。

就在這時，一個學生的問題把她的意識拉回。

「老師，那枚戒指是妳男友送的嗎？」那學生盯著余思蘋手中的戒指。這枚戒指，是余思蘋一直隨身攜帶的飾品，這堂課剛好拿來作為範例。而這位學生的問題擺明就是在刺探情報，男同學們立刻豎起耳朵——大家都知道這位老師未婚，但不清楚她是否有男友，這可是探聽虛實的大好機會。

「為什麼有戒指的話，就一定是男朋友送的呢？」余思蘋哪會不知道他們的心思。

「這很正常吧，誰會沒事隨身帶著戒指？」那學生問得熱切。

「你有男友嗎？」余思蘋反問。

「呃，報告老師，我是直男，當然沒有男朋友。」那學生愕然。

「……」余思蘋愣了一下，隨即再問：「你有女朋友嗎？」

「有。」男學生老實回答。

「那你有沒有送她戒指？」

「還、還沒……」

「既然你有女友卻沒有替對方準備戒指，那我為什麼不能沒有男友卻擁有一枚戒指呢？」余思蘋笑了。

「……」那學生愣在當場，一個字都反駁不了。

「這枚戒指是我們家的傳家之寶，是我母親給我的。」余思蘋微微一笑：「希望這有解開你們的疑問。」

「……」男學生們精神一振。

就在這時，下課鐘聲響起。

「今天的課程到此結束。」余思蘋將戒指套回項鍊，重新掛回頸子上：「下週不用上課，所以你們有兩週的準備時間，別忘記交作業了。」這動作既瀟灑又流暢，不只是男生看癡，連女生都看得很是羨慕。

這個老師，真的是太有個性啦！

除了學校與家裡以外，余思蘋唯一會去的地方，是一間咖啡館。

這間咖啡廳網路上查不到，就這麼靜靜坐落在城市角落。它的外表不太顯眼，甚至連招牌都沒有；店內的裝潢有些年紀，不過看得出有在用心打掃，乾淨的內部空間配上優良的採光，整體上給人舒適的感覺。

而余思蘋常來的最主要原因有二：第一個原因，是這兒的構成很簡單，一位女老闆以及一位工讀生；女老闆在這做了十多年，工讀生則是從高中一路幫到大學。從余思蘋有印象起，這裡就一直只有這兩位店員，根本沒有人事更迭。

而第二個原因，是這裡幾乎沒有客人。一整天一個客人都沒有是常態，有時候整星期只有一個客人也很常見；老闆娘自己也說過，她只是開店開興趣的，每天聞著咖啡香氣也不賴。

余思蘋走進店中後，本來就打算走向自己習慣的最深處座位，卻隨即停下。那個位置已經有人。一個背對這邊，正在使用筆記型電腦的客人。

「這裡竟然會有客人。」余思蘋有點訝異。

「我聽見了。」老闆娘揚聲。

余思蘋猶豫了一下，隨即轉彎，走到另一個角落坐好。她將一本書取出，放在桌上。

「思蘋姊姊，老樣子嗎？」工讀生走上前來問道。

「嗯。」余思蘋點點頭。

自己來了這麼多年，一切都有了制式流程。

扣掉每週固定在大學擔任講師，余思蘋同時還在各大專欄寫文章，甚至也出書——用的當然是完全追蹤不到真實身分的筆名，與世界隔絕得很徹底。

她來到這裡，或是備課，或是寫稿，或者是單純的看書——總之，余思蘋待在這裡時，一向是她最享受的時光。沒多久，一杯熱騰騰的卡布奇諾端上。

「思蘋姊姊，妳有注意到我有什麼不同嗎？」工讀生將手中托盤放在胸前，笑嘻嘻地問。

余思蘋微微一笑，看著這個活潑的少女。老闆娘說過，她是一個很可愛的女生，就是精力旺盛了些。作為她在人間少數會互動的人類，余思蘋並不會拒絕與她對話。

「嗯……」她觀察了一會，才勉強答道：「妳換了髮型？」

「……不是，我換了瞳孔放大片。」工讀生肩膀一垮，比了比自己眼睛，隨即轉身走開，還一面嘟囔：「嗚嗚，該不會這個顏色很不明顯吧？」余思蘋一愣。

等確定工讀生遠離，她才從包包中取出一本小小的日記本。她先是看了看四周，確定沒有人在注意這邊，這才翻到其中一頁，在上頭添了新的一行字。

「原來是放大片啊。」她沉吟著，語氣中帶著淡淡的悵然：「糟糕，忘記問她是什麼顏色了……嗯，不對，把顏色問得太清楚也不好，萬一弄巧成拙……」

就在她專心思索的時候，一道身影走進了咖啡店。只見他環顧四周一圈，一下子就注意到余思蘋，欣喜地走過來。

「嗨，思蘋。」他溫暖地笑著，聲音很有磁性。

「你誰？」余思蘋看著對方，眼神警戒。

「為何要裝作不認識我？」對方苦笑：「我是子豪呀。」

「顏子豪。」余思蘋咋舌，的確是熟人。這下子，這世上與她有連結的人，有一半都在這裡了。她眼中的警戒消失，肩膀卻依舊緊繃。這個男人是她的追求者之一。唯一堅持了數年，經歷各種回絕後，依然堅持下去的男人。

「你怎麼會出現在這邊？」余思蘋邊說，不動聲色將日記本收回包包。

「妳放假一向喜歡來這裡的，不是嗎？」顏子豪笑道：「今天天氣很好，這可是難得的假期啊。」

「既然知道這是難得的假期，為什麼還要來破壞？」余思蘋淡淡回答。

「妳竟然把我的出現稱為破壞？」顏子豪笑容轉苦。

「嗯。」余思蘋點點頭，一下子就把氣氛弄得很尷尬。若不是顏子豪已經習慣這位女子的風格，他恐怕會立刻奪門而出吧。

「介意我點一杯咖啡嗎？」顏子豪強自鎮定，邊舉起一隻手。

「介意。」余思蘋又點點頭。

「……」顏子豪的手尷尬地僵在半空，直到工讀生蹦蹦跳跳走來，才假裝若無其事地放下。

桌上多了一杯黑咖啡，顏子豪也厚著臉皮坐下。

「思蘋，妳在準備之後的課程嗎？」他注意到桌上的書。

「我在準備新書。」余思蘋答，完全不打算抬槓，直接切入正題：「無事不登三寶殿，說吧，你是來幹麼的？」

顏子豪啜了一口黑咖啡，也不知道是嘴中比較苦，還是心中。

「我是想來問妳，下週有沒有空。」顏子豪說道：「我想邀妳一起去澎湖。」

「……」余思蘋一挑眉。下週恰逢連假，大學的課程自然放假一週，她等於有了十多天的空閒時光——對方連這都算好了？

「為什麼不打電話就好？」

「這種事情，我希望能親自向妳說。」顏子豪笑道——更何況，如果我打電話的話，妳八成不會接。不，是十成，妳鐵定會按成靜音不接。

「……」余思蘋張了張嘴，就打算說話，顏子豪搶先一步截斷。

「當然不是單獨，我連伯父、伯母一起邀了。」他連忙說著：「我想說，讓伯父伯母也出去走走，散散心也好。」

「……」余思蘋皺了皺眉。這男人八成已經問過家裡二老了吧？不，不是八成。是十成十，這傢伙一定都打點好了。

不得不說，顏子豪真的很會做人——扣除對她獻殷勤的那一部分，他對自己家人也是非常殷勤，逢年過節的禮盒從來沒少過。若不是尊重女兒的意志，余思蘋猜想家裡二老早就倒戈到對方那邊了。

顏子豪看出對方遲遲未答，心中反而一喜。這是第一次，她沒有直接拒絕自己。

「思蘋，我已經追了妳兩年，至少給我一次機會，好嗎？」他坦然說道。

「……」余思蘋拿起一根湯匙，將匙面遮住顏子豪的臉，然後瞇起眼睛。

「妳這是在做什麼？」顏子豪沉聲，心中只覺得對方這舉動可愛極了。

「我在思考，你跟人偶的差別是什麼？」余思蘋淡淡地說道。

「……」顏子豪愣了一下。

「好吧，就去吧。」余思蘋說著，又補了一句：「你會去嗎？」

「如果妳真的不希望我去……」顏子豪心情大好，忍不住開了句玩笑。

「嗯。」

「……」顏子豪咳了一聲，假裝上一段對話沒發生過，繼續說著：「我去過那裡很多次，絕對是最棒的導遊。」

「……」余思蘋不置可否地頷首，低頭看向手中的書。

顏子豪心裡喜孜孜的，知道自己已經達成目的，隨即喝完黑咖啡，站起來準備離開。

「阿尼……姆斯？」他注意到余思蘋在看的書名，忍不住問：「那是什麼？」

「備課用的東西。」余思蘋淡淡說道，沒有抬頭。

「……」顏子豪知道自己該離場了，便識趣地不再多問，走向櫃台。

「不要擅自幫我付錢。」余思蘋突然說道。

櫃台旁，顏子豪本來已經掏出兩張鈔票，現在只能尷尬地收回其中一張，工讀生衝著他扮了個鬼臉。直到這個男子離開咖啡店，余思蘋都沒有抬過頭，只是專注地看著手中的書。

《阿尼姆斯》嗎？

不行。

無論再怎麼努力，顏子豪的身影都無法與腦中的那個身影重疊。

在自己的腦海深處，那一身白衣的人始終無法被取代。

一旁，工讀生拿著掃把，假借打掃之名跑來八卦。

「姊姊，你們在交往嗎？」她劈頭就問。

「沒有。」

余思蘋只能放下書，她知道自己不滿足對方好奇心，就沒辦法繼續看書。

「為什麼不接受呀，感覺他追妳追好久。」工讀生語氣很惋惜：「而且他又帥又高，感覺也很有錢。」

「妳怎麼知道他有錢？」余思蘋問。

「他戴的手錶牌子超貴，大概比得上我一年在這邊的工資了，真是血汗。」工讀生唉聲嘆氣。

「我聽見了。」老闆娘揚聲。

「……總之呢，」工讀生吐了吐舌頭：「高富帥三樣優點都有，當然要接受呀。」

「我只看得出他很高。」余思蘋淡淡回答。

「天啊，姊姊妳就是眼光太高了。」工讀生再次唉聲嘆氣，拿著掃把開始掃地：「明明這麼漂亮，少一點彆扭有多好？」邊說邊掃，少女遠去。

「……」余思蘋無奈地搖頭，暫時看著手中的書。

自己眼光太高嗎？也許是這樣吧。不過，她也深知自己的問題，可不是「少一點彆扭」就可以解決的。

咖啡店中，不遠處的角落位置。

「哪只有一點，根本就是，超級、超級大彆扭。」那個始終背對這邊的客人，心中下了這樣的評價。

這個客人和余思蘋素昧平生，今天甚至是第一次來到這間咖啡店。但他眼裡的光芒，卻完完全全是在針對那位女性。因為他對對方的印象並不太好。雖然彼此的相處時間只有短短兩小時（或者說兩節課），但已經足以在他心中留下不可磨滅的壞印象。同時，他卻也不禁訝異，自己竟然在短短兩次旅行、兩個截然不同的身體裡，遇見同一個人。

是的，我們的旅人先生，正是這間咖啡廳中唯二的客人之一——會出現在這邊，絕對是巧合中的巧合，他自己也很驚訝。

在余思蘋進咖啡店的十分鐘前，皓修「飛」到了這具身體。這條巷子四周無人，省了他大半心力。略微略微掃描四周，一下子，他就注意到這間沒有招牌的咖啡店。

「——看起來是個適合搞清楚現狀的地點。」做了這個判斷，皓修走進店中。

店內沒有客人，空蕩蕩的座位區，正在櫃台發呆的老闆娘，以及正在玩手機的工讀生。

皓修頗喜歡這裡的氛圍，心中暗暗下了決定，如果未來情況許可，也許能用不同的身體來這邊作客。

「有客人耶。」工讀生注意到皓修進來，忍不住睜大眼睛。

妳是在驚訝什麼啦？皓修暗暗吐槽。這工讀生年紀大約十九，長相甜美，一看就是擅長打扮自己的類型，整個人充滿青春活潑的氣息。

「要喝什麼嗎？」工讀生眨著戴著銀色瞳孔放大片的眼睛問道。

「拿鐵，兩包糖，謝謝。」

等皓修點完拿鐵、坐好，隨即開始檢視自己。身上背著一個公事包，裡頭放著一些資料，還有一台筆電。筆電啊……扣除掉手機，可是最快了解這具身體人生的工具了。等到拿鐵上桌時，皓修也差不多研究完這具身體的人生軌跡，甚至進一步規劃好未來七天的生活了。

「這具身體的生活很單純。」皓修心中暗暗想道：「接下來，老樣子，保持低調，不要與人有不必要的互動——」

就在此時，咖啡店的門被推開了。

皓修神色不動，外觀上是在繼續鑽研筆電，但已經迅速分神注意後方。他選擇這個位置是有用意的；照理來說，選最角落面對門口的位置，才能一覽全局，但自己「初來乍到」，萬一進來的是和這具身體有所關聯的人物，反而不好應對。更何況，他早就學會利用周遭一切來觀察，而不是靠肉眼。

「就像忍者一樣。」皓修幽自己一默，同時已經將智慧型手機開啟拍照模式，調好角度，朝後頭輕輕拍了一張照片。不動聲色，他轉回手機查看照片。然後臉色大變。

進門的很眼熟，毫無疑問是那個名叫余思蘋的老師——討厭鬼！

「怎麼又是她！」皓修簡直難以置信。

自己換過這麼多身體，不是沒有遇過這種情況。有人做過統計，每當你認識五個人後，第六個人必定跟其中一人在現實生活中有所連結。但是連續兩週遇見同一人？

這根本前所未見！

「……」皓修強迫自己深呼吸，一下子就冷靜下來。幸好，自己是背對門口。不然剛剛自己臉上的駭然一定會嚇到對方吧？並不是每個人都有機會一進門就看到一張驚恐莫名的陌生人臉龐的。

皓修將電腦螢幕調暗，一下子就成了天然的鏡子；再稍微調整一下角度，將注意力凝聚於耳朵，就能觀察後頭發生的事。

「她是這裡的常客嗎？」他從工讀生與余思蘋的互動可以得知這點。

此時的他，已經恢復冷靜。在經歷這麼多次的旅行後，很少有真的能讓他訝異許久的事——畢竟，他親眼見過死神，也親自體驗過一次又一次的死亡；對於所謂「離譜的怪事」，皓修的承受能力早就超越常人。

不過就是，一次統計學上的巧合罷了。想通了、冷靜了，皓修也能重新審視著余思蘋這位在他旅程中，難得激起漣漪的女子。

今天依舊很美。

沒有化妝的臉龐，卻清秀異常。穿著簡單，上衣是米色的無袖襯衫，下身是牛仔褲。雖然如此，依舊動人。陽光從外頭灑進，也不知道是反射還是折射，讓她發出淡淡的光暈。

「……」皓修陷入古怪的停滯時，沒注意到工讀生已經端著拿鐵走來。

「你該不會……也是思蘋姊姊的暗戀者吧。」工讀生將拿鐵輕輕放在桌上。

皓修虎軀一震，這才回神。

「我今天才第一次見到她。」他面不改色，將糖包撕開。

「所以是一見鍾情？」工讀生一挑眉，嘴角八卦地上揚：「我跟姊姊其實也不熟啦，但基本的情報還是有的，我能幫你喔！」

「胡說什麼。」皓修將糖粉灑進拿鐵時，突然皺眉：「妳剛剛說『也是』？」

「稍早前，有個帥哥哥先來打點了，大概也是思蘋姊姊的追求者吧？」工讀生笑道：「他來過很多次了，真的很帥。」

「比我帥嗎？」皓修忍不住脫口。

「……雖然您是尊貴的客人，我本該以客為尊，不過……我……我覺得……」工讀生露出為難的表情，陷入職業道德和誠實原則的掙扎。

「……安靜。」皓修握拳。

算了，這筆帳得算在這具身體頭上，不關自己的事。他相信自己以前一定是俊美型男。

「你看，人到了。」工讀生突然小聲說道，人也走開了。

「……」皓修將糖粉完全撒入拿鐵、開始用湯匙攪拌時，也看見了再次進門的那人。

一個英俊、高大的男人。氣質風雅，相貌出眾，打扮得體，舉手投足間帶著濃厚的男性魅力。

接受過無數人生的皓修，一眼就看出這男子是社會金字塔的頂端。

或者說，頂端的後裔。不是大企業的公子，就是政商之流的第二代吧，更重要的是，他身上並沒有那種惹人厭的貴氣，反而處處透露出親切與風度。

「……這樣的男人，為什麼會追求那個討厭鬼？」皓修嘟囔，連自己語氣變酸都沒發現。

余思蘋與該男子互動起來。接下來，皓修假裝使用著筆記型電腦，一面凝神偷聽。

可惜的是，雖然能看得見，但由於對方兩人都很注意音量，自己幾乎什麼都聽不見，這讓他焦躁起來。

「想聽他們講什麼的話，我可以幫你喔。」工讀生又來了。

「沒興趣。」皓修秒回。

「……」工讀生哼哼，卻仍在四周晃來晃去。

「……妳不用去做事嗎？」

「今天的營業額已經達成。」

「……」這什麼奇怪的賠錢咖啡店？

皓修掙扎了一會，最後終於嘆了口氣。

「收好，這是妳的小費。」他從皮夾裡抽出一張百元鈔票。

「謝謝。」工讀生笑咪咪地接過，然後隨即描述起來。

這一百塊小費的確物超所值，工讀生轉達得很詳盡，皓修一下子就知道另一桌發生的所有細節。

「下週要去澎湖嗎？」他心裡默默想著，喝了一口拿鐵。

……好難喝，難怪這間咖啡店會沒人。

所以說，那個男人——似乎叫做顏子豪——是余思蘋的追求者。

這一追，足足追了兩年，始終沒有追到。至於為何沒有追到……皓修猜，單純是因為余思蘋的個人特質吧。這兩年間，余思蘋沒有給過對方機會，送的禮物不收，私下的邀約不接，完全不給對方靠近的機會。

「真是個難搞的女人。」皓修的心情莫名地愉快。雖然不太理解余思蘋拒絕對方的理由，但他不自覺地感到開心。同時，他也用手機上網查詢了顏子豪這個人。

如他所料，是大企業的第二代；顏家企業恐怕是台灣前五大的經濟怪物，在東南亞、中國、日韓都有設廠，光五十樓以上的商業大樓就蓋了十幾棟。而顏子豪未來接手家裡公司的機率極大，前途一片光亮。

「顏家企業？怎麼聽起來有點耳熟。」皓修有種熟識感，在心中將這詞彙念了好多次，卻一無所獲。

……算了，自己跟那麼多人打過交道，其中不乏政商名流，八成是某次旅行中有過交集吧？

「完全輸慘了呢，陌生人大叔。」一旁的工讀生感嘆。

「……我就說了，我才不是什麼競爭者。」皓修咋了咋舌——是呀，自己才不是任何人的競爭者。

手機放下後，皓修又喝了一口拿鐵；本來就不好喝的咖啡，現在變得更苦澀。

顏子豪看起來並不是那種在情場上，利用自己優勢壓人的花花公子；相反地，他是個老實、穩重的年輕人——從他能不屈不撓追求兩年，卻從不過分進逼這點可看得出來。

此時，顏子豪已經離開咖啡店——皓修沒有看漏他推門離開前臉上的喜悅。這種表情，通常只會出現在單純之人的臉上。

「活像年輕爸爸第一次抱到剛出生女兒後露出的表情呢。」皓修再次嘟囔。

「你這譬喻還真生動。」工讀生忍不住一挑眉：「不過我說大叔，你打算就這樣認輸嗎？」

「認什麼輸？我就說我不是——」皓修沒好氣說著，拿起拿鐵。他接下來的話突然噎住了。

我不是……什麼？

是呀，無論這一男一女會怎麼發展，都只是大都會中的一段插曲；結果是好、是壞，都與自己無關。他只是他們人生中的區區一片落葉，他們也是自己無數次旅程裡的一個過客。自己不過是在那數千分之一的可能性裡，湊巧來到那間教室而已。

「……」皓修的咖啡杯放回桌上。

——但是自己遇到她兩次了。

如果說第一次遇見，是兩千三百萬分之一的機率。那連續兩次遇見，可就不是兩千三百萬分之二這種算法了。

「……大叔，如何？」工讀生看著沉思的皓修，眼睛一亮：「不想放棄對吧。」無關支持不支持，她只要有熱鬧可以看就好了。

「……」皓修沒有立刻回答。

死神曾經說過，皓修是一個大部分時候都很冷靜、成熟、穩重的人類，而且很聰明。就算是在旅行的最初期，他也能從容地應對許多突發狀況，這可不是常人能做到的——但是，既然說他「大部分」時候是如此，就一定有「小部分」的例外。

所以他才會修改遺囑，惡搞那些冷酷的眷屬；所以他才會拎著播音機，在葬禮上播放鄧麗君的歌；所以他才會在別人的課堂上，咄咄逼人反問老師。所以現在，他才會暫時忘記了和死神交易間的規則，有了全新的舉動。

「幫我個忙。」皓修臉上帶上了自己都沒注意到的笑意。

他拿了張小紙條，在上面寫了起來；隨即將它與一張一百塊小費交給工讀生。

「……你確定？」工讀生看了看紙條，一臉狐疑。

「很確定。」皓修很佩服自己。

「……好吧。」工讀生聳聳肩，轉身辦事去。做完這件事，皓修心情大好，拿鐵似乎也沒有那麼難喝了。

不遠處，余思蘋收到了那張紙條，眉頭立刻皺得老高，然後冷冷看向這邊。

「……」皓修依然背對，卻能感受到對方的情緒，心中一樂。剛剛，他在紙條上只寫了一行字。

「這裡是公共場合，要調情請到別的地方。」

「生氣吧，妳應該也不會找一個陌生男人吵架吧？」皓修幸災樂禍，再次把帳推到這具身體上，「千萬別當奧客。」帶著報復成功的快感，他心情變得非常的好。

「……！」余思蘋的反應卻出乎皓修意料。

臉上並不沒有不悅，頂多眉頭間的不屑更濃了些。

她慢條斯理地將紙條輕輕地摺好，放到包包，然後站起、直直往這裡走來。

「……！」

皓修看著螢幕反射中逼近的女人身影，嚇了一大跳。

我靠，對方脾氣比想像中還衝啊！他只能強迫自己鎮定，雙腳微微顫抖地等待對方。

刷！

余思蘋走到桌前，拉開椅子坐下。不遠處的工讀生一臉興奮地看著好戲。

「……」皓修看著對方，努力不讓自己氣勢弱掉。

「我想告訴你，你錯得離譜的三件事。」

余思蘋開口，就像冷泉一樣從皓修頭上澆下。

「……」皓修拿起拿鐵，將咖啡杯微微一舉，表示自己正在聽。

「第一，我沒有在調情。」

「……」皓修將咖啡杯湊到嘴邊。

「第二，我不覺得自己剛剛的音量有大到足以影響到別的客人，不過……」余思蘋說著，沉吟了一會：「如果有的話，我向你道歉。」

「……」皓修一愣，沒想到對方會這麼快放軟姿態，不禁有點尷尬地將剩下的拿鐵一口氣喝完。

「第三……」余思蘋說到這邊，語氣一轉：「我本來還在想，你是不是生病才翹課，不過看來你精神挺好的呀？」此時，她眼中已經沒有任何溫度。「23號同學。」

皓修口中的拿鐵全部噴出。

——皓修的那一小部分，說白了就是「幼稚」。

# 04

有人說，如遭雷擊只是形容詞。但對皓修來說，他還真的有被雷打到的經驗。在那一瞬間，雷電用無與倫比的高速湧入身體，然而明明是千分之一秒、甚至萬分之一秒的過程，感官卻會空前膨脹，讓他感受到巨大能量進入身體所有細胞的漲裂感；而電流通過心臟的聲響，也會無限放大成劈開世界的震耳欲聾。最後，當雷電竄出身體時，皓修的靈魂也再次進入旅行的輪迴中——從那次在樹下被雷劈死的經驗後，皓修就嚴厲拒絕進入那些本來會被雷電打死的身體。

而此時的他，毫無疑問如遭雷擊。因為女子的一句話，他整個人的靈魂差點被彈離身體；若不是多次旅行生涯的調教，讓他擁有了鋼鐵般的意志，他可能會直接尖叫吧。饒是如此，他仍然失神了。這一失神，竟然失神到工讀生伸手戳了戳他肩膀，重新喚醒他為止。不知何時，對面的座位已空，窗外的陽光也開始收斂。

「你們到底講了什麼啊？」工讀生一臉好奇：「看你失魂落魄成這樣。」

皓修呆呆地看向工讀生。

「……我像是學生嗎？」

「呃，二度就職訓練課程、活到老學到老的那種學生嗎？」

「不，大學的學生，青春活潑那種。」

「如果再年輕個三十歲有可能吧。」工讀生噗哧一笑：「大叔，你真幽默。」

「了解。」

皓修點點頭，默默轉頭看著身邊的玻璃。倒影裡，一個未老先衰的中年男子，同樣茫然地回看著他。

他不可能聽錯，余思蘋稱呼他為23號同學。這個代號，是他上週的身分——二十一歲，一個即將大學畢業、一臉稚氣未脫的少年。

再怎麼看，也和自己現在附身的五十六歲中年人沒半點相似之處吧？

皓修慢慢低頭，看向桌子。上頭貼著一張便條紙。便條紙上用絹秀的字體寫著——

公開場合亂噴飲料很不衛生。

還有，記得下下週要來上課。

看來，自己一定是陷入很長一段時間的恍神；在余思蘋眼中，可能解讀成「曠課被抓到的學生，在老師面前露出無所遁形的驚駭神情」吧？

「……」皓修深深吸了一口氣。

仔細想想，皓修其實已經很習慣遇到奇特的事情。畢竟這麼多年來，他經歷了大大小小的事，讓他得到遠超常人的經驗值。舉例來說：他當過毒蟲、追捕毒蟲的警察、吸毒的警察，甚至當過生產毒品的毒梟，也當過毒梟最忠心的小弟——而這名小弟其實是警察派去的臥底，之類之類。

看多了，做多了，也較能夠處變不驚。如今，他已經進化到能夠在一睜開眼睛，發現自己雙手被綁在椅後，前方有好幾把槍口對著自己時，仍能冷靜思考——現在我是要擺出害怕的表情，還是以淡然的態度面對，才能融入現在這具身體的故事裡？

當然了，能夠這麼冷靜思考，除了歸功於他千錘百鍊的意志力，還和死神給予的承諾有關。這份交易的性質上是補償，所以死神不會特別惡搞他——不然想像一下，把你塞進一個七天後會被撕票的人質身上，這七天只能活在後車廂中，屎尿全部拉在桶子裡，吃吃喝喝則得依靠自體循環……這樣的七天未免也太悲慘。

死神從不介意讓皓修自由選擇附身的對象；就算是隨機安排，也不會讓他進入會經歷痛苦七天的身體。甚至，死神總是會提早一步拿走皓修附身者的痛覺，以避免他一次又一次承受死亡的疼痛。

畢竟，這份交易是個禮物，而不是詛咒。也因此，皓修對這份交易一直都很滿意。至少，在經歷初期的各種顛簸與磨合後，雙方鮮少再對交易提出問題——直到今天，他終於再次遇到超乎預料的事情。他很需要解答。而能給他解答的「人」只有一個。

勤美，綠園道，晚間。

這裡除了各種店家、百貨公司、文創區以外，還有一個有如廣闊公園的地帶，可以讓人們前來溜達；或許是野餐，或許是遛狗，或許是約會；搭配上夜間亮起的燈光，以及不時吹過的舒適涼風，一向是外地觀光客或本地人愛來的地區。

今日洽逢節慶，人潮比以往都多。人來人往裡，融入人群的皓修暗暗下了某個決定。通常，他必須等到這具身體的最後一天（往往是他參加上一具身體葬禮的那一天）死神才會現身。

但他根本等不了六天，此時他心裡的疑問就像一把火，燒得他非得立即得到解答不可。不過——

「我好像根本沒有聯絡他的方法。」皓修暗暗咒罵。

他以前有試過手機撥號666，或是在紙上寫字然後一把火燒掉，甚至雙手合十祈禱想和死神對話——不過對方都沒有當場回應，而是等幾天後的葬禮時，再狠狠嘲笑他一番。

「你電影看太多啦！我很忙的。」死神雙手環胸，一臉不耐煩：「除非是影響到生死界線的事，不然我才不會沒事就出勤呢。」

此刻，皓修鐵了心要找出死神。或者說，召喚它。

「我知道你有一直在觀察我，我現在很需要你的解答。」他默默想著，也不知道要看哪，只好瞪著地底：「請你速速現身。」

當然沒人回應，死神沒有戲劇化地現身。

「你別裝死，我知道你在聽，難道你連售後服務都做不好嗎？」皓修繼續用力想著。

當然，還是沒人回應。四周的人潮依舊是人潮，就是沒人回應他這個大叔心中的聲音。

「是要逼我就對了……」皓修嘆了口氣，在大街上停下腳步。

看來，要召喚死神，只有用那個快速的、有效的老方法了。

他深吸一口氣，然後扯開喉嚨大吼：「**我的名字，叫做黃——**」

一瞬間，在四周人還來不及嚇到、還沒有一雙視線投來前，一支糖葫蘆直接塞進他的嘴裡。

「閉嘴！吃糖！」一個手上抱著一顆西瓜，西瓜上插滿糖葫蘆的人，面帶微笑地瞪著他，然後將他直接拉到路邊。

「……」皓修任著對方拉著，瞇著眼睛，感受嘴裡的甜味：「你果然一直在觀察我。」

「我可是日理萬機耶，哪有那麼閒。」死神瞪了皓修一眼：「你是不是把我當成什麼隨傳隨到的客服人員之類了？」說到這，他的語氣開始上揚起來。不過皓修可不怕。

「我一個小時前吃了什麼？」

「大腸包小腸，配了一杯冰仙草。」

「……」

死神隨即發現說溜嘴，只好翻了翻白眼，拔了一根冰糖葫蘆舔了起來。

「那你應該也看到稍早發生的事了吧？那是怎麼回事？」皓修轉著冰糖葫蘆的竹籤，卻遲遲不肯吃下一口。這食物不管換到哪種身體他都不吃，實在太甜。

「你說咖啡廳那時嗎？」死神唔了一聲。

「我很有自信，自己並沒有露出什麼馬腳，足以讓她察覺到兩具身體間的連結——不，應該說那時的情境根本沒有這麼多線索給她。」皓修看著對方：「是系統又出了什麼錯誤嗎？」

「那個喔……」死神支支吾吾起來。

同樣在綠園道中。

皓修並不知道給自己造成莫大疑問的元凶也在這裡。

余思蘋站在樹邊，和人群保持著距離，只是靜靜站著。孤身一人，既身處於世界，卻又位在一切的邊緣。她的視線並沒有對焦，看似凝視人們，卻沒有把任何人真正留在眼底。也不知道站了多久，她的手機響起。順手接通。

「小蘋，妳答應了嗎？」電話另一頭傳來女性的聲音。

「……」余思蘋淡淡地說道：「果然，顏子豪先找過妳，對吧？」

「因為我覺得……也該是時候了。」對方笑了笑：「他是個好男人。」

「我不否認他是好男人。」余思蘋說著：「但……他是不是好男人，與我答不答應是兩回事。」

「……妳還是一樣難搞。」

「謝謝誇獎。」

「那妳有答應他嗎？」對方仍然在等余思蘋的答案。四周人來人往，人來人往……不知從何時開始，余思蘋的臉色開始愈來愈白。

「……嗯。」她頓了頓，這才說道：「我答應他的邀約了。」

「……」電話另一頭傳來了歡呼。

「我爸媽也會去。」余思蘋立刻補了一句。

「咦？」電話那頭愣了一下，似乎有點失望，不過隨即又笑了起來：「好吧，這對妳來說已經是很重要的一步了。」

「算是吧。」余思蘋淡淡說著，呼吸變得有點急促。

「好好把握呀。」

「再看看。」余思蘋試著和緩語調，不讓對方聽出自己的異常。讓她感到壓力的並非這通電話，而是四周。

「話說，妳現在哪裡？」女聲問。

「我在綠園道這邊。」余思蘋感覺到握著手機的手，已經開始微微發抖。

「咦？妳為什麼跑到人那麼多的地方，妳……」電話那頭愕然。

「我回診時再跟妳解釋，先掛電話了。」余思蘋斷然說道，隨即掛了手機。

不知何時，她的呼吸已經急促到幾乎喘不過氣的地步。臉色蒼白，明明天氣不熱，背後卻布滿冰冷的汗珠，掌心更是一片冰涼。

「都怪那個學生，把我的安東尼用壞……」余思蘋身體晃了晃，閉起眼睛。她連續深呼吸好幾次，本來飛快的心跳這才慢慢舒緩，但腳步還是有些虛浮。

看來，還是太早了。那可惡的23號學生……若不是因為他的白目，自己怎麼會淪落到得跑來這邊進行演練的地步？

「妹妹，要不要坐在這邊休息一下？」一個暖暖的嗓音吸引了余思蘋的注意。

她睜眼、抬頭，發現是一個不遠處的攤位。攤位擺設很簡單，搭了個棚子，外頭擺著一張又一張的畫作，主題是一個又一個不同的人們，看得出來全部都是手工繪畫。

余思蘋知道，那是一種被稱為「顏繪」的攤位；那些畫家畫工非常厲害，只需要短短的時間，就可以將客人活靈活現地繪製到紙上。

「我……」余思蘋猶豫了一下，雖然她現在手腳無力是事實。

「姐姐看妳身體不太好，反正又剛好沒客人，妳就暫時在這邊休息一下吧。」畫家揮了揮手，笑得很豪邁。說著，她拉了椅子拉過來，示意余思蘋去坐。

「……」余思蘋只好點點頭，慢慢走了過去。

她進到攤位內，一下子感覺就好受許多，緊皺的眉頭慢慢舒緩開來。

「謝謝。」余思蘋坐下。

「有好受一點嗎？」畫家問。

「有。」余思蘋回答。她沒有說的是，好受許多的原因並非因為她坐下了，而是因為暫時與人群隔絕開來。

「嗯……」畫家觀察著余思蘋，似乎在沉思什麼。

「……」余思蘋被看得有點不自在，眉頭微蹙。

「啊，抱歉，職業病了，一看到有趣的人就會手癢。」畫家聳聳肩。

「妳幫人畫畫，然後收錢嗎？」余思蘋隨口問道。這樣的職業大多出現在夜市或鬧區，往往得要有厲害的畫工才行。

「不，我不收錢。」畫家笑了。

「咦？」余思蘋一愣：「莫非，妳單純只是畫興趣的？」

「記錄人們才是我的興趣。」畫家笑道：「把人們畫下來只是其中一種方式——所以我不會收客人的錢，而是免費幫他們作畫。」

「……」余思蘋暗暗想著，這世上果真到處都有奇人軼事。

她看向那些作品，裡頭大部分都是單人畫像，但也有兩人一起的，或是兩個大人抱著一個小孩的家庭畫。

「話說回來，相逢何必曾相識。」畫家突然拍了拍手，靈光一閃：「我免費幫妳畫一張吧。」

「咦？」余思蘋愕然，連忙搖手：「不，不用了……」

「別客氣，真的不收錢啦，我心情好還會付妳錢喔。」畫家邊說，已經抄起旁邊的木板與白紙，另一手撿起鉛筆。

「……」余思蘋無奈，才不是這個問題呢。

不過，還不等她繼續多說什麼，畫家的筆已經在白紙上舞動起來，「我很難得遇到妳這樣的人，當然一定會好好把握機會啊。」她嘴裡輕輕碎念著，手上動作不見減速：「用這姿勢感覺還不錯……嗯……」

簌簌簌簌，轉眼間，黑色的線條交織出動人的輪廓。

「我這樣的人？」余思蘋有點在意。

「對，看妳的樣子，絕對是有故事的人。」畫家哼了哼：「而且是很寂寞的故事。」

「……我並不寂寞。」余思蘋面色一沉。

「妳向我說有什麼用？」畫家又哼了哼：「如果說每個人都是調色盤，那寂寞就是從妳身上洩漏出來的顏色——我只是借用了一點來作畫而已。」

這譬喻異常地精妙呀……

余思蘋只好閉上嘴巴，托著腮幫子，任由畫家作畫。

「妳的一切都很棒，很美好，是最棒的圖畫……」畫家一面畫，一面繼續觀察著余思蘋：「可惜就是缺了點什麼……」

「我，缺了什麼？」余思蘋微微坐直身體，今天她受到的批判還真多。

「別動。」畫家立刻喝令。

「……」余思蘋無奈地停止動作。

「嗯……到底是缺了……咦？」畫家還沒想出答案，卻突然注意到另一件事：「妳的衣服上似乎有咖啡漬？」

余思蘋皺了皺眉，默默地將外套拉了拉，遮住肩膀上的咖啡痕跡。畫家這一提，讓她再次想到在咖啡廳的遭遇。雖然對方有及時轉過頭，但自己仍然受到了一點波及——髒死了。

「發生了一些不愉快的事情，不過咖啡的汙跡雖然很難清除，我晚點……」余思蘋說道。

「沒關係，我也不在乎發生什麼，總之請妳先保持安靜。」畫家已經陷入自己的世界，手中的筆愈動愈快，「我現在正在專心思考，妳的故事裡到底缺了什麼。」

「……」余思蘋只好再次閉上嘴巴。

筆尖繼續在紙頁上飛梭，畫家全神貫注。窸窸窣窣，窸窸窣窣。窸窸窣窣，窸窸窣窣。畫家的畫，似乎也接近尾聲。但她的眉頭始終皺在一起，覺得自己的作品裡缺了什麼關鍵。

「有點不滿意啊……」她喃喃自語著，再次看向余思蘋，好像想要看穿她的靈魂：「怎麼看怎麼怪，有這麼彆扭的女主角嗎？」

「……」余思蘋哭笑不得，聰明地沒有回應，而是繼續維持沉默。她打定主意，反正也休息夠了，等對方一完成，自己就要立刻離開。

仔細想想，今天真的是莫名其妙的一天呀。先是難得的悠閒時光被追求者打擾，又遇到膽敢曠課的學生，甚至指責她在公共場合沒有公德心，並且很沒衛生地亂噴咖啡；然後她難得地走到真正的公開場合，隨即如同預料一般久違地發病；最後，現在的她被迫坐在這裡，被一個陌生人畫下，甚至還被嫌棄長相彆扭？不過呢……余思蘋想到了什麼。

面對皓修的問題，死神給出一個白目的回答。

「老實說，我也不知道。」他一攤手。

「什麼？」皓修一愣。

「就是因為不知道，所以才無法回應你啊。」死神咕噥：「誰知道你竟然開大絕招，實在是太傷我的心了。」

「所以……你也不知道那討厭鬼是何方神聖？」皓修肩膀垮了下來。其實聽到這答案，他也沒有太意外，但還是有點失望。

「搞不好只是湊巧啊。」死神咕噥。

「那……她會不會也是死神？」他開始猜測：「或是死神不小心跟凡人相愛，然後生下的後代？」

「你電影真的看太多了。」死神沒好氣地否決了皓修的猜想：「我們才不像韓劇裡演得那樣，常常出這些有的沒有的問題。」

「……」皓修瞄了死神一眼，伸手指了指自己。

「……那是特殊案例好嗎。」死神哼了一聲：「你這個案例在人世間，已經算是千百年來最玄奇的案件，如果再多一兩件我的頭絕對會痛死。」

「死神還會頭痛到死喔？」

「閉嘴！」

皓修不理會惱羞成怒的死神，開始思索起來。「既然她不是因為你們犯的錯所產生的個案……」他想了想，又問：「那她是超能力者嗎？」

「這個世界上沒有超能力者。」死神回答，直接戳破所有中二病的美妙想像。

「她是我上輩子的愛人？」

「這世上沒有輪迴。」死神回答，直接讓所有信徒崩潰。

「那她到底是怎麼回事？」皓修皺了皺眉，再次陷入沉思。

下午那女子的叫喚，可是還讓他還餘悸猶存。如此精準地稱呼自己為「23號同學」，這可不是一般的巧合。可說是非同小可。

「……我看你真的很在意這件事耶。」死神將第四根竹籤舔乾淨後，準確地射入五公尺外的大垃圾桶內：「或者說，很在意她這個人。」

「當然在意。」皓修說道：「這可是我這麼多年來，第一次在不同人身上被認出來。」

「不，我指的不是今天，你從上週開始就特別注意她了不是嗎？」死神說。

……的確。皓修本來想要在上一具身體的旅行結束時就拋下一切，把余思蘋的事情當作一段有趣的往事；沒想到換了具身體，竟然又在機緣巧合下有了新的發展。

「……說到這個，你反而比我想像得還不在意耶。」皓修突然想到什麼，不禁反問：「你自己都說了，這可是史無前例的特殊狀況，你還這麼冷靜？」

「愈是稀罕的突發狀況愈不需要在意。」死神語氣頗得意，絲毫沒注意到自己話中的矛盾：「畢竟呢，如果每次發生特殊狀況我就失去冷靜，我就不用當死神了。」

「說得倒是輕鬆，現在被影響到的人可是我。」皓修嘟囔著。

死神看了看皓修，長長的「嗯」了一聲，總算搞懂了對方的重點。原來如此，這也是人之常情呀。

「那麼，我問你個問題。」死神開口。

皓修側過頭，他注意到死神的語氣嚴肅起來。在那一張特色為稀薄的臉上，也帶上了某種認真的情緒。

「你覺得這是一件好事，還是一件壞事？」死神問。

余思蘋想到那個沒禮貌的人，真的公主抱著人偶穿越大街小巷的畫面。

嗯，不知不覺就氣消了。

她嘴角細微地上揚。

畫家一震，露出恍然的表情。

「沒錯，就是這個。」她讚嘆同時，筆尖也在紙上勾勒出最後的筆跡。

於是，一張嶄新的畫作，完成了。

「如何？」畫家把畫轉過去面對余思蘋，一臉邀功。

余思蘋對於畫中人物的好壞給不了什麼意見，不過對於畫中自己的動作卻有點好奇。畫中，一個女孩抬著頭，靜靜地看著天空。

「為什麼……我在抬頭看著天空。」她問，剛剛自己擺出的明明是截然不同的姿勢吧：「這是這張畫的主題嗎？」

「不，這不是在看天空。」畫家說：「這張畫的主題，是『等待』。」

「等待？」

「就是等待。」

「……」皓修一愣，沒有立刻回答。

他並不是被問倒，畢竟這問題他在短短幾小時內已經問自己好多次。卻沒有一次能回答。

「……在這世界上，除了那個老管家，根本沒有人會記得我是誰。」皓修緩緩說道：「不，應該說連察覺我的存在都無法。」

「畢竟這份交易，可不是用來讓你製造存在感，而是讓你能用另一種方式度過人生。」死神直言：「你本人跟世界的連結愈小愈好。」

「我知道。」皓修苦澀一笑：「所以，你問我覺得這是好事還是壞事……」

面對這問題，他哪能快速地給出一個答案？

在皓修的心裡，隱藏著一份早已熄滅的悸動。

他想被認出來嗎？

如果真的有人能認出我來……他願意嗎？

究竟，那個女子——那名為余思蘋的女子，在教室裡看見的究竟是誰。

而她在咖啡廳中認出的，並且感到不開心的對象，又是誰？是23號同學？是一事無成的普通上班族大叔？還是……

一陣風吹過，輕輕拂過他的臉頰。皓修順著這股溫柔的力道，默默地看向天空。

也許，他們都在等待著相同的東西。

# 05

女孩迷路了。迷霧籠罩一切，前方的道路像是沒了方向，更失去盡頭。但若是轉身，後頭的路同樣霧氣重重，根本回不到開頭。所以，她只能停下腳步，選擇駐足。

台上的老師，用溫和的音量對底下同學說道：「思蘋同學家裡發生了一點事，所以直到現在才入學，希望大家多關心她。」

老師旁邊，站在同一個講台上的她順著話，看向底下的同學們。這些人是未來兩年將要與自己同班的同學。但是在她的眼中，她們全部都隱藏在迷霧之中。

「……」她感覺到腳下的地面彷彿在融解，只能低下頭，避開所有視線。

出院那刻起，連醫生都解釋不了的「病」，就如影隨形地找上她。這個病症，讓她之後的人生全部都是迷霧。不只人生，連同過去與未來，一切都溶解其中。

只剩人偶。

余思蘋睜開眼睛。她發現自己正穩穩地躺在一張躺椅上。舒服的空調，裝潢與色調讓人安心，配上曲調悠長的水晶音樂，難怪她一下子就睡著。

這裡是一間心理諮商診所。

「妳睡得挺沉的，我就沒叫醒妳了。」一旁，坐在椅子上的女心理師說道。

余思蘋默默撐起身體，看向手錶——看來她約莫小盹了三十分鐘，整個門診一下子就去了大半。

「諮商費挺好賺的。」余思蘋看向那位心理師。

「妳不覺得身心舒暢許多了嗎？」女心理師笑笑：「那椅子可是外國進口的，每一個設計都符合人體工學，難怪妳會睡到打呼。」

「胡扯。」余思蘋說：「我才不會打呼。」

「妳反駁的地方竟然是這裡啊……」女心理師苦笑。

從這兩個女性的對談之間，能聽出一種相識許久的熟悉感；的確，這位女心理師是余思蘋那「不超過五名熟人」的名單之一，既是她上大學後認識的好友，同時也是替她看診多年的心理師。

心理師名為劉心瑀。可以這麼說，她也是余思蘋這輩子唯一的友人。

「對了，什麼是『蜈蚣怪』？」劉心瑀突然開口。

「蜈蚣怪？」余思蘋的表情微微一僵，隨即苦澀一笑：「是我說夢話了嗎？」

劉心瑀點點頭，從剛剛好朋友夢中囈語的語氣裡，她聽得出這可不是什麼甜蜜綽號。

「那是我國中時，同班同學幫我取的綽號。」余思蘋淡淡說道。

「為什麼妳這麼可愛的傢伙會有這種綽號啊？」劉心瑀咕噥。

「……」余思蘋沒有說話，只是伸手將側邊的頭髮撥到耳後。

劉心瑀「哦」了一聲，點點頭表示理解。她將手邊的文件收攏，轉過椅子，滑到了余思蘋身邊。

她們的會面時間並不固定，但是皆有正式的預約與掛號，走的是正式的會診流程。而這麼多年來，余思蘋的狀況都很穩定，除了一兩個月一次的定期會診外，基本上沒有特別需要來這邊的理由。

不過，這次例外。

「妳是特別來興師問罪的吧。」劉心瑀問，眼中不見反省。

「妳向顏子豪透漏多少？」余思蘋問道，這才是她擔心的。

「妳喜歡吃的東西、妳喜歡喝的飲料、妳喜歡的顏色、妳喜歡的電視節目……」劉心瑀扳著手指數著：「嗯，大概就只有這些吧。」

「……這樣很多了。」余思蘋握拳。

劉心瑀看著皺起眉頭的老友，忍不住笑了。她知道對方心中真正擔心的是什麼。「放心吧，雖然迫不及待想看妳嫁出去，但職業道德我還是有的——我沒有跟顏子豪說任何妳不想讓他知道的、或是他不該知道的。」劉心瑀說著。

余思蘋聽到這邊，肩膀總算放鬆了些。但有某部分卻也緊繃了起來。「意思是他對於最重要的部分，依然一無所知。」她喃喃說道。

「我覺得這部分，畢竟還是該由妳親自向他坦露。」劉心瑀說。

「我為何要向他坦露？」余思蘋看了好友一眼。「妳不可能永遠孤身一人活著。」劉心瑀說著。

「我有爸爸還有媽媽。」余思蘋淡淡說道。

「他們也希望快點有人能陪妳。」劉心瑀說著，伸出手指點了點余思蘋鼻子：「妳吼，別假裝不寂寞呀。」

「……」余思蘋閉起嘴巴，眉間的皺痕始終未消。

劉心瑀看著好友，心裡暗暗嘆氣；就算沒有心理學相關科系的多項學位，她也能看得出對方眼中的倔強，以及為了自我保護而築起的城牆。在那道牆後，隱藏著不為人知的想法。或者說，她不願意讓別人觸碰的真實部分。如果有人能打破那道城牆……

「……到時再說吧。」劉心瑀搖搖頭，將幾張紙放到桌上：「現在先來辦正事。」

余思蘋看向那些紙張。

三張紙張上，上面分別是三個人的照片。每個人的照片上都寫著一行描述，由左至右分別為「帥哥」、「笨蛋」、「混帳」。

「這三張照片，妳喊得出名字的有幾個。」劉心瑀問。

「一個都不行。」余思蘋沒有花太多時間去辨認，便果決回答。

「還是不行嗎？」劉心瑀雖然不感到意外，但眼中仍有點失望。

「所以他們是誰？」余思蘋問：「壞蛋是？」

「帥哥是劉德華。」劉心瑀說道：「笨蛋是現在的美國總統。」

「那『混帳』呢。」余思蘋看向最後一張。

「我的房東。」

「……我怎麼可能認識。」

「這張我只是放好玩的。」劉心瑀聳聳肩：「如果妳連前兩張都認不出來，不認得這張也沒差了。」

這倒是。余思蘋躺回躺椅上。

「我還有二十分鐘，對吧。」她看了看錶。

「是呀，妳打算睡完全程嗎？」

「反正妳的診療也沒有用。」

「喂，女孩，這話很傷人呦。」

余思蘋不再理會心理師的碎碎念，閉上眼睛，將思緒再次往大海裡沉去。

雖然剛剛與好友的互動看起來都是在鬥嘴，並沒有實質上的幫助，但她其實很喜歡待在這裡的時光。畢竟這裡是密閉的空間，會在這裡等待她的人也只有一個。不似迷宮，也沒有迷霧，這種感覺很好。

「對了，防曬油買了嗎？」劉心瑀想到什麼，突然問道：「澎湖的陽光很大。」

「……」余思蘋沒有回話。

——澎湖嗎？

剛從大學生的葬禮離開、一身黑衣的皓修，與死神手牽著手走著——話說回來，他們之所以會牽手，是死神心血來潮的提議。它一向有很多心血來潮。

「不管她有什麼特別的，你仍然不能違背規則，知道嗎？」

「知道啦。」

死神不厭其煩地提醒著皓修，而皓修覺得厭煩地重複著一樣的答案。

今天的死神是個女性——依舊是個存在感稀薄，毫無特色的女性。只知道她穿著葬儀社儀隊的制服，其餘資訊全部都很模糊。不久前，皓修向死神提出一個要求——他要做久違的「選擇」。簡單來說，就是選擇要進入怎樣的身體。

「你想要怎樣的身體？」死神一下子就看穿皓修心思，但也沒有阻止，這本來就是交易的一部份。

死神隨手掏出一本黑色筆記本，快速翻閱起來。

「造型是不是變了？」皓修皺眉，他印象中的「死神名冊」貌似比較大本。

「你上次做選擇時，至少也是十年前了吧。」死神哼了一聲：「我們的業界可是不斷地持續在進化喔。」

在這本筆記本裡，詳實地記載著有關死亡的一切，死者人名、死亡年紀、死亡方式、死亡地點等等應有盡有；如果皓修想知道關於死者更多的資訊，死神也會盡責地回答。

許多年之前，皓修便是透過這個方法，來選擇自己要借用七天的身體。

「澎湖嗎？」死神問，將手指放在舌尖上抹了一下，隨即再次翻頁。

新的一頁上，登時出現新的一排人名。

「怎樣的身體都可以。」皓修說道：「但我要選擇身體出現的地點。」他在咖啡廳中聽到的情報就是這裡。要找到那個女子，解開自己心中的謎題，非得去那邊一趟不可。

「恭喜，選擇不少。」死神看著名單笑了。

「這種事沒什麼好恭喜的。」皓修嘆口氣，看向那排符合他要求的人名：「我就隨意挑一個吧……」

「隨意挑？這樣好嗎？」死神突然說道。

「……有什麼不好？」

「你的競爭對象可是一個有錢的二代高富帥。」死神拍了拍皓修肩膀：「你挑一個毫無競爭力的身體，豈不是很虧？」

「……我又沒有想競爭的意思。」皓修附身的中年大叔耳朵一定紅了：「我只是想搞清楚那女生到底有什麼奇特之處。」

「哇喔，幾乎所有愛情都從這句話開始的呢。」死神笑嘻嘻地說。

「你別再給我露出這種看好戲的神情了……」皓修瞪了死神一眼。

——不過呢。

「既然如此，我挑這個好了。」皓修輕咳一聲，選了個最帥的身體。除此之外，這具身體的某些素質，的確好到讓人春心蕩漾。

「……」

「怎、怎樣，不行嗎？」

「可以是可以啦。」死神露出為難的表情：「不過他身上帶著多種性病，而且死法是在酒吧裡被碎掉的酒瓶插進——」

「我換人！我馬上換！」皓修崩潰。之後，他又選了老半天，總算才下定決心。這具身體，具備著接近余思蘋不會太突兀、同時算是受歡迎的特質，某方面來說的確是合適的選擇。

「那就這樣囉。」死神收起筆記本，然後向皓修伸出手：「來，牽手。」

「又在搞什麼花招。」皓修無奈，卻也伸手讓死神牽起。

「我不需要再特別提醒你，有關這場交易的規則吧。」

「我知道，像是『不可以讓她發現我是誰』……」皓修被死神牽著走，突然想到什麼：「說起來，她似乎以為我是『23號學生』，而不是認出本來的我……這樣不算違規吧？」

「的確不算，所以我『暫時』也沒有干涉你現在的行為呀。」死神的手晃呀晃，強調了暫時二字。

「難道，問題出在那位學生身上？」皓修皺眉，但是他剛剛在喪禮上觀察許久，根本看不出什麼端倪。他也跟死神再三確認過，那位大學生的單親母親並不是什麼天使轉世，只是很普通、很普通的婦女。

「無論你想做什麼，切忌違規。」死神說道：「就算沒有解惑，就好好去放個假吧。」

「我已經放假很多年了。」皓修笑了。不知不覺，死神把皓修牽到了馬路中央。它伸出另一隻手，將皓修的兩隻手都牽起，像是在跳舞一般。

「又是車禍嗎？」皓修一愣，被死神拉著轉圈圈同時，忍不住嘆氣。

「要怪就怪台灣交通密度這麼高囉。」死神笑得很開心。他們連續轉著圈時，一輛貨車疾駛而來——

「澎湖見。」死神鬆開雙手。

「澎湖見。」皓修嘆了口氣。

砰！

——澎湖見。

第二幕

# 我認得出的只有你

## 06

顏子豪也說不清楚，自己究竟是何時被余思蘋吸引。他第一次意識到這個女人的存在，是因為他發現爺爺定期會以私人的名義，向余家寄送禮品。

本來，在商言商，商業上互相送禮是很正常的事情，尤其以顏家勢力之廣，需要送禮、或收禮的對象四面八方，藉著收送珍奇禮品來維繫人脈理所當然。但就顏子豪所知，爺爺從來沒有私下給過別人幫助。

說起他的爺爺——顏龍，絕對是一位富有傳奇性色彩的大商人，就算不是經商者，也一定聽過這位老人家的名字。而且他最有名的，還是那強硬無比的性格，顏子豪很少看到爺爺這麼關心一家人。

和爺爺特別親的他，曾經私下問過對方，而爺爺僅僅是語重心長地嘆了口氣，然後說道——這是我欠他們的。能讓顏龍講出這樣的話，想必那是一份非常貴重的人情吧。貴重到，即使每次都被退禮，依然堅持十多年。

那是顏子豪第一次與余家做接觸。那時的他還很年輕，心中充滿好奇，很想理解爺爺與余家之間到底有什麼故事，於是便趁著某次節日，偽裝成顏家派出的助理，帶著大批禮盒前往余家。然後他遇見了正好也回到家中的余思蘋。

「你誰？」余思蘋皺眉問道，一手握著家門門把。

「我是顏——」顏子豪臉上帶著笑容，就想自介。

「我父母已經說過了，很謝謝顏龍先生的好意，但我們真的不需要這些。」余思蘋一確認男子來意，便立刻阻止了對方的話：「當初我哥哥盡的，只是他的本分。」

「……」顏子豪很少吃過閉門羹，不由得一噎，但腦中也記住了女子的話。

看來，爺爺是欠余家長子的一份情囉？

「等等，那至少讓我表達一些謝意——」顏子豪連忙說道。

「沒必要。」余思蘋淡淡說道，開門。

「呃，那至少讓我介紹一下自己，我——」顏子豪努力重整旗鼓。

「沒必要。」余思蘋步入門中時，語氣依然淡漠：「無論你自我介紹多少次，我都不會記得你。」門關上。留下顏子豪傻傻地站在外頭。就是這一刻，他墜入單戀。

後來，果真不管見面多少次，余思蘋都是以看待陌生人的方式對他。就算事後知道他其實是顏氏企業的公子，態度也沒因此軟化。爺爺後來知道他跑去找余家後，曾經嚴令他不准再接近余家人，但這種偶像劇般的發展，根本不構成阻力，只要有機會，他就拚命地想接近余思蘋。

這次的澎湖行，便是顏子豪心裡視為「決戰」的一趟旅行。

為了向爺爺隱瞞自己要跟余思蘋去度假，他串通好助理跟家族內的相關人事，所以晚了余家一些才抵達他替余家安排的飯店。

飯店七樓，706、707兩間套房。余思蘋父、母一間，她則住另外住一間。

「伯父，伯母，你們好。」顏子豪微微一笑，向眼前的兩位長輩行禮。

此時，余思蘋還在房間整理行李，顏子豪便先與她的父母打招呼。余思蘋的爸爸，簡稱余爸，是個非常傳統的男人，沉默寡言，生氣時不會亂發火，但會變得更沉默；過去曾是工頭的他人脈頗廣，很受手底下工人信賴，直到現在在相關公會仍有一席之地，可見他是非常有能力的男人。

某方面來看，余爸可說是嗜酒成性——但千萬別誤會，他並非那種喜歡喝到爛醉的酒鬼，而是每天固定要喝三杯酒的酒仙。早上起床一杯，午餐過後一杯，晚上睡前一杯；沒有特別指明哪個品牌，但冰塊與酒水的比例絕對不能錯，一放錯的話他隔天的脾氣會變得非常糟糕。要得到余爸的認可，可能很困難。

至於余思蘋的母親，簡稱余媽，是非常傳統的婦女，個性溫和，曾在紡織工廠上過班，一直是余思蘋在世界上最親的人，母女感情非常好。要過余媽這關，也頗有挑戰性。但只要能通過兩老的考驗，這一切就水到渠成了。

同時，顏子豪注意到余爸正戴著一頂紅色的針織毛帽，余媽則戴著相同的織法、但是是綠色的毛帽。顏子豪突然想到，過去每次見到這對夫妻，他們都會穿戴著類似配色的衣物；男紅女綠，或許是圍巾、或許是手環、或許是鞋子、或許是上衣，多年來始終未變。大概是屬於他們夫妻間的情趣吧？顏子豪猜測。

「聽說這次澎湖行，是你促成的？」余爸突然重重地哼了一聲，當作開場。

「是的。」顏子豪連忙將一袋包裝好的禮物遞上：「這是我的一點心意。」

「我不是說過，我不收顏家的東西嗎？」余爸皺了皺眉。

「不，我只是聽說您很擅長品酒。」顏子豪恭敬說道：「而這裡畢竟不是台灣，買酒可能不太方便，所以我想說給您準備一些……」

余爸眉毛一挑，接過對方的禮物……他略微看了裡頭，並不是什麼特別昂貴的酒種，但卻是他會喜歡的品牌，看來這小子真做了不少功課啊。

「膽子很大啊？竟然敢把主意動到我女兒身上了。」余爸眉毛一挑，卻沒有軟化，眼神有如猛虎往顏子豪撲去：「我告訴你，思蘋跟普通女孩不一樣，你別以為你那套對她管用。」

「……」顏子豪笑容微微僵住。

幸好一旁的余媽看不下去，出面打了圓場。

「夠了夠了，你這老傢伙這幾天就好好放鬆，別老是這麼緊繃。」余媽道：「他們年輕人要怎麼玩就讓他們去玩，你別把家裡的臭脾氣拿出來撒。」

「哼。」余爸冷哼一聲，但也沒再多說什麼，他在這世上大概只服老婆吧。

「總之，我也希望思蘋可以趁這段時間放鬆一下。」余媽笑道：「就再麻煩你了。」

「好。」顏子豪點點頭，其實背後已經都是冷汗。這關，算是過了吧？就在此時，余思蘋已經整理好行李，走出了房間。

「希望你們可以像我和思蘋一樣地期待這趟旅程。」顏子豪笑道。

「我並沒有期待。」余思蘋淡淡地說道。

顏子豪努力忽略那句殘忍的吐槽，說道：「那我們就開始今天的行程吧。」

在余思蘋一行人抵達的稍早幾天。

光芒被風吹起，輕輕地在此處種下。冰冷的海水褪去，皓修重新睜開眼睛。首先聽到的，是真正大海的聲音；聞到的，是帶有鹹鹹氣味的海風；感受到的，則是溫暖撫過肌膚的陽光。他發現自己的雙腳正泡在海水裡，眼前的視線則是鎖定著一片蔚藍的大海。

「這裡就是澎湖嗎？」皓修嘴角情不自禁地上揚了。

透過海的倒影，他一下子就掌握住自己這具身體的資料。

這具身體，是「她」。

金髮、藍眼的女性，年紀很輕，頂多二十四歲；穿著簡便，一副觀光客的打扮。

「竟然是外國人嗎？」皓修有點訝異，不過隨即釋然；看這具身體的樣子，應該是選擇自由行的獨身旅客吧?這樣更方便他行事。

他從海水裡走出，步上了這片海岸旁的一處觀景平台。一踏上去，他的眉頭就微微一皺。

「……未免也太老舊了吧，很不穩。」皓修感受腳底傳來的震動，每走一步，木製的平台就發出搖搖欲墜的嘰嘰聲——這平台看來隨時會垮，木頭上多處腐蝕，人多一點的話恐怕非常危險。

「這應該就是這具身體的死因吧。」皓修心中一動，立刻明白了。所以七天後，他必須再回到這裡，藉著這垮掉的平台離開。

之後，他先到了澎湖的便利商店取貨付款，再透過包包裡的飯店鑰匙，一路回到這具身體本來居住的飯店，隨即將這名外國少女所有的物品都平攤在床上，研究起來。其中包括了一本用密密麻麻娟秀英文字體書寫的日記本。然後，皓修不禁沉默，他明白這具身體根本不在乎那塊告示牌的原因了。

這具身體有個悲傷的故事——

這位二十四歲的年輕少女，來自太平洋另一端的國家；本來這趟行程，是她與未婚男友約好要一起來的地方，但她的男友失約了。因為一場車禍，永遠地失約了。

所以，她便自己孤身一人來到這個地方。也沒有特別的行程，僅是每天看看海、吹吹風，直到天黑。然後想念著對方。

「……而妳，注定要死在這遠離家鄉的地方。」皓修翻看女孩的日記，裡頭某些字句觸動他的心靈，也喚起某種既視感。

「他還在的時候，我常對他說，少花點時間在工作上，多多陪我。」

「但他現在走了，我也沒辦法在抱怨這些了。」

「他是個很棒的男人，我愛他。」

「如果真的有天堂，我好希望立刻可以飛奔過去。」

日記闔上。皓修早就見慣了生死。但是，從來無法習慣。

「……」他深吸一口氣，將所有東西重新收好，並將日記珍重地放回包包。

他不是那名女子，他是黃皓修。他唯一擁有的，便是七天一次的旅行。調適好心情後，他也準備好要應付接下來的「硬仗」。

他將剛剛在便利商店取到的貨品包裝割開，裡頭是好幾本書——除了一位著名心理學者書寫的厚重《阿尼瑪與阿尼姆斯》外，還有好幾本余思蘋的著作。

「筆名就叫阿尼瑪？怎麼不叫草尼瑪啊。」皓修忍不住笑了起來。

他記得，余思蘋與顏子豪還有三天才會到，這可是來自於咖啡店工讀生那裡聽來的第一手情報，應該不會有錯。

「那麼我就趁這段時間，好好地理解妳這個女人吧。」皓修翻開書本。

——時間拉回現在。

余思蘋與顏子豪離開飯店後，余爸仍然瞪著兩人消失的方向。

「好了啦，你再瞪也瞪人也不會回來。」余媽拍了丈夫的後腦一下，「思蘋都說了，他們不會出去太久。」

「哼，那小子……」余爸收回視線，還是有點忿忿然：「難道妳認為，那小子可以給思蘋幸福嗎？」

「你還不懂我們的女兒嗎？」余媽笑道：「思蘋最大的問題，並不是遇不到好人；而是當她真的遇到好人時，又不能放心地讓別人對她好。」

「……」余爸沉默，他其實也是贊同這番話的。

「那我們接下來要去哪？」余媽問：「年輕人出去玩了，我們要不要去浮潛？」

「……」余爸眉頭一皺。

「啊對了，我忘記你怕水。」余媽噗哧一笑：「我們很久以前來過一次，那時你可是……」

「住嘴。」余爸再次進入忿忿然狀態：「我要回房間喝酒。」

「你跑來澎湖喝酒？」

「我早上跟中午的份都還沒喝！」余爸哼了一聲：「況且這次要不是思蘋要求，我也不想跟來。」

「她不要求，你也會跟來吧？」

「當然。」

只見這對老夫妻一面嚷嚷著，就打算回房。就在此時，隔壁的708號房打開，一個女性身影走了出來。

「啊，是我們太吵了嗎？都怪阮翁啦。」余媽抱歉一笑，卻隨即被震住了。

「……」余爸一皺眉，看向從隔壁房走出的那人，也立刻身軀一震。

並不是對方是什麼虎背熊腰的惡漢、也不是穿著前衛的怪胎；相反地，那是一個很清秀的外國女子。只是此刻的她，不但一臉淚痕，眼睛還紅腫得不像話，活像是連續爆哭了三天三夜似地，難怪他們會嚇到。

外國女子顯然沒想到一出門就會遇見人，也有點嚇到；不過她立刻恢復鎮定，禮貌地向兩老揮了揮手上的水壺，表示自己要去走廊裝水，人便隨即往飲水機的方向走去。

——此人自然是皓修了。

他很快就恢復鎮定，裝完水以後，再次走向房間。他注意到那對夫妻還在門口，大概是有點擔心自己吧？也對，自己現在這模樣，活像是失戀被甩後哭了三天三夜的女人吧？果然，夫妻中的女人憂心忡忡地看著她開口了。

「Are you ok?」余媽試著用英文溝通。

皓修心中一暖，台灣人果然很有人情味。

「我會說中文，謝謝妳的關心。」皓修說著，晃了晃手中的書：「我只是看書看得有點感動。」

余媽一看見那本書，立刻露出驚喜的表情。「妳也會看中文書嗎？」

「最近才開始看的。」皓修面不改色說道，畢竟這具身體大概是這三天才第一次看中文書吧。

「這本是我女兒寫的喔。」余媽說。

「嗯。」皓修漫不經心地點頭，隨即愣了一下，總算回神：「啊？」

「這本《放羊的女兒》，是我們女兒寫的喔。」余媽一臉驕傲地介紹：「妳喜歡嗎？」

「還、還不錯。」皓修臉很僵硬。

他一面努力冷靜，腦中一面飛快運轉。意思是說，這對夫妻便是余思蘋的父母？也就是說，他們就住在自己的隔壁？死神，祢這安排實在巧合得太厲害了！

「所以，這本書的作者也在這裡嗎？」皓修問道。

「對呀，妳想要她的簽名嗎？不過她剛剛才去了北辰宮那邊。」余媽興奮地說：「晚點她回來我可以請她簽給妳。」

「好。」皓修聽到關鍵字，心中一動，表面上仍然露出笑容。

就在這時，一旁一直沒有說話的余爸，突然開口，「……我們是不是在哪裡見過？」他微皺著眉，很努力回憶。皓修愣了一下。

不，對方抵達澎湖也不到半天，而自己已經在房間窩了三天三夜，對方不可能跟自己有過交集。

皓修正想回答，但當他對到眼前男人的視線，突然微微一愣。那眼神裡帶著疑惑，又帶著某種質疑，讓他竟然說不出話來。

此時，余媽又拍了拍丈夫後腦，打斷他的凝視。

「你很沒禮貌。你又沒去過美國，怎麼可能見過人家。」她對皓修抱歉一笑：「對不起啊，我丈夫就是這樣。」

「沒關係。」皓修連忙收束心神，順口轉移話題：「對了，你們的帽子很好看。」聽他這麼一講，余爸的心思立刻被轉移了，眉間舒緩開來。

「妳也覺得好看？」他喃喃說著，還順手摸了摸帽子。

「這帽子呀？很多人問過，是思蘋織的喔。」余媽一臉驕傲。

原來討厭鬼會織東西？皓修心裡哦了一聲，但嘴裡還是問：「思蘋？」

「就是我們的女兒，也就是那本書的作者。」余媽笑道：「有機會一定要讓妳們兩個女孩碰個面。」

「沒問題。」皓修點點頭。

當然。他們一定會再碰面的，這畢竟就是自己來澎湖的目的呀。

夜晚漸漸降臨澎湖。

觀光客帶來的熱鬧氣氛，漸漸點燃了大街小巷，氛圍隨之熱絡起來。只不過，步行其中的兩人，都沒有空閒感受到這種氣氛。

顏子豪心裡很緊張，不時偷瞄身邊的女子。他緊張的原因，自然是因為能跟自己追求許久的女子一起出遊——仔細想想，這恐怕是他第一次與她單獨出來呢。

余思蘋表情依舊平淡，神色如常。但很明顯的，她也沒有將心神放在四周。

「思蘋，妳覺得這裡怎樣？」顏子豪試著找話題。
「人很多，東西滿好吃的。」余思蘋淡淡回答。
「是嗎？我也這樣覺得。」顏子豪受到鼓勵，又繼續開始找話題。
兩人就這樣說著話，逛著街，將整個鬧區都走了一遍。很快地，他們來到鬧區邊緣；就在這時，一陣風吹來，余思蘋的肩膀立刻一縮。一直細心觀察狀況的顏子豪怎麼可能看漏？只不過，正當他打算脫下外套給對方披上時，卻注意到余思蘋白皙的頸子上，竟然布滿了一層細密的汗水，幾乎打濕了她的秀髮。
「思蘋，妳會熱嗎？」顏子豪呆了一下。他有點不可思議，畢竟自己穿著一件外套都還覺得有點冷了。
「離開人群就好一點了。」余思蘋搖了搖頭。等他們離人潮愈來愈遠，四周重新歸於平靜，她輕輕地呼出一口氣，似乎放鬆了些。
「妳還有想吃什麼嗎？」顏子豪關心地問。
「在這邊休息一下吧。」余思蘋搖了搖頭。隨即，她抬起頭，什麼話也不說，只是默默看著對方。
「……」顏子豪被心上人這樣凝視，一時間手腳完全僵住。
「你在緊張嗎？」余思蘋眉間微蹙，問道：「你幾乎停止呼吸了。」
「是有一點。」顏子豪只能誠實地說道。
「我也是。」余思蘋嗯了一聲，隨即收回視線，自顧自地往前走去。
顏子豪一呆，隨即心中大喜。「妳還有想去哪裡嗎？」他連忙跟上對方。
「我想回飯店休息了，今天謝謝你。」余思蘋笑了笑。又一陣風吹來，這一次兩人都感受到寒意。

「那我送妳回去吧。」顏子豪說著，就打算脫下自己的外套給對方。

「你……」余思蘋突然伸出手，阻止了對方的舉動。顏子豪停下動作，不解地看著女子。余思蘋猶豫了一會，才重新開口，「我可以請你幫我個忙嗎？」

「儘管說。」顏子豪點頭如蒜搗。

「這幾天，都請你都戴著這個。」余思蘋說著，從包包裡取出一條圍巾。

「……」顏子豪一愣，看著那條圍巾：「這、這是……」看得出織的人非常擅長手織衣物，但顏色的選擇上就有點讓人遺憾了，「粉、粉紅色嗎？」

「不喜歡嗎？」余思蘋淡淡說道，語氣不悅起來：「我織的時候，手邊只剩下這種顏色的毛線。」

顏子豪聽到了重點字彙，不禁狂喜——這是余思蘋親手織的？他立刻聯想到余爸、余媽同樣也有類似的配件……莫非，她認同自己是她重要的人了？

「粉紅色很好，我喜歡粉紅色。」顏子豪披上圍巾時，臉上已是笑容滿面。

「嗯。」余思蘋看著對方乖乖披著圍巾，眉宇間的憂鬱總算舒緩了一些，臉上也露出了笑容。

「妳果然還是笑起來比較好看。」顏子豪心神一震，情不自禁說道。

「意思是我不笑的時候不好看嗎？」余思蘋道。

「呃，不，也很好看……」顏子豪狼狽回答。

余思蘋再次露出微笑，轉過身，看向遠處已經一片漆黑的天空與大海。「這樣也許比較好吧。」她突然說道。

「……？」顏子豪聽不太懂。

「畢竟，我答應過醫生要好好地生活。」余思蘋說道。

「是跟心瑀的約定嗎？」顏子豪問。

這番話，余思蘋沒有點頭也沒有搖頭，僅僅是一笑。隨即，她將視線收回。「我們回去飯店吧。」

「好，我送妳回去吧。」

兩人說著，轉身往原路走了回去。不遠處，一道身影默默地凝視著他們離開。金髮飄揚，身形纖細，直到他們遠離許久，她依舊站在這裡，任風吹打。她的眼神裡，有著不屬於這具身體的情緒。

那是比這對湛藍瞳孔更加深邃的感情。

痛。

# 07

皓修必須承認，余思蘋寫的書真的很好看。內容看似平淡，每個段落間若即若離，角色設定就像我們四周的普通路人，卻透過優雅的文筆，自然有一種張力將所有情節凝聚，讓人不由自主想一口氣讀到最後。重點是，在余思蘋字句間裡的某種東西，深深地觸動到皓修。

這種東西，就叫做寂寞。

澎湖四天三夜，來到了第二天。皓修在這具身體裡的時間，來到第四天。他這幾天繼續窩在房間裡，把余思蘋所寫的所有書都看完了。

這期間，他除了看書、發呆以外，根本沒有踏出門戶一步。只有在隔壁傳來門開的聲音時，她才會稍微放下書、豎起耳朵，直到隔壁的動靜消失為止。敲門聲響過幾次，皓修沒有一次應門過。亂掉的計畫沒有復原。亂掉的心情也沒有。

然後就是余思蘋假期的第三天，這具身體的第五天。皓修坐在房間內的椅子上，靜靜看著鏡中的自己：臉色蠟黃，嘴唇乾裂，眼球賁紅，滿頭金髮像稻草一樣無精打采。他對這具身體感到抱歉，卻又沒有多餘的心力去愧疚。這段時間，他一直在思考。

「這種心情，是怎麼回事？」他不斷向自己提問。

這麼多年來的旅行，已經很少有事情能出乎他的意料；但那一晚湧上心頭的心情，著實讓他大受震動。並不是因為這份情緒太陌生——而是相反。

「這種感覺，已經很久沒有了……」皓修將臉埋在雙膝之間。是的，這是久違的、已經很久沒有感受過的情感。

最開始，當他附身到一個單親母親身上時，面對眼前哇哇大哭的八月大小孩時，他手忙腳亂了很長一陣子。七天裡，在狹小的獨立套房內，他化身成一個真正的新手媽媽，努力讀著育嬰手冊，把屎把尿、擠奶餵奶，搞得好不忙亂。

然後皓修才發現，七天實在太短了。短到，他無視法準確判斷小嬰兒的哭聲，是因為拉了便便還是肚子餓；短到，他往往沒辦法撐到小嬰兒睡著才睡，而是自己先偷偷打起盹；短到，當七天時間到了，第一點火星在違建的公寓內飄起時，他竟然還想要抱著小嬰兒衝出去。

但是死神阻止了他，「原本，這嬰兒在七天前因為吸入性嗆傷，住院搶救了一陣子才離世。」死神淡淡地說道：「讓他健康陪你度過這一週，已經是我能做的極限了，不要讓我難辦。」

皓修閉上眼睛。他只能抱緊小嬰兒，輕聲說著對不起。而小嬰兒在濃煙中竟然沒有哭，而是對著哺育自己區區七天的人開心地笑了——他是在笑什麼呀？皓修抱著這樣的疑問，在大火中漸漸失去表情。

皓修也曾附身過十六歲的高中生。校園風雲人物，班上最英俊的壞男孩，卻老套地喜歡上班上最乖的女生。皓修來臨前，這具身體已經追了對方整整三年。終於在畢業典禮的那天，這具身體鼓起勇氣告白了。也成功了。

然而皓修便是在此時，旅行到了這具身體上。之後的七天，他接手了這場不屬於他的愛情。可惜的是，那時的皓修還只是新手，還沒學會聰明抽身而退的方法——在七天後，皓修留下了不只兩人份的悲傷。
這些經驗，來自於很久很久以前的幾次旅行。那幾次旅行都給他帶來深遠的影響，讓他搞砸接下來好幾次旅行——直到經歷更多次的歷練後，他才能掌握住要領，順遂地度過每個七天。關鍵就在於，學會置身事外，把自己當成過客。
「……」皓修嘆了口氣。
就在這時，房間內響起了另一個嘆息聲。
「我跟你提過，這份交易是一個補償，而不是詛咒。」
「……」皓修默默抬頭，看向床上。
那裡，兩腿交叉、大喇喇坐著個穿著清潔人員黑色服的人。「我還是第一次看你被折磨成這樣呢。」這個毫無特色的清潔人員嘆氣。
「死神。」皓修有氣沒力打招呼。
「你現在是在演《煎熬》的ＭＶ嗎？」死神捏住鼻子，大皺眉頭。
本來這外國女孩的狀況就很不好，但也沒現在這麼糟。
「祢為什麼提早出現了？」皓修看了他一眼：「我沒違規吧。」
「這具身體的死法可不是餓死。」死神翻了翻白眼：「你好歹吃點東西吧。」
「第五條規則對吧？」皓修揮了揮手。
「來，我買了一點澎湖特產，吃吧。」死神晃了晃手中的食物，不過又隨即皺眉：「呃，你先給我去洗澡，不然食物感覺都要被汙染了。」
「祢要笑我就笑吧。」皓修淡淡地問道。

「我幹麼笑你，我只擔心你會活活餓死。」

「我不會讓自己違規。」皓修邊說，邊看向手錶：「話說回來，我還得在這裡待上兩天嗎？」

他露出覺得難以忍受的表情。

死神看著皓修頹廢的樣子，只覺得有點新奇。他看過驚慌失措的皓修，看過憤怒至極的皓修，看過悲傷落淚的皓修。但是上述所言，皓修的這些情緒，都是針對「附身者」的人生而來；遇到沒天理的不公義時自然會生氣，看到際遇悲慘的人生時自然會同情，接觸過那些沒有一餐吃得飽、只能挖垃圾桶裡便當盒飯粒果腹的流浪漢自然會因此心痛。

「你現在擁有的情緒，可不只是這些呀。」死神微微一笑。

皓修看了死神一眼，他並不是會裝傻騙自己的人，當然懂對方在說什麼。從那一晚，他看見余思蘋親手替別人披上圍巾起，他就懂了。

那一個自己在那堂期中考後，仍然念念不忘惡整自己的老師；那一個讓自己在咖啡廳中忍不住出手挑釁那個討厭鬼；那一個讓自己不惜千里迢迢、直接追來澎湖想要挖掘真相的女人。她到底有什麼奇特之處呢？

答案很簡單。從在教室遇到余思蘋的那刻起——甚至在她展現出自己的奇特之處前，他對這個女人就有了某種情感。而這種情感，是皓修這麼多年來，一直努力避免擁有的事物。

「怎麼可能。」皓修忍不住吐槽自己，奮力抓著頭：「又不是在演偶像劇，我怎麼可能……」

「你才剛看完那幾本書，怎麼會不理解這點？」死神聳聳肩，從帶來的食物裡拿出一包零食拆開，自顧自吃起來：「有些事情就是這麼突兀，發生就是發生囉。」

「那我該怎麼辦？」皓修披頭散髮地抬起頭，滿眼血絲：「我完全沒有相關的經驗！」

「你可以選擇剎車，那麼從明天開始她就只是個……也許有超能力的陌生人。」死神將洋芋片放進嘴中，愉悅地咀嚼著，一邊說著另一個答案：「或是繼續接近她，找到她特別的原因。」

「繼續接近她？」皓修難以置信地說道，死神會這樣鼓勵他，實在讓他非常訝異。

「……好吧，我得承認你之前說對了一點。」死神又聳了聳肩，「我對她能夠認得你，其實感到非常好奇。」

「……」皓修無言。

「我想弄懂，她為什麼可以做到？」死神歪著頭，凝視著皓修的眼睛：「難道……她也有死神之眼？」

「原來真的有『死神之眼』這種東西？」

「沒有，我亂掰的。」

「……」

「余思蘋這個女人的生平非常有趣，她過去發生過許多悲傷的事，也許這就是讓她變得特別的原因——但作為死神，我有自己必須嚴格遵守的界線，所以沒辦法親自去確定這點。」死神說著，露出了狡猾的笑容：「但是，你可以。」

「……」皓修微微一皺眉。

「你想想看，她如果真的可以持續在不同身體間認出你來，不正代表你能夠打破七天的框架，繼續跟她互動？」

「……」皓修沉默，這就是自己之前隱隱約約期待的事情吧——直到看到那條該死的粉紅色圍巾。死神看見他的這模樣，忍不住呵呵笑了起來，「我知道你在擔心什麼。」祂說。

「……？」

「你不敢跟顏子豪競爭，對吧。」

「哪壺不開提那壺。」皓修翻了個大大的白眼。

「不然你有什麼理由停下腳步呢？」死神笑道：「你原本的計畫呢？原本打算出現在佘思蘋面前，然後裝作一副『好巧喔，要我當妳導遊嗎』的計畫呢？」

「祢是怎麼知道——」皓修又驚又怒，不過隨即閉嘴，他想起眼前的可是有偷窺癖的死神了。

「你之前之所以能在不同身體間游刃有餘，不就是因為永遠保持冷靜，永遠都有配套計畫嗎？」

死神一攤手：「怎麼，一發現自己不能置身事外就亂了？」

「才不是這樣——」皓修忍不住反駁，卻突然頓住。死神說到重點了。

與其說是發現自己「不能再置身事外」，不如說是發現自己「不是置身事外」了——從佘思蘋能在不同身體間發現自己的那刻起，他就不再只是旅人。

「那就不要讓她也變成過客。」死神看見皓修眼神的轉變，不禁笑了。

「……」皓修深吸一口氣，看向死神：「祢竟然鼓勵我做這種事？」

「只要別違規，一切都好談。」死神從床上跪起，笑嘻嘻地平視著皓修。

「是這樣嗎？」皓修喃喃自語。

「畢竟在七條規矩裡，並沒有不准你愛上其他人的規定啊。」死神笑道。

這一句話，醍醐灌頂。皓修用力地拍了拍自己雙頰，然後轉身衝向浴室。沒多久，浴室就傳來嘩啦啦的沖水聲，還有陣陣熱氣。

「很乖。」死神滿意地一笑，再次躺回床上，繼續吃起洋芋片：「把自己洗乾淨一點才有勝算，畢竟她還是聞得到人們身上的味道……」

「祢說什麼？」浴室中傳來問句。

「沒——事——」死神拉長尾音。

「對了！」皓修突然從浴室中探頭，一臉疑問：「祢剛剛說……她過去發生過悲傷的事，是指？」

「這得靠你自己去挖掘，我不能劇透。」死神扮了個鬼臉。

「……」皓修認命的縮回浴室，繼續沖掉他累積數天的髒汙與鬱悶。死神笑笑，看向桌上的書，「阿尼瑪，與阿尼姆斯嗎？」他露出意味深長的笑容。

小女孩在霧中迷了路。迷霧中，一切都是模糊的散影。看似人來人往，但若想瞧個仔細，就會發現他們不過是一個又一個人偶。小女孩試著想要找到出口，卻發現到處都是死胡同。她想回頭，卻發現眼前同樣盡是茫然。那些在四周晃來晃去的人，沒一個是能幫忙的好人，全部都是陌生人。

「……」小女孩快要哭出來，卻努力地將淚水鎖在眼眶。她在這迷霧中生活很多年了，明白自己就算哭出來，也沒有人能幫她。所以，她只能用自己的雙腳，試著在這一片白霧中找到出口。

——然而，每一次當她好像找到出路時，等待她的都是同一段畫面。

小女孩停下腳步。前方是一片混亂。有血，有碎片，有火焰，有吶喊，有痛哭。

「這裡還人有呼吸！」「兩個OHCA……快去看另一邊。」「先把四肢固定，別移動傷者！」「這裡發現一名生還者！」「必須要現場輸血！」「先別硬拉，等千斤頂還有液壓鉗！」「小心！她的頭部受到重傷！小心移動——」

小女孩看著，聽著。然後她視線中的人影，漸漸模糊。

余思蘋睜開眼睛，倏然從床上坐起。滿身冷汗，呼吸急促，心跳聲幾乎漲破胸膛。

「好久沒有……夢到這個了。」她搖了搖頭，撥開被汗水濕潤的瀏海。

等到呼吸平緩一些，她才看了一下手錶。現在時間：清晨六點半。對她而言，這是一個躺回去太奢侈、起床卻又有點太早的時間。

「思蘋，怎麼起床了？」一旁，余媽睡眼惺忪地爬起來。本來，余爸余媽是睡一間的，不過在余爸堅持之下，他派了余媽來跟余思蘋一起睡——顯然是為了避免某個男人接近他女兒。

「沒事。」余思蘋搖了搖頭，露出了逞強的笑容。不過，她怎麼瞞得過余媽？

「又夢到他們了嗎？」余媽嘆了口氣，也從床上坐起來，伸手抱住女兒。

余思蘋默默地點了點頭。

在外人面前，也許她是個孤冷驕傲的女王；但在父母面前，她沒必要隱藏心事。

「沒關係，媽媽在。」余媽柔聲說道，拍著余思蘋的背。

「謝謝妳。」余思蘋靠著母親的肩膀，輕聲道謝。

「妳有帶藥來嗎？」余媽問。

「有。不過應該不需要，我已經好久沒有發作了。」

「但帶著總是好的。」余媽帶著不容質疑的語氣。

「好。」

過了好一陣子，余思蘋的心跳頻率總算恢復穩定，她看著身上幾乎濕透的睡衣，嘆了口氣，隨即爬起來：「我先去洗個澡吧。」

在走進浴室前，她將那一枚一直隨身攜帶的戒指解下，放到了桌上。

「這麼多年了，妳還是一直戒不離身呀。」余媽看著那枚戒指。

「當然了，妳也知道的，這一直是我的寶貝。」余思蘋微微一笑，隨即走進浴室。

余媽依然凝視著那枚戒指，眼中有著懷念、悲傷，以及一絲不捨。「十五年了嗎？」她幽幽地嘆了口氣。

四天三夜的假期，一眨眼就來到第三天。對余思蘋而言，前兩天還算放鬆，卻有點過於漫長。對顏子豪來說，這兩天非常快樂，實在是光陰似箭。余爸、余媽兩人也按照他們自己的步調在澎湖遊玩——他們比余思蘋還常出門旅行，就連澎湖也來過兩次，這方面自然難不倒他們。第三天，從白天開始，顏子豪帶著余思蘋參觀了澎湖的各個景點。其中，自然包括最有名的七美雙心石滬。

「思蘋妳看，那兩個愛心。」顏子豪邊說，邊期待地看著女子：「如果其中一顆是我的……」

「你的心臟歪一邊嗎？」余思蘋不解風情地反問。

「……」

對顏子豪來說，他上一次騎機車可能要追溯到高中時期了。但如果可以載余思蘋，他願意再次騎車。不過女子顯然沒打算讓他稱心如意，余思蘋自己騎車，飛快而去。顏子豪傻眼，只能在後頭不斷催著油門追趕。

諸如此類。這樣的互動充斥著這兩天。雖然和顏子豪心中的完美設想還有段距離，但由於余思蘋愈來愈常露出笑容，也讓他受到很大的鼓舞。在顏子豪的想法裡，他們的關係應該有所進展了。而對余思蘋來說，這的確是第一次讓異性如此接近自己。

時間很快過去，傍晚時分。

「又要逛夜市嗎？」余思蘋問。

「祖師廟夜市我們還沒逛過呢。」顏子豪提議：「九點還可以去看花火節，妳不是對這很有興趣嗎？」

「……」余思蘋遲疑了一下。她想去看花火節是沒錯，但對於進入人潮洶湧的夜市，實在是有諸多抗拒。但一想到這幾天顏子豪的確盡心盡力，而且也真的披著那條粉紅圍巾三天……

「就去夜市吧。」想到這邊，她點了頭。

「太好了，我們走吧。」顏子豪欣喜地說道。

直到這時，他們都沒想到，這個決定會讓他們後悔莫及。

今晚的人潮前所未有的多；大部分都是觀光客，每個攤位幾乎都排了不少人。兩人走在人群中，余思蘋發現比起第一天，她的不舒服感已經大為消褪，心裡也有點欣喜。「是因為習慣了嗎？」余思蘋審視著自己的掌心，那種冰冷的麻木感，相較前幾天已經不太明顯。

「還有想吃什麼嗎？」顏子豪拿著兩支烤玉米走來。

「邊走走邊看看吧。」余思蘋接過玉米，微微一笑。

兩人又走走停停，買了一些食物，最後漸漸離開了鬧區。就如同前天晚上一樣，他們的步伐自然無比；這邊雖然還是有不少遊客，但已經減少許多。這一次，這對男女各有心事。

顏子豪有點緊張，顯然有著某個打算——看他不時偷瞄女伴的眼神，就知道他大概是打算告白了。余思蘋默默走著，但眼神裡也在閃爍著心思。不由自主，她輕輕摸著掛在胸前項鍊上的戒指。

「那個，思蘋……」

「顏子豪，我有話想——」

兩人同時開口，又同時住嘴。

「還是，妳先說吧。」顏子豪咳了一聲。

「沒關係，你先說吧。」余思蘋搖了搖頭，語氣很堅定。

「嗯……」顏子豪笑笑，緊張地握緊口袋裡的事物。

這玩意，花了他好久才挑到——他把一切都投注在這了。

「思蘋，我注意到你一直在看一本書。」顏子豪緩緩開口：「叫做《阿尼瑪與阿尼姆斯》，對吧。」

「嗯。」余思蘋點點頭，這本書的確是她反覆閱讀好多年的舊書了。

「我想知道，妳心目中的阿尼姆斯，究竟是什麼模樣的？」顏子豪問道。

「……」這問題，讓余思蘋微微一愣。

「我知道，我與妳心目中的阿尼姆斯應該不太一樣。」顏子豪看對方似乎陷入思考，便繼續說道：「但我也很希望，自己能以類似的身分，繼續陪伴在妳身邊。」

「這是告白吧？」余思蘋嗯了一聲。

「……」饒是顏子豪這樣的男人，也不禁有點害臊地點點頭。

「你問我，我的阿尼姆斯究竟是怎樣嗎？」余思蘋喃喃說著，看向天空，「我的阿尼姆斯，就像光。」

「光？」顏子豪一呆，這答案出乎預料，卻又很符合余思蘋的一貫氣質。

「嗯，所以我也沒辦法明確地告訴你，光長怎麼樣。」余思蘋說道：「我只知道它散發著明亮的光暈——如果輕輕地把它捧在掌心，也許能感受到溫暖的感覺吧。」

這番話有一半是真、一半是假。假的部分，是在她腦海中明明有一個更加具體的身影；真的部分，則是這一道記憶中的身影，早就隨著多年過去，只剩下朦朧的光影。

余思蘋說著，伸出手，做出了想捧住什麼的動作。「——但，沒有人能抓得住光。」余思蘋輕輕握緊手。手中自然只能是空的。

「那麼，我在妳眼中……是怎樣的人呢？」顏子豪問。

「你嗎？」余思蘋轉身看著男人。

她靜靜地凝視著對方，彷彿想要看進他的靈魂深處。

「我……有辦法成為妳的『光』嗎？」顏子豪緩緩問道。

面對這問題，余思蘋的目光凝視著那條圍巾。

「我必須告訴你一件事。」隨即，她慢慢收回視線：「我跟一般人不太一樣。」

「這也是我被妳吸引的原因啊。」顏子豪笑道。

「不，你不懂。」余思蘋的語調上揚了一些。注意到女子語氣中的嚴肅，顏子豪肅然。余思蘋有點躊躇，隨即深深吸了一口氣。她像是下了什麼艱難的決定，開口。

「我從很久以前開始，我就和一般人不太一樣。」她說得很慢、很慢，很怕說得太快，所有緊繃的情緒就會直接爆炸。

「……」顏子豪傾聽著。

「我沒辦法——」余思蘋說著。

沒辦法如何？

余思蘋這句話還來不及說完，就被旁邊的一聲呼喊打斷了。

「這不是思蘋嗎？」

傳來一個聽起來很驚訝的呼喚。余思蘋愕然轉身，皺起眉頭。

不遠處的皓修也皺起眉了頭。他一直走在顏子豪與余思蘋身後不遠處，以一種看似隨時會跟丟、但其實卻牢牢掌握對方行蹤的距離跟著。這可是他過往無數次旅行訓練出的跟蹤技巧。這距離，剛好可以聽見他們說的話。

在大家的眼中，他只是一個外國的觀光客，只要避免被余思蘋看到，以及不時有些想來搭訕的男人就好。

「果真要告白了呀。」皓修努力壓抑心中的情緒，默默地聽著他們的對話。

他看著專注盯著余思蘋的顏子豪，不禁沉默。這樣一對男女，就算是由他的角度來看，也是郎才女貌。男的英俊、前途無量，女的貌美、氣質非凡。

更何況，顏子豪是個好人。是個願意包容余思蘋古怪脾氣的好人。

「應該不會成功吧……應該。」皓修暗暗祈禱。他也只能祈禱。

但是，已經經歷了一番心情三溫暖洗禮的他，這次絕對不會半途而廢；無論前方的小劇場以怎樣的方式落幕，他都會看到最後。反之，如果他的祈禱沒有應驗……

「如果真的告白成功……」皓修心中暗道。如果顏子豪的告白成功，他該怎麼辦？

——好吧，他還想不出自己該怎麼辦。什麼「橫刀奪愛才是真愛」這種事情他可做不出，而且這樣可是貨真價實的違規，自己很可能會被死神塞到什麼亂七八糟的身體當作報復。更重要的是，他並沒有忘記余思蘋在書中文字間蘊藏的寂寞。如果真的有一個男人，真的有一段感情，能真摯地包容她、能讓她得到幸福……

「也許，那時我就該讓妳變成真正的過客了。」皓修默默地下了這個決定。這個決定痛苦，卻不艱難。這個選擇沉重，卻又溫柔。畢竟皓修一直都是個溫柔的人。

「那我也只會是，妳的下一個陌生人。」他心裡想道。

只不過，當他終於下了決定時，前方異軍突起。

出聲喚住余思蘋的，是一個與她同年的女子。一頭挑染的短髮，衣服的搭配方式非常潮流，臉上化著時下流行的美妝。

是個美女。與余思蘋的清秀不同，是個偏向豔光四射的甜美型女人——但她身上隱藏著的某種特質，就絕非糖果那般了。

「……」余思蘋皺了皺眉，看著對方朝自己走來。是舊識嗎？是自己的學生？還是……？

「……」顏子豪雖然年輕，好歹也在商場上打滾一陣子，他注意到那女人的眼中閃過一抹絕對稱不上正面情緒的光芒，不禁皺了皺眉。

「我是吳雅萍呀。」那女子已經笑了起來，直接走了過來。

「吳……雅萍……」余思蘋的臉一僵，手不由自主地抽了一下。這名字對她而言，與愉快一點關係都沒有。甚至能與痛苦的記憶畫上等號。

「原來是妳。」余思蘋嗯了一聲。

「怎麼這麼生疏？」吳雅萍笑道：「妳不跟我介紹一下妳旁邊的帥哥嗎？」

「……」余思蘋沒有說話，臉色持續陰晴不定。顏子豪看著兩位女士，心裡暗暗猜測，不知兩人以前是否有過節。

「我是她的國中朋友啦。」吳雅萍說著，突然摀住嘴巴：「啊，我不知道自己能不能算得上『朋友』，畢竟思蘋這個人呀……比較喜歡獨來獨往，一向不交朋友，所以也可能是我一廂情願吧。」

這下子，顏子豪更加確定自己的猜想——這兩個女生之前一定有什麼嫌隙。他臉一沉，但還沒搞清楚她們以前發生什麼事，也不好介入。

「妳……」余思蘋臉色也不太好看。

「唉呀，抱歉抱歉，我是不是惹妳不高興了？對不起、對不起，我最怕惹妳生氣了。」吳雅萍慌張地說道：「若是妳不開心了，一定要告訴我喔。」

「……不，我沒關係的。」余思蘋淡淡地一笑。

「說來也真巧，竟然會在這裡遇到老朋友呢。」吳雅萍笑道：「也是來看花火節的嗎？」

「難得放假，想來逛逛。」余思蘋不冷不熱的回答。

「我本來以為妳會一個人來的，沒想到竟然會攜伴呢。」

「如果可以，我本來的確想一個人來。」余思蘋毫不猶豫地說，也不管旁邊的顏子豪變得一臉悲慘。她在幾次對話間，已經將情緒調整好，沒有再讓自己陷於過往的桎梏中。但她的情緒轉變落入吳雅萍眼中，就成了非常刺眼的景象了。

有些人就是這樣。如果你對他們的挑釁氣得跳腳，他們就會覺得渾身舒暢；如果你對他們的挑釁淡然以對，他們便會更覺得受到汙辱。

「唉呦，這麼久沒見，妳不打算跟我敘敘舊嗎？」吳雅萍看著顏子豪：「看來妳混得不錯嘛，身邊竟然有這麼帥的男人。」

沒想到對方還要繼續咄咄逼人的余思蘋，不禁嘆了口氣。

「你帥嗎？」她轉頭看向顏子豪。

「這個嘛……」顏子豪有點尷尬地摸摸鼻子。

「算了，這不是重點。」余思蘋轉回頭，看向吳雅萍：「為何我們要從身邊人的長相，來判斷他們的能力值？」

吳雅萍被這一番話被噎住，一時間講不出話來。不過，不甘心氣勢就這樣被壓過的她，立刻再次拋出新的攻擊。

「我只是訝異而已，畢竟以前我從來沒想到妳會這麼有出息。」

「我倒是從以前就知道，妳未來會不會有出息了。」

「妳什麼意思！」吳雅萍再也假裝不了，臉色大變。她肩膀微微抖著，瞪著國中的老同學，「妳真的是……過了這麼多年還是沒變呀？」

「當初發生了許多不愉快的事情，我有我不成熟的地方，是該反省。」余思蘋平靜地回答：「不過妳難道忘記了，妳們那群人對我做了什麼事嗎？」

吳雅萍氣勢一滯，看來是被踩到痛腳了。

「若不是妳總是擺出高高在上的態度，我們會看妳不順眼嗎？」她反駁。

「我只是想過好我自己的生活，僅此而已。」余思蘋說道。

「過好自己的生活？」吳雅萍喃喃重複：「呵呵，過好自己的生活？」

「所以，我不在乎妳怎麼看我。」余思蘋說道：「十年了，我們都該長大了。」

她的眼神和語氣，都讓吳雅萍非常不舒服。十年前如此，今天亦是如此。

也許，有些事情隨著時光沖刷，時候到了自然會變成年輕時的不懂事，大家可以在同學會上拿出來嬉鬧回憶的調皮往事。但是也有些事情，過了十年也不會改變。例如：人的劣根性。這份劣根性，會讓很久以前的每一道小小裂縫，變成持續腐蝕人心的劇毒。

「看到妳這模樣，我總算想起我當初為什麼會這麼討厭妳了。」吳雅萍冷冷說道，眼中閃過狠毒的光。

「……」余思蘋微微皺眉，察覺不妙的她就打算轉身離開。

但吳雅萍卻閃電般伸出手，抓住了她的手臂。

「妳怎麼不告訴你男友，妳以前是怎樣的人呢？」她一字一字地說道：「喔不對，應該說……妳現在還是這樣的人吧？」

「他不是我男友。」余思蘋試著甩掉對方的手，但吳雅萍的力氣出乎預料地大。

「小姐，請妳放開她的手。」顏子豪終於忍不住開口，吵嘴歸吵嘴，但動手就太超過了。

「呵呵，總是有護花使者，總是被人疼愛，總是寶貝地把玩那枚戒指，從不把任何人放在眼裡……」吳雅萍說著，注意到顏子豪眼中的訝異，故意裝出驚訝的表情：「哦——妳還沒告訴他，妳的那枚戒指嗎？」

「那是她的隱私，我沒有打算過問。」顏子豪沉聲。他當然很介意，但現在根本不是談論這個的場合，先阻止這個瘋女人比較要緊。

「放開我。」余思蘋抿緊了嘴唇。

「怎麼，痛嗎？當初妳跟我搶男人時，怎麼就不考慮我的心情？」吳雅萍噗哧一笑，繼續惡狠狠說道：「說呀，怎樣的女人，才會在國中時就一直把戒指帶在身上？」

「我已經說過了，當初是對方主動向我告白，我也從來沒有答應。」余思蘋冷冷說道：「妳竟然記恨了十年？」

「意思是妳比我還好嗎？」吳雅萍眼中凶光更盛：「所以他才選擇妳？而妳竟然還拒絕了？這是在炫耀嗎？」

「我也說過了，為什麼妳要因為自己不是被愛的一方，就覺得自己不夠好！」余思蘋豪不退讓地瞪視著對方。這番話，十年前是引爆點。十年後依然是。

「妳哪裡比得上我，蜈蚣怪！」吳雅萍再也控制不了情緒，另一手奮力一揮。

這一下，她那尖銳的指甲劃過了余思蘋的肌膚，在上面刮出一道紅痕，同時也勾斷了余思蘋掛在脖子上的項鍊。

戒指飛出！

「不！」余思蘋臉色一變，奮力地掙脫吳雅萍的箝制，人往戒指飛出的方向奔去。

「思蘋！」顏子豪嚇了一跳，忍不住抓住吳雅萍的手腕：「妳這女人到底做什麼！」

「幫你認清楚她的真面目而已。」吳雅萍反而笑了起來。說完，她隨手扯掉了顏子豪披著的圍巾，並且直接往旁邊拋去。

「妳真的有病！」顏子豪簡直難以置信，差點一拳揍出。若不是良好的家教，他可能真的會痛毆這個女人！

「有病的，可不是我。」吳雅萍冷笑，看著那條粉紅色的圍巾輕輕落在地上，眼中閃過得逞的快意：「你不去幫忙你的女友嗎？」

「……！」顏子豪怒極，只能轉身去找余思蘋。

當他看清楚剛剛戒指消失的方位，不禁露出頭痛的表情。那是一大片茫茫的草原——別說戒指了，就算是拳頭大的石頭也非常難找。余思蘋一衝進去，就開始拚命地翻找起來。

「思蘋！」顏子豪撥開雜草來到對方身邊，伸手想拉她的手臂。

「你是誰！」余思蘋的叫聲異常尖銳，嚇得顏子豪差點鬆手。

「我是顏子豪啊！」他連忙吶喊。

「顏、顏子豪？」余思蘋的眼神異常慌亂，幾乎無法聚焦，胡亂地看著眼前的男人：「你……你的圍巾呢？」

「被那女人用掉了，我等等再去把它找回——」顏子豪解釋。

「不……不行，我認不出來……」余思蘋喃喃說道，蒼白的臉上布滿冷汗，她隨即彎下身，仔細尋找起戒指來：「我不能弄丟它，那是醫生跟我的約定……我們約好了……」

「思蘋……」顏子豪呆呆地站著。饒是見慣大風大浪的他，一時間也沒辦法處理眼前的狀況。

作為始作俑者的吳雅萍，站在草原的邊緣，冷笑看著這一切。「妳才是有毛病的那個——妳這個無法辨識任何人、記住任何人的 Face blindness。」

Face blindness——面部識別能力缺乏症，俗稱：臉盲症。

# 08

余思蘋回到飯店，已經是一個多小時之後了。沒有找到戒指，這讓她備受打擊，加上吳雅萍的話給了她極大的精神衝擊，她的臉色顯得非常慘白，腳步也虛浮無比。

本來，余爸看到余思蘋氣色極差的樣子，差點對倒楣的顏子豪使出猛拳，好在余思蘋即使搖搖欲墜，還是來得及吐出「吳雅萍」三個字。區區三個字，就讓兩老大致猜到事情的經過。

「又是那傢伙！」余爸只氣得吹鬍子瞪眼：「當年欺負我們女兒還不夠嗎？」

「真的是孽緣，沒想到會在這裡又遇到她……」余媽只能嘆氣，扶著余思蘋進了房間。

顏子豪雖然很擔心余思蘋的狀況，但她既然回到房間，也就不好意思再打擾——更何況還有余爸正雙手環胸、一臉不善地盯著他呢。他只能禮貌地躬身，便離開了這裡，將後續的安撫交給兩老。

「那女的到底是從哪來的呀……」顏子豪走回自己的房間時，路上忍不住暗暗咒罵。在他想來，那時的氣氛正好，若不是中途來了個程咬金插花，搞不好此時他已經跟余思蘋手牽著手看煙火了。

「看來得問一下心瑀，思蘋過去跟這個吳雅萍到底發生過什麼糾紛了。」他心裡這麼想的時候，口袋的手機響了起來。他拿出手機，一看螢幕上顯示的來電人名，臉色就變了。

「爺爺……」

另一頭，身為罪魁禍首的吳雅萍，心情非常舒暢。

「總算讓妳得到報應了，臭女人。」她哼著歌，準備回到自己住的飯店。這次她與好幾個姊妹約好來澎湖度假，後來她自己臨時脫隊，沒想到竟然會遇到國中的老同學，好心情全部都被搞砸了。幸好，自己總算在最後扳回一城，狠狠給了對方一個教訓。

「誰叫妳當年要與我作對。」吳雅萍一想到剛剛余思蘋幾近崩潰的模樣，嘴角就忍不住上揚：「活該。」

就在她愉快地哼歌時，她注意到前方出現一個身影。金髮飄逸，雙手叉腰，似乎在等她。吳雅萍微微皺眉，在對方面前停下腳步。

「你是誰？你擋到我的路了。」她問道。

「……」外國女孩上上下下打量著她，眼神不善。

「你聽得懂中文嗎？聽得懂的話就讓開，聽不懂的話——」吳雅萍嘴一撇。

正當她還想不出自己是怎麼跟外國人扯上關係的，對方已經一拳轟來。

砰！這一拳，狠狠砸在吳雅萍身邊的木板牆壁上，發出很大的聲響。

「還好我現在是女人。」外國女子冷冷地說道：「不然我也不能這樣做。」用的是字正腔圓的中文。

「……什、什麼！」吳雅萍當場嚇出冷汗，一動也不敢動。

外國女孩眼中滿是怒火，緩緩說道：「我剛剛看見妳們的爭執了，我有些事情想問妳。」

十多年前，國中。

那年的余思蘋因為家裡剛發生了意外，遲了一段時間才入學。那時的她，由於剛剛失去親人，變得異常沉默寡言。她並不會特別擺出拒人於千里之外的姿態，但也從不主動靠近人群。很快的，大家就發現她似乎把所有人都當成陌生人。

高傲，冷漠，淡然。而且又很漂亮。這讓本來位居班上領袖人物的吳雅萍不爽起來。所以她與她的朋友們，便決定稍微「教導」一下這位不合群的同學。

「就因為這樣的理由？」皓修簡直難以置信。

「我們發現，不管過多久，她都不會叫我們的名字。」吳雅萍恨恨說道：「不管是想幫助她的人、笑她的人、想主動認識她的人、甚至只是班級事務上需要往來的同學。她全部都記不起來。」

「……」皓修扶額。

雖然他現在已經明白了余思蘋那樣做的理由，但是當年的那群國中女生並不明白——所以很容易想像當她們發現這個插班生，總是一臉漠然且「不把所有人放在眼裡」時，會產生怎樣的想法。而余思蘋顯然又是不願意主動溝通的硬脾氣，誤會加上誤解，足以讓年輕氣盛的女孩們做出可怕的行為。

「所以，妳們開始霸凌她？」皓修語氣一寒。

「說、說什麼霸凌？」吳雅萍被嚇得往後一縮：「一開始頂多就是……把她的書包丟到樓下，或是……偷偷畫她的課本……之類的……」皓修幾乎把旅行修煉來的所有ＥＱ，都拿來阻止自己不要一拳打出。

「妳剛剛說『一開始』……」他繼續問：「意思是還有更變本加厲的？」

「對，從那件事後我才算是看清楚這個女人……」吳雅萍的語氣又帶上恨意。

所謂的那件事，吳雅萍花了兩千字來描述，但皓修用一句話就作了總結。

「她暗戀的學長，跑來跟余思蘋告白，然後余思蘋拒絕了」，就這樣。因為這件事，讓吳雅萍真正地「恨」上了余思蘋。本來對吳雅萍來說，她們的舉動只是在玩鬧，只是稍微教訓一下不聽話、不討喜的叛逆分子。可是一旦牽扯到愛情，她幾乎失去了理智。欺侮行為更加劇烈，多次鬧到連老師都不得不管。當然，就吳雅萍自己所說，某方面也得怪余思蘋自己從來沒有表達自己的感受吧？

無論別人再怎麼欺負她，她都是默默承受下來。由於她的側腦處，有一條深刻的疤痕，所以同學們開始譏笑她為「蜈蚣怪」。就算她回到班上時，看到桌上被畫滿亂七八糟的塗鴉，也只是不發一語地坐下，等下課才拿抹布開始擦拭。就算發現自己的午餐被倒掉，便當盒裡被塞滿小石頭，她也是默默地清洗好盒子後，就這樣回到座位趴下。她的逆來順受，在吳雅萍眼中變成了……最刺眼的景象。

真以為自己是悲劇故事裡的公主嗎？難道她不理解，就是因為她自己也有問題，大家才會教訓她嗎？吳雅萍的怒火愈燒愈邪。

「疤痕？」皓修心念一動，猜想，「是手術痕跡吧，她動過開腦手術？」

「我還沒提戒指的事情吧？」吳雅萍愈說愈投入，語氣開始忿忿不平起來：「我有次瞧見她下課時，專心地看著那枚戒指，心情不好之下就——」

「妳又做了什麼？」皓修的眼神簡直可以殺人。

「……」吳雅萍嚇得後退了一步，連忙說道：「我什麼都沒做！本來我想把她的戒指搶過來丟到垃圾桶……但她卻生氣了！」

這是余思蘋這麼久以來，第一次生氣。

再怎麼被欺負也毫無反應的她，當吳雅萍的手觸碰到戒指那一瞬間，爆炸了。那一次的反擊，雖然幸運地沒有造成任何嚴重的傷害，但已經足以讓吳雅萍之後的日子，再也不敢碰余思蘋一根寒毛。也就是從那時，她才隱約察覺，余思蘋所處的世界與自己完全不同——那裡有著真正的痛苦，既冰冷且無情，是她一輩子可能都接觸不到的殘酷世界。從那次以後，吳雅萍就沒有再欺負余思蘋。

「我才不是怕了她。」吳雅萍冷笑：「我只是……我只是……」但她只是了半天，也只是不出個所以然。

而皓修也懶得理會這女人的心境，他有更重要的問題想問。

「那妳，是怎麼知道她有那個問題的。」皓修冷冷問道，指的自然是吳雅萍剛剛最後道出的話。

「我有次去辦公室時，在老師的桌上偷看到她的病歷表。」吳雅萍聳聳肩：「嘖，竟然有這麼戲劇化的病，這樣不就更像林黛玉了嗎？」

「妳給我閉嘴。」皓修捏緊拳頭，吳雅萍立刻閉上嘴巴。皓修陷入自己的思緒中。原來如此，這樣一來，許多事情都有了解答。

Face blindness，面部識別能力缺乏症，也就是世人俗稱的「臉盲症」。也許，對普通人來說，這只是一種拿來開玩笑的詼諧語句。例如：「什麼？妳竟然分辨不出他跟誰誰誰，你臉盲喔？」但對嚴重的臉盲症患者來說，這是貨真價實的困擾，他們分辨不了他人——哪怕是再有特色的人，對他們來說都是一團打著馬賽克的迷霧。
余思蘋恐怕是最嚴重的那種吧？
所有正常人用來分辨他人的訊息，對她而言都是無意義的雜訊；僅有非常鮮明的特徵，她才可能辨識得出。
「難怪，她上課時會用這種方式。」皓修想到余思蘋對自己的稱呼——23號同學。
因為她根本無法把人名跟人臉對上，對她來說，每個人都是模糊一團。皓修略微想像了一下，假設全世界的人都像死神那樣，極為沒有存在感與個人特色……他打了個寒顫。那種感覺真的非常可怕。而余思蘋在這迷霧構築成的世界裡，活了整整十多年。如果說，那飽受欺凌的國中生活是這個病的起點，那她之後會構築起這麼高的心牆也很好理解了。
思考到這邊，皓修靈光一閃。
「難道這就是她能認出我的原因？」他豁然站起。吳雅萍不知道他在激動什麼，仍然嚇了一大跳。
「妳現在看我是什麼模樣？」皓修瞪著吳雅萍。
「一個很暴躁沒禮貌的臭洋妞……」吳雅萍怯怯地說。
「沒錯，就是這樣。」皓修滿意地點點頭，對方完全不知道他為何被罵還這麼開心，只能傻眼。
「一定就是這個理由吧？」皓修心中暗想：「也許，就是因為她辨識不了其他人，所以她才辨識得出我……」雖然這個判斷毫無證據，也沒有任何邏輯支撐，但也是目前唯一的可能了。
「……！」皓修突然一愣。
問題又來了。那麼，在余思蘋眼中的自己，究竟長什麼樣子呢？

「對她來說，普通人的特徵都不是特徵，那她究竟是用什麼角度來記住我的？」皓修情不自禁地摸了摸臉：「是眼神嗎？還是氣質？」

對，應該是眼神吧？人家都說，眼神是靈魂之窗，她一定是因為自己的眼神，才察覺到自己是誰吧？想到這裡，皓修不禁雀躍起來。只不過吳雅萍的發言，卻適時地把他拉回現實。

「我可以走了嗎？我等等還要去看煙火……」她皺眉，有點不耐煩了。皓修重新瞪向這個女人。

「呃，如果你還有想問什麼……我盡量回答？」吳雅萍肩膀縮了縮。

「我只剩下一個問題想問妳。」皓修緩緩說道：「為什麼妳明知道她有這樣的……疾病，卻還是這樣對她？」

「她本來就很討人厭了，如果再加上這種疾病，不就更像悲劇裡的女主角嗎？」吳雅萍皺了皺眉，好像對方問了什麼蠢問題。

「……」皓修嘆了口氣：「妳有沒有想過，她這些年來到底是活在怎樣的世界？」

「怎樣的世界？」吳雅萍傻傻地問。皓修沒有回答，而是轉頭看向不遠處的人群。他知道就算告訴對方答案，對方也不會因此理解。對方永遠不會明白，那樣的世界有多恐怖。

那是一個，所有人都是陌生人的冰冷世界。

時間：晚間八點半。余思蘋慢慢睜開眼睛，她發現自己正躺在床上。

「醒來了嗎?要不要再休息一下。」余媽的聲音傳來。

余思蘋轉頭一看，發現一個女人正坐在床邊，似乎在看著自己。雖然認不出對方，但在室內依然會戴著那頂綠色毛帽的，只會是自己的母親了。

「沒關係，我好多了。」余思蘋搖了搖頭。她是真的好多了，心跳、呼吸都恢復正常，也沒有發病的跡象。

「爸呢?」她問。

「他剛剛守著妳守了一小時。」余媽說道，有點無奈：「後來看妳睡得很沉，就先回房間去準備喝酒了。」

余思蘋噗哧一笑，不愧是酒仙，無論如何都堅持要喝酒呀。

「顏子豪呢?」她又想到另一個關鍵人物。

「他趕回台灣了。」余媽嘆氣，似乎也有點訝異。

就她想來，顏子豪正熱烈追求女兒，沒道理在這種關鍵時刻還缺席；但從他剛剛敘述的話看起來，似乎是他爺爺要求他立刻趕回台灣。只能說，畢竟是商業世家，還是得以家庭為重吧。

「嗯。」余思蘋反而鬆了一口氣，至少要立刻面對的事情就少一件了。

——說到面對。她突然意識到什麼，反射性地伸手撈向胸前。胸前空蕩蕩的，沒有項鍊與戒指的蹤跡。

「原來是真的不見了?」余思蘋悵然若失，手慢慢垂下。

「傻孩子……」余媽心疼地抱住女兒。

「不，也許這樣反而是好事。」余思蘋搖搖頭，歉然說道：「只是抱歉了，媽，我把妳的傳家寶給弄丟了。」

「再怎麼樣的傳家寶，也比不上妳重要。」余媽摸了摸女兒的頭：「別想這麼多，今晚先好好休息吧。」

「好。」余思蘋說著，露出了笑容：「妳今晚就先回房間陪爸爸吧，不然他自己一個人喝酒喝了兩天，怪可憐的。」

「可是妳……」余媽遲疑。

「顏子豪也回台灣了，你們不用再擔心有人會夜襲我。」余思蘋道出事實。

余媽仔細看打量余思蘋好幾輪、確定她沒在逞強後，又叮囑了好一會，才放心地離開房間。當然，她心中也明白，女兒需要藉著一個人的獨處，來處理那一份過於巨大的情緒。她一向都是這樣，甚至不願意在余爸、余媽面前盡情釋放情緒。比起任性哭喊，她寧可把自己鎖起來。這樣，眼淚就不會流出來了。

等余媽也回到房間後，某個外國女孩也走出了７０８號房。這個外國女孩，自然是皓修了。他的一切行動都很小心，再三確認了余爸余媽都已經進房，而余思蘋則是孤身一人在房間，這才敢出房。

「搞得我好像變態。」他不禁吐槽自己。

但是他不得不這麼小心翼翼——這樣才能避免同時撞見余思蘋與余爸、余媽；畢竟在他們眼中，一個「外國人」怎樣也不會是余思蘋的「學生」，到時候產生的問題可能會害他被死神連續惡搞十次旅行吧。

「……」皓修站在707號房門外，舉起了手，卻突然猶豫起來。

他發覺自己竟然遲遲不敢敲門，但也不知道自己為何不敢敲門。他就這麼僵在原地，要進不進、要退不退的，任由時光流逝。彷彿看不下去，一個穿著黑色系慢跑裝的年輕女孩恰好經過。

「所以你到底要不要敲門呀？」她嚼著口香糖，活力十足地說道。

「……臭死神。」皓修瞪著對方，真是陰魂不散：「祢怎麼又出現了？」

「別忘了，明天就是你現在這具身體的終點，我特別來提醒你的。」慢跑女孩原地踏步，露出非常陽光的笑容。

「我怎麼會忘記？」皓修沒好氣地說道：「我有哪次忘記過啊？」

「這倒是。」死神點點頭，笑容依然燦爛：「不過呢，我想表達的是——你再不行動，這次不就白來了嗎？」

「……」皓修一愣，不得不承認對方言之有理。

「總而言之，就像你進入那間教室一樣，一切都需要有個開頭。」死神笑道：「就鼓起勇氣吧，孩子。」說完，他就這麼跑走了。

皓修瞪著對方消失的方向，隨即又轉頭，重新看回眼前的房門。他輕輕敲了敲門，沒過多久門就開了。余思蘋推開門，皺著眉頭看著他。皓修神色靜如止水，但心中已是海浪滔天。

來吧，揭開底牌吧。是否真的如他所想，不管自己換到哪具身體，對方都能認出他？如果不是的話，那自己對她而言，不過就是另一個無法被記憶的陌生人。如果是的話……

案。

余思蘋的表情有點訝異，本來渙散的瞳孔漸漸聚焦。然後她開口，道出了讓皓修全身放鬆的答

「23號同學？」

太好了，妳真的能夠認得出我。

# 09

喀鏘，鐵罐裝的果汁啤酒被打開。

「原來如此，都被你聽到了呀。」余思蘋咋舌。

「這麼晚喝酒，不太好吧。」皓修看著以酒就口的女子，有點擔心。

「你管我。」余思蘋仰頭，灌了好大一口果汁啤酒。

皓修只能聳肩，祈禱對方沒打算把旁邊塑膠袋裡的十多瓶果汁啤酒都喝完。

此刻，他們在飯店不遠處廣場的階梯上。從這裡可以看得到海，也可以看得到晚點花火節的煙火——畢竟是顏子豪精心挑選的地點，景觀不會差到哪去；可惜的是，他本來想要與余思蘋一起並肩夜遊的夢想卻提早破碎了。

「雖然不知道你為什麼提早離場……」皓修心中替那位男士默哀。

「對了，你說你為什麼會來這邊？」余思蘋突然問道。才喝了幾口啤酒的她，此時雙頰已經有點暈紅，瞇著眼睛，看起來分外可愛。

「生態調查。」皓修面不改色，再次端出同一個理由：「我來這邊進行外島地區的生態系統調查。」

針對「為何又會如此湊巧地在外島遇上自己的學生」，皓修便是這麼解釋的。

恐怕只有老天才知道他現在有多緊張——畢竟他此刻可是在用外國女性的外表、23號同學的這兩種不屬於他的身分跟另外一個人互動；為了不讓對方察覺到不對勁，他特別換了比較中性的打扮，一頭金髮也收束藏到鴨舌帽後，甚至還戴上了沒有度數的角膜變色片，好隱藏自己的藍眼睛。不過，看余思蘋完全無動於衷的樣子……

「看來她是真的沒辦法辨識我呢。」皓修嘀咕。

這麼一想，難怪她要替顏子豪披上那件粉紅色圍巾——畢竟臉盲症只能透過強烈的特徵來辨識，而粉紅色的確實夠搶眼。想通這點，皓修對情敵的敵意大減，只覺得渾身舒暢。同時，他也好奇起來，到底在余思蘋眼中，自己究竟是何種模樣？

「應該挺帥的吧。」皓修沉吟。

「你說什麼？」余思蘋沒聽清楚。

「沒事，今晚的風兒有點喧囂。」皓修神色淡定地扯謊。

「是真的有一點。」余思蘋咕噥，撥了撥亂掉的瀏海：「所以，你真的不是跟蹤狂？」

「不是。」

「我知道，我開玩笑的。」余思蘋說著，突然格格笑了起來，「你總不可能是因為什麼特別的理由，才跟蹤我到澎湖來吧？」皓修虎軀一震，猜對了。

「咳咳，妳都可以在這裡遇到國中同學了，遇到學生也很正常吧。」

「也是呢，呵呵。」余思蘋說著，似乎又沮喪起來。見到她情緒轉變如此之快，皓修暗暗詫異——她該不會已經醉了吧？

「23號同學，你為什麼要離我這麼遠？」余思蘋看著離自己至少有五公尺的皓修，突然招了招手：「過來一點呀。」

「我想吹吹風嘛。」皓修乾笑一聲。

會離這麼遠，當然是怕對方拉近距離後會發現什麼端倪；他並不理解「臉盲症」眼中看出去的世界長怎樣，生怕如果靠太近，被對方察覺到自己這具身體的荒謬之處。

「我可以替你擋風，坐過來吧。」余思蘋笑笑，拍了拍身邊的位置。

如果是還神智清醒的狀態，她一定不會做出這麼親暱的舉動吧？但是，也許是酒精的作用，也許是因為剛剛才受到精神傷害，又也許是他鄉遇故知，此刻的余思蘋對皓修——或者說對23號同學——有著一種親近感。

皓修本來還想拒絕，但是見對方一臉堅持，他只能慢慢地、小心翼翼地移動到對方身邊。坐穩。他立刻聞到對方身上淡淡的髮香，以及果香，忍不住心中一蕩。

「……！」皓修連忙收束心神，自己怎麼可以先犯起花癡來？鎮定。冷靜。把自己想說的話，帥氣、勇敢、果決地說出來吧。

「說到目的呀，我的確有件事想問妳。」皓修開口：「我……」

「嗯？」

「我……妳……」

「嗯？」

「我呀，哈哈……妳……」皓修語氣淡然，卻發現自己開始結巴。竟然在這緊要關頭緊張起來！皓修內心恨不得一拳捶死自己，卻還是一個字都擠不出來。

「……」余思蘋正在將第一個酒罐壓扁，卻因為等不到對方的問題，眉頭微微皺起。

「我有問題想問妳。」皓修總算擠出這句。

「這你已經說過了。」余思蘋回答，已經開始開起第二瓶啤酒。但她的動作已經有點遲緩，連續拉了幾次拉環都沒有成功。

皓修看著動作有點不順的女子，心裡稍稍定了些——人在微醺狀態大腦會受到影響，專注程度會下降許多，皓修決定以「那個」作為突破口。

「我想問，那枚戒指對妳來說一定很重要吧。」他問。

「……」余思蘋的動作頓了一下，過了兩秒，拉環總算才被拉開。她沒有立刻說話，而是仰頭，將整罐啤酒一口氣喝完。

「喂、喂……」皓修嚇了一跳，卻沒辦法阻止對方豪飲。

好吧，好歹只是酒精濃度百分之五的飲料，應該不至於太——

「對，一切都是那枚該死的戒指害的。」余思蘋喝完後，將啤酒罐用力往地上一放：「那枚該、死、的、戒、指！」前言收回，余思蘋已經醉了。

「那枚戒指，是誰給妳的？」皓修小心地問。

「那枚戒指不是我的。」余思蘋答非所問。

「我知道，當然是有人給妳，才會變成妳的呀。」皓修只能耐著性子，循循善誘地問著，「所以是誰給妳的呢？」

「誰給我的？沒人給我，是我自己擅自拿走的。」

「所以，這枚戒指本來是誰的？」

「是我的。」

「……」皓修頭痛，對方的話顛三倒四，看來酒精已經開始麻痺余思蘋的思考能力。

他只能用哄小孩的語氣，溫柔地繼續說道，「所以，在妳之前，誰還擁有過那枚戒指？」

「……」余思蘋抬起頭，眼神迷茫的看著夜空：「是哥哥。」

「妳有哥哥？」皓修心念一動。

「他才是……爸、媽真正的孩子……」余思蘋笑著，舉起一隻手，彷彿想映照著月光般看著：「他是個好人。」

「他現在人在哪？」皓修問。

「……」余思蘋做了個古怪的手勢，還嘟著嘴巴發出「咻」的聲音。

「了解。」皓修點頭，了解才有鬼。

「換你了，你剛剛問我一個問題……那現在我也要問你一個問題。」余思蘋看向皓修。

「好，妳問。」皓修點頭，這方式還挺有趣的，也可以有效舒緩緊張。

「剛剛的對話，你聽到了多少？」余思蘋問。皓修一震，沒想到這女的看似喝醉，其實還是有思考能力呀。

「基本上，該聽到的全部聽到了。」他只好打模糊仗。

「所以……你也知道我的問題了，對吧？」余思蘋歪了歪頭。

「嗯。」皓修頷首。

「好。」余思蘋也點點頭。一下子就碰到嚴肅的問題，兩人一時間都陷入沉默。

「……這下子我身邊知道這個祕密的就有五個人了。」余思蘋喃喃說道：「真是的，心瑀一定會笑我吧，給吳雅萍那個傢伙知道就算了，現在連課堂上的臭小鬼都知道了……」

五個——其中兩個是余思蘋的父母，一個是吳雅萍，一個應該是余思蘋稱為心瑀的朋友，最後一個就是自己了。

皓修心裡一面快速數著是哪五個，一面為23號同學默哀——看來你在老師心中，就是一個小鬼頭呀。

「話說回來，也真奇怪……你明明來上了這麼久的課，我為什麼要到期中考才真的記得你呢？」余思蘋突然想到什麼。

「大概是我的表現太搶眼了吧。」皓修尷尬一笑，想起那個被自己壓穿的塑膠人偶。

「我的安東尼……」余思蘋似乎也同步想起，眼神中帶上殺氣。

「對不起。」皓修果斷地道歉。

「安東尼，是我唯一的朋友。」余思蘋淡淡說道：「這點，我當初是說真的。」

「對不起。」皓修只能再次道歉。

「不過，那時我的語氣也不太好。」余思蘋嘆了口氣，輕輕地趴在桌上：「我不該被幼稚的人挑釁，我也有不對。」

「……」皓修無言。這真的是道歉嗎？

仔細回想，當初課後余思蘋的那番話，對身負死神交易的皓修來說，恰好是一針見血的沉重一擊。畢竟他不被記憶，也不能被記憶。他註定成為每個人的陌生人。反過來說，亦是如此。皓修後來回擊的那番話，刺耳諷刺，也戳到余思蘋的痛點。她無法辨識任何人，也無法記住任何人。每個人都注定是她的陌生人。

「……」皓修默然。

想想看，余思蘋光是要與四周人互動，就得做多少準備、多少功課、還有多少的心理建設；這樣的她，要如何與常人發展出進一步的關係？

「接下來，又換我問問題了。」皓修開口。

「你真的很有勇氣呢，23號同學。」余思蘋皺起眉頭，但似乎又覺得有趣，隨即噗哧的一笑：「好吧，沒大沒小的傢伙，給你問。」

同時，她打開第三灌啤酒。

「妳打算答應那位男士的追求嗎？」皓修毫不掩飾地問。

「……」余思蘋一愣，再次以酒就口，咕嚕咕嚕地喝了起來。一下子就少了一半。她臉上的暈紅更盛，垂首，重新看向皓修。

「我做出怎樣的決定，應該與你無關吧？」余思蘋淡淡地問。看來就算被酒精蒙蔽，她的基本防禦力還是存在的。皓修輕輕嘆了一口氣。

「這算是一個問題囉？」

「當然不算，你還是欠我一個。」

「……好。」皓修一攤手，繼續說道：「妳的意思是……如果和我有關的話，我可以影響妳的決定？」

「當然不可能。」余思蘋果斷說著，但又露出好奇的表情：「不過，我做怎樣的決定，和你怎麼會有關係呢？」

「我想，是因為我喜歡妳吧。」皓修坦然說道。

「……」余思蘋手中的啤酒一歪，當場灑了大半出來。

砰！

彷彿算準了一般，背後的天空炸開了一朵又一朵的煙火。

「……」余思蘋深吸一口氣，想讓酒精帶來的暈眩感褪去一些。她抬起頭，注視著眼前的23號同學。

「你說什麼？」她問道。

「我說，我喜歡妳。」皓修沒有躲避，而是直接回答。他還舉起一根手指補充。「這下子，妳又欠我一個問題了。」

「……」余思蘋沒有心思理會對方的小手段，緩緩說道：「你說，你喜歡我？」

「對。」

「是哪種喜歡？」余思蘋用手指輕戳啤酒罐上的冰冷水珠。

「男女間的那種喜歡吧。」皓修緩緩說道：「類似……愛情？」此時的他，發覺一直束縛自己的緊張感消去了大半。是因為破釜沉舟了嗎？最關鍵的開頭開門見山了，剩下的就容易多了。

「從第一眼開始。」皓修補充：「從我踏入教室那刻起。」

「這怎麼可能。」余思蘋不禁笑了起來。

「阿尼瑪。」皓修平靜地說出這個字：「意思是，夢中情人。」

是的，這就是他的答案。從他旅行到那間教室、遇到這個女子那一刻，他就被對方吸引了。即使那時的他，根本不知道對方的名字，也不知道對方身上奇怪的病狀，但這些都無關緊要……

重要的是，他喜歡對方。那股情感也許不像烈火般灼熱，卻是再大的狂風也吹不熄的光芒。

「阿尼瑪……嗎？」余思蘋的笑意止住了，她當然知道這個詞彙是什麼意思，這甚至是她的筆名呢。

「竟然拿我教你的東西……」她深吸一口氣，酒也醒了大半。

「妳教得很好。」

「但是我不相信這種東西。」余思蘋的笑容收斂了。她看著自己的學生，淡淡說道。「你並不是第一個對我這樣說的人，也不會是我第一個拒絕的人。」

「像妳這樣漂亮的女生，自然會有很多追求者。」皓修表示理解。

「所以，你希望我給你什麼答案？」余思蘋問。通常，她這些冷靜的反問都可以讓對方的熱情降溫；而人們一旦失去勇氣，知難而退的機率便會大很多。

——可惜她這次遇到了一個，在大風大浪中一路走來的旅行者。

「我沒有想要得到妳的答案。」皓修說道：「恰恰相反——我希望妳可以在我的喜歡裡，找到答案。」

「什麼答案？」余思蘋皺眉。

「妳究竟有沒有辦法去愛人。」皓修說道：「還有……究竟有沒有人，能夠愛上真正的妳。」

余思蘋愣住。對方的話，毫無疑問地敲中她這麼多年來最在乎的地方。

「妳甚至無法判斷別人的好壞，對吧？」皓修繼續說著：「妳之所以拒絕對方，不就是因為妳根本記不住他們嗎？」

「……」

「記不住對方，自然沒辦法和對方談感情。」皓修道：「如果對方失去讓妳辨識的特徵，瞬間就變成了一般的陌生人，這樣的感情還能叫愛嗎？」

「挺會說的。」余思蘋哼了一聲。

「因為我跟妳一樣。」皓修說道。

余思蘋眼睛微微睜大，不解，「你該不會也是——」

「不，我不是臉盲症。」皓修苦笑：「反過來說，沒辦法忘掉人臉的記憶力，一直都是讓我痛苦的原罪……」背後的天空，再次亮起一朵又一朵的煙火，映照著底下的兩人。

「我註定沒辦法在一個地方停留太久，也沒辦法建立起太長的人際關係。」皓修邊說，邊惴惴不安地揣測自己是否有違背死神七規：「在這種限制下，根本不可能和其他人有更深的連結。」

「……你要移民？你不是台灣人？」余思蘋問。

「類似吧。」皓修笑了，對方的猜想還挺貼切的：「我從很多年前開始，就被迫不斷搬家。」

「像是蒲公英？」余思蘋歪頭。

「嗯，就像是蒲公英。」皓修苦澀說道，很好的譬喻。

余思蘋點點頭。她理解了。但——

「但是，就算你說得天花亂墜，我還是不知道你和他們有什麼不同。」她說著，又補充了一句：「先說清楚，我並沒有打算接受你的告白，但該問的還是得問明白。」

「妳可以不用強調這點沒關係。」皓修搔了搔後腦。

「就算你真的、也許、可能比其他人都了解我一些。」余思蘋淡淡地說道：「而這一點，甚至還是建立在你偷聽上面——」

「我只是剛好經過。」皓修面不改色地撒謊。

「但是，你還是沒有告訴我，你跟他們究竟有何不同，你要如何給我我想要的答案？」余思蘋說出她的結論：「如果你是想說……你喜歡我的程度遠勝其他人，這就不必了，每個人都這樣說。」余思蘋嘴唇抿起。「憑什麼，我要讓你靠近我？」

牆已築起，護城河挖開，一副生人勿近的高冷姿態。但同時，余思蘋自己也沒有察覺到，其實她在期待對方的答案。如同對方在期中考的表現，若能出乎自己預料那就更好了。

面對這個問題，皓修僅僅是一笑。自己與其他人的不同之處，恐怕沒辦法解釋給對方聽；所以連帶的，余思蘋能認出自己這一點，自然無法當作王牌打出去——不過，他還有另一個王牌。

「我跟那些人，有一個地方確實不一樣。」皓修笑著。

「……」余思蘋愣了一下，露出狐疑的表情：「哪裡不一樣？」

「他們沒有做到這件事。」皓修深吸一口氣，從口袋中取出某樣事物。

余思蘋眼睛睜大，皓修手中的，是一枚她再熟悉不過的戒指。天空的煙火再次綻放，在戒指上頭亮起閃耀的光輝。

「對妳而言重要的，對我而言一樣重要。」皓修輕聲地說道。

他看著對方的表情，心臟怦然加快。

沒錯，就是這種感覺。

自己換了幾次身體，擁有著不同的心臟，卻仍為同一個女孩心跳加速。對方，也許就是自己漫長旅行的答案——余思蘋就是自己的夢中情人。

二十秒後，余思蘋給了答案——

「我不要。」

# 10

余思蘋回到飯店時，看了看時鐘——竟然已經凌晨三點了。余爸、余媽自然早就入睡，她一回到房間，幾乎是立刻大字形地躺向床上。

呼。

一陷入床鋪，累積了數天的疲倦感立刻襲上；而酒精帶來的茫然，更是讓她全身發熱，昏昏沉沉的，好像就要這麼直接沉入床鋪深處。她看向手中的戒指，眼神很溫柔。

「沒想到竟然能失而復得。」余思蘋想著，不禁笑了起來：「明天媽媽一定很開心。」

再瞧瞧手機——十二通顏子豪的未接來電，十七通劉心瑀的未接來電，還有滿滿LINE的未讀訊息，看得出來他們都很擔心自己。

「我很好，不用擔心我。」余思蘋將這封訊息分別傳給顏子豪與劉心瑀；沒想到幾秒後，她的電話就響起來了。

「心瑀嗎？」余思蘋接起電話，懶洋洋地說道：「妳怎麼還沒睡呀？」

「被訊息提示的震動吵醒的，天知道我多擔心妳。」另一頭傳來有點沙啞、果真是剛被吵醒的聲音。

「顏子豪跟妳說過發生什麼事了吧？」余思蘋立刻猜到。

「我沒想到他會突然回台灣，真是的，今天不是他的決勝日嗎？」

「妳八成是來替他探聽我的答覆，對吧？」余思蘋淡淡說道：「說，他用什麼東西收買了妳？」

「張學友演唱會ＶＩＰ席的門票，嘿嘿。」

「我要掛電話了。」

「等等、等等，不用談這件事。」劉心瑀說著，語氣也變得認真了些：「有關於妳那位國中同學……」

「妳是說，吳雅萍嗎？」余思蘋說到這名字，頓了一下。

「我聽說了她對妳做的事，妳還好嗎？」

「其實……」余思蘋看著手中的戒指，「其實，還可以吼。」

「『吼』？」劉心瑀的聲音愣了一下，隨即訝然：「思蘋，妳喝酒了？」

「喝了一點點。」余思蘋大著舌頭說道。

「妳這滴酒就醉的傢伙喝什麼酒啊……妳不是最討厭喝酒嗎？」很好想像劉心瑀頭痛的表情：「情況有糟糕到這種地步？」

「放心，我真的很好。」余思蘋說著，嘴角帶著一抹淺淺的笑容：「應該說……本來不好，但後來就沒那麼不好了。」

劉心瑀沉默了一會，似乎在釐清思緒，過了一下才再次開口：「發生了什麼好事嗎？」她似乎被弄糊塗了。

這也不能怪劉心瑀──顏子豪回台灣後，余思蘋一直沒有回覆他的電話與訊息，這讓他更加擔心，所以立刻十萬火急地打電話找這位狗頭軍師。

在擔憂下，他將整件事情敘述得非常嚴重，讓劉心瑀也擔心起來。但是，此刻她並沒有在余思蘋的聲音裡聽到預料中的崩潰，反而是一種……一種軟綿綿的嬌憨？

「難道，妳打算答應顏子豪的告白？」劉心瑀提高音量。

「妳怎麼會這樣想呢？」余思蘋笑笑，並沒有正面回答。

「這事關張學友的演唱會門票耶！」

「再見。」

「我開玩笑的、開玩笑的啦！」

「……」

「對於妳跟他，我雖然樂見其成，尤其是他又湊巧在一旁陪妳經歷情緒的大起大落。在這樣的情況下，的確可能讓你們產生一種深刻的連結——」劉心瑀認真起來：「但正是因為如此，我更怕妳的決定太過倉促。」此時的她，已經變回心理師，而不再只是個損友。

「陪我經歷了大起大落，更容易有深刻的連結嗎？」余思蘋卻好像只聽到這段話，嘴角的弧度更盛：「的確呢，選在這時間點告白，真的很狡猾。」

「……所以妳真的打算點頭了？」

「不，沒有。」余思蘋似乎這才回神：「我不打算接受顏子豪。」

「……那妳剛剛自言自語說的是什麼？」劉心瑀替顏子豪默哀同時也替自己默哀，張學友再見。

「心瑀呀，今天除了顏子豪，有另外一個人跟我告白了。」余思蘋說。

「這是在炫耀嗎？」劉心瑀咕噥：「妳人那麼正，被什麼陌生人搭訕也很正常吧，這不就是外地旅遊的附贈價值嗎？」

「不對喔，他並不是陌生人。」余思蘋看著那枚戒指，輕聲地說道：「他是我的學生。」
「什麼？」

海邊，沙灘上，兩個人影面對著大海，卻有著各自不同的情緒。
「哈哈哈哈哈哈哈哈哈哈哈哈哈哈哈哈哈哈哈哈哈哈哈哈哈！」
黑色慢跑裝的少女，笑聲迴盪在海岸邊。她拚命地拍著皓修的肩膀，似乎想安慰他，卻因為笑到喘不過氣來，拍打的力道變得更像是在火上加油。
「聽——海哭的聲音，嘆息著誰又被傷了心，卻還不清醒，一定不是我，至少我很冷靜，可是淚水、就連淚水、也都不相信——」皓修沒理會缺德的死神，自顧自地唱著歌。
張惠妹的〈聽海〉，就跟鄧麗君〈月亮代表我的心〉一樣，始終都是他最喜歡的歌。
只不過此時的皓修，完全是用悲愴的心情在唱這首歌。
「哈哈哈哈哈哈哈哈哈哈哈哈哈哈哈哈哈哈哈！」
可惜的是，死神的笑聲穿插在海的聲音裡分外刺耳，皓修終於忍受不住。
「你笑夠了沒？」他瞪著旁邊的死神。
「哈哈哈，差、差不多了。」死神伸手抹掉笑出來的眼淚，又拍了拍皓修肩膀：「勝敗乃兵家常事，習慣就好、習慣就好，反正——呃，等等，你在哭嗎？」
「……」皓修不肯回答，但那兩行衝出眼眶的清淚已說明一切。

「噗哈哈哈哈！」死神一點同情心都沒有地再次爆笑：「我完全能體諒你的心情啊！畢竟你可是在那片大草原找了整整兩個小時才找到那枚戒指，一定沒想到那女的竟然會回絕得這麼乾脆吧！哈哈哈哈！」

「閉嘴！」皓修怒吼。

他完全沒有想到自己那番真摯的言語，竟然會換來乾脆的拒絕。

看著那枚戒指，余思蘋陷入沉默。仔細數的話，其實大概也只有二十秒吧？但是對皓修來講，這絕對是最漫長的二十秒。在這段空白的時間內，余思蘋就只是一直盯著手中失而復得的戒指。她的眼中爍動著某種光輝，似是回憶，又似是緬懷。皓修為了保持風度，一直沒有出聲打擾，僅僅是讓對方沉浸在自己的情緒中。然後，便是那三個果決到讓他幾乎心碎的字——

「我不要。」余思蘋突然說道。

「……」皓修臉一僵，「妳說什麼？」

「我說，我不要。」余思蘋抬起頭時，眼睛閃閃發光。

回憶到這，這下子悲從中來，不只是眼淚，連鼻涕都流了出來。幸好，皓修現在用的是一具漂亮的外國女孩身體，哭起來也有一種美感。

「虧我還掙扎很久，是要把全身上下的泥土、草屑都留著，還是要洗得乾乾淨淨來見對方……」皓修把頭埋在兩膝間，悶悶地說道。

「難怪你在房間裡洗了一個小時的澡。」死神大笑。

「閉嘴。」

「但你忘記洗手了。」死神認真提醒。皓修一呆，抬起雙手一看。果真，他的指甲裡塞滿泥土，十指烏漆抹黑，給人的印象恐怕會大扣分。

「……不！」皓修只覺得一切都更加悲劇，眼淚再次噴出：「我明明一向最注重雙手的保養呀，怎麼這次竟然疏忽了，雙手可是我的第二生命啊，嗚嗚嗚——」

「好啦好啦，別難過了，不然你以為會發生什麼事呢？」死神噗哧一笑：「對方感動得痛哭流涕，然後想以身相許？」

「我才沒這樣想。」皓修反駁到一半，隨即小聲地補充：「但，至少可以從喝杯咖啡之類的開始呀……」

「呵呵，你呀，真的是亂了手腳了。」死神搖搖頭：「你想想看，她的個性這麼彆扭，就算被感動了，也不會那麼快就表現出來吧。」

「所以你覺得她有被感動到？」皓修精神一振。

「當然有啊。」死神笑嘻嘻地說：「不然，她也不會跟你繼續待在外頭這麼長一段時間吧。」

「……」皓修聽得一愣一愣：「意思是，我成功了？」

「咳咳，這倒沒有，差得遠了。」

「……」

「但至少有了個開頭。」死神再次拍了拍皓修肩膀。

「但是，我想不出要怎麼繼續。」皓修看著眼前的大海，長嘆一聲。

死神本來還想說什麼，卻注意到遠處海平面露出的那抹微光，便安靜了。

在那之後，他們兩人就這樣繼續待在原地好長一段時間。煙火早就放完，天空變回原樣。這中間沒有人說話──23號同學大概連呼吸的能力都失去了，自然說不出話來；而余思蘋則是靜靜的看著夜空，一個字也沒有說。

也不知過了多久，余思蘋從自己的思緒中抽身時，才發現時間已經很晚了。23號同學也正每隔一小段時間，就用殭屍的動作檢查手錶。

「時間不早了，回去吧。」

「嗯，路上小心……嗯不對，回飯店小心……我該走了……」23號同學揮揮手，轉身要離開時卻差點被絆倒：「我要去看日出看到明天……不，應該是看明天看到日出……」

看到他的這樣子，余思蘋忍不住笑了出來。她的笑聲觸動到對方，對方停下腳步，慢慢回頭。余思蘋微微一笑。

「23號同學，下週記得來上課。」

「一天被兩個人告白，的確是該緊張呢。」余思蘋微微一笑。

她面對顏子豪告白時的緊張，與面對23號同學告白時的緊張，有著本質上的不同。前者，是出自於她對人們的恐懼，是深埋她人生經驗的病根；當她與其他人靠得太近、或是其他人試圖接近時，她便會產生這種強烈的緊張。至於23號同學的告白，所帶給她的緊張……

「與其說是緊張，不如說是……」余思蘋心裡默默想著：「不如說是……」說是什麼，其實她也想不出頭緒。

她直到現在，還搞不懂自己為什麼會說出「我不要」。為何不是「我不想」？為何不是更尖銳一點的「我不喜歡你」？或是委婉又不失原意的「我們並不適合」？與平時拒絕其他人的淡然不一樣，這句「我不要」裡，帶著某種陌生的情緒。也許是因為當她接過戒指時，她發現對方的雙手指甲裡都塞滿泥土吧。即使對方身上有著香噴噴的沐浴乳味道，應該是找到戒指後就回家洗過澡，可偏偏卻漏了最重要的雙手。

「明明雙手可是最該好好保養的第二生命呢。」余思蘋再次笑出聲來。

「……妳知道我還在線上吧，女孩。」電話另一頭，劉心瑀無奈地說道。

「哦？妳還在呀。」余思蘋笑著，將手機放到一旁，按了擴音鍵。

「妳呀……」劉心瑀無奈地嘆了口氣，但也笑了起來：「話說回來，我倒是想親眼看看這位『23號同學』是何方神聖了。」

剛剛余思蘋像是在跟她講電話、又像是自言自語中，將那位23號同學好好介紹了一番。劉心瑀聽得嘖嘖稱奇。聽起來，這是一個與余思蘋差不多幼稚的人呢。

「只是一個小鬼而已。」余思蘋果斷說道。

「普通小鬼可沒辦法讓妳笑得這麼開心。」劉心瑀說道：「這可是顏子豪都做不到的事。」

「……」余思蘋一愣，隨即沉默。

「有考慮接受嗎？」劉心瑀揶揄。

「別鬧了，我沒想過要談師生戀。」余思蘋的笑容收斂了些，淡淡說道：「更何況，我不知道自己準備好了沒有。」

「……」劉心瑀嗯了一聲，表示理解。

遠在台灣的她，同時也打開筆電，開始著手調查那位23號同學。這不只是在八卦，她身為一個專業的心理師，有必要對患者的周遭人際網路有一定的了解——尤其又是余思蘋這種和人群極度生疏的案例。而劉心瑀為了讓余思蘋放心地去澎湖度假，這一週也主動替她承擔起收發學校信箱的責任，好避免漏掉學校通知的重要信件。

兩人互道晚安，通話結束。余思蘋躺在床上，慢慢地閉上眼睛。壓在胸口的些微重量，重新帶來了安心的感覺，這讓她的嘴角始終維持上揚的弧度……

嗶嗶，嗶嗶。嗶嗶，嗶嗶。手錶的鬧鈴響了。光從大海的另一頭染開，替天際線上畫一抹暖暖的白。

「走吧。」皓修站起身子，拍掉了身上的細沙。海風吹拂，一夜未眠的他卻不顯得疲倦。反而有點滿足。

「你之後打算怎麼做？」死神也站了起來，大大地伸了個懶腰：「別讓發生在澎湖的事情只留在澎湖呀。」

「她會回台灣，我也會回台灣。」皓修坦然說道：「之後的事情，之後再說吧。」

「這麼灑脫？」

「也只能灑脫了。」皓修無奈地攤手。

「想知道這次的死法嗎？」死神笑笑。

「我七天前就知道了。」皓修哼了一聲。

兩人並著肩，走向了那個觀景平台。屬於這位外國女孩的人生，終於要迎來盡頭；屬於皓修的澎湖之旅，也是時候結束了。

嗡嗡，嗡嗡。嗡嗡，嗡嗡。手機在床鋪上震動起來。余思蘋一直是淺眠的體質，就算有酒精加持，也在震動到第七秒時醒了過來。是劉心瑀打來的。

「……怎麼了？」余思蘋接起電話時，還有點神智不清。

「思蘋，妳先清醒過來。」劉心瑀的聲音，帶上了非常難得的嚴厲。

「什麼事？不要跟我說又是顏子豪說了什麼——」

「不是這件事，總之妳先起床，我有話跟妳說。」劉心瑀打斷對方。

「……好。」余思蘋只能不甘願地從床上撐起身子。天知道這種在短時間內進入睡眠又被吵醒究竟有多痛苦，但她從好友語氣中意識到嚴重性。

「怎麼了？妳說。」余思蘋眼睛還是沒睜開，在低血壓中慢慢說道。

「妳說的那位23號同學，名字是不是叫李明鎮。」電話另一頭的劉心瑀，睡眠不足，滿眼血絲，盯著筆電螢幕顯示的資料。

「……是呀。」余思蘋猶豫了一下才回答。

其實她在期中考完，就特別去記住了對方的本名。而在她教書生涯中，恐怕是第一次主動去記住學生姓名，這完全違背她自己訂下的「認號碼不認人」原則。所以她承認得有點不乾不脆。

「妳說，考完試後妳又遇到他好幾次，對吧？」劉心瑀說道。

「兩次。」余思蘋毫不猶豫地數了出來：「咖啡廳，還有現在。」

「他去咖啡廳時有戴著號碼牌嗎？」

「都翹課了，怎麼還會戴著？」

「這次來澎湖，妳有替他披圍巾嗎？」

「……我為什麼要這麼做？」閉眼狀態的余思蘋一皺眉，對方的問題怎麼愈來愈奇怪了。電話那頭，劉心瑀似乎倒抽了一口氣。

「怎麼了？」余思蘋聽出不對勁，總算睜開眼睛，神智也恢復七成清醒。

「如果妳沒有替他標上辨識物，那麼思蘋……」劉心瑀小心翼翼地說道：「妳究竟是如何記住他的？」

砰！

幸好余思蘋回飯店時根本沒有換上睡衣，她摔門而出的那聲巨響，一定吵醒隔壁的余爸、余媽，甚至同一排的鄰居吧？

不過她也沒心思去想了，她此刻全心全意只有一個念頭。

——找到那個自己能莫名其妙認出的23號同學！

「這究竟是怎麼回事?」余思蘋賣力飛奔，從飯店內直奔向海灘。

她隱約記得23號同學向自己提過，他今晚都會在海岸邊看海。

「就算妳的父母，妳也是靠辨識物來分辨他們，對吧?」劉心瑀嚴肅地說：「但是那位23號同學身上，應該沒有任何能讓妳記住的特徵吧?」

「……沒有。」余思蘋睡意全消，眼睛睜得老大：「完全沒有。」

「而且更重要的是……」劉心瑀深吸了一口氣，這才穩定自己的情緒：「妳聽好了，思蘋，千萬、千萬要保持冷靜——」

余思蘋的腳踏在沙灘上，飛快地奔跑著。

「為什麼我可以記住你?」她心中不斷默念：「為什麼我可以分辨你?」

沙塵飛揚，她的思緒也在飛揚——仔細回想，咖啡廳那時就該察覺到不對勁。自己在收到紙條後，竟然能立刻察覺到那背對自己的人，就是期中考時用壞安東尼的23號同學?憑藉的是什麼?

「……」余思蘋腳步一踉蹌，人往前撲倒在沙上。

「麻煩死了!」夾腳拖完全不適合在沙地上奔跑，她索性將鞋子一脫，爬起，赤著腳繼續往前衝。

——那麼在飯店時，自己又是如何在對方敲門時，一眼就認出他是23號同學呢?憑藉的是什麼?余思蘋在奔跑中，不斷問著自己各式各樣的問題：是氣味?是聲音?是髮型?是膚色?還是……?可惜的是，上述的這些沒有一個答案符合標準的。

「我完全想不起來，昨天待在我身邊的人，究竟長什麼樣子。」余思蘋經過這一連串的急奔，已經開始急促地喘氣。

此時，天空已泛起一抹魚肚白，不少等著看日出的遊客已經在沙灘上等待；當他們見到一個漂亮的女孩披頭散髮在沙灘上狂奔時，紛紛為之側目。但余思蘋根本沒心思顧好形象，此刻的她只有一個目標。

找到他。找到23號同學！

「我該如何找到你？」余思蘋一邊跑一邊四處張望。

依然如此，每一個與她錯身而過的人，都是一片模糊。那麼——

「也就是說，我唯一能認出來的就是你了，對吧？」

「妳口中的李明鎮，兩週前在宿舍裡暈倒，送醫後宣告不治。」劉心瑀說道：「死因是急性腎衰竭。」

「……」余思蘋腦海一片空白。

心瑀口中所說時間點，不就是……不就是自己在咖啡廳中遇到23號同學時？如果說，他早在兩週前離開這個世界，那——

「那麼，昨晚跟我告白的是誰？」余思蘋只覺得心臟撲通撲通狂跳著。

「思蘋，別怕。」劉心瑀嘗試著想安撫好友：「搞不好只是中間出了什麼誤會，查一查還是——」

「我不怕。」余思蘋深吸一口氣，掛掉手機。她跳下床，摔門而出。

余思蘋的確沒有在怕。事實上，在聽完普通人可能當場嚇瘋的訊息後，她根本來不及感受任何情緒，就已經在沙灘上奔跑了。她隱約地明白，充斥自己內心的情緒，根本不是害怕。前方，出現了一個觀景平台的影子。平台上已經有數個想欣賞日出的人影，其中果真有她在尋找的那個人。

余思蘋停下腳步，毫不猶豫地呼喚出聲：「李明鎮！」

她的聲音並非宏亮、高亢型，但絕對足夠讓平台上的人聽見了。一些遊客轉過頭，卻隨即又轉回去，畢竟他們不叫這個名字。

「你並不是他，對吧。」余思蘋看著那無動於衷的背影：「所以你根本忘記這個名字了。」

她深吸一口氣，換了一個叫法，「23號同學！」

在她的注視中，那身影愕然回頭。

平台上，平台下，兩人相隔三十多公尺。

「……她怎麼來了？」靠在欄杆上的皓修非常震驚。難道是……她回心轉意了？

只不過此刻的他，根本沒有時間感受驚喜之類的情緒，因為現在的時機點非常要命。這個平台即將要垮下。當平台垮下時，在上面的所有人都會掉進海中。

其中只會出現一名死者，那就是皓修附身的這具身體。本該如此。

可現在，余思蘋正在朝觀景平台走來。

「我……有話要問你。」余思蘋腳步很慢，情緒非常緊張。

皓修一個字都沒說，緊閉著嘴巴，裝成若無其事的樣子，好像余思蘋剛剛叫的不是他。畢竟平台上的幾個遊客，正用狐疑的眼光四處張望，想知道台下那位女孩究竟在對誰喊話。皓修清楚，若自己現在答話，眾目睽睽下絕對、絕對會違規。所以他只能沉默。

「告訴我，你究竟是誰。」余思蘋眼神很執著，看著始終沒有正面對著自己的那道人影。她的頑固與倔強，在此時此刻完全體現。

「……」皓修大腦一片空白，心中叫苦連天：「真是糟糕，這是本來就安排好的命運嗎？」

他心亂如麻，只能用眼角餘光看著余思蘋愈來愈靠近。

「告訴我，你到底是誰？」余思蘋邊走邊問：「你究竟有什麼特別之處？」

皓修心中一突，對方提問的方式……難道是發現什麼了？

「你為什麼能找到那枚戒指？」余思蘋說著，哽咽起來：「你……到底是誰……？」

皓修聽到對方嗚咽的聲音，終於忍不住了，慢慢轉頭，看向底下的余思蘋。

不可以。我們約好的，我不會讓妳哭。我們約好的，妳要快快樂樂地活下去。

他的心中閃電般竄過這個念頭。他甚至不知道這念頭是怎麼產生的，但他發現自己沒辦法任由余思蘋落淚。

「我……」皓修張開嘴。

余思蘋淚眼婆娑地抬起頭，凝視著對方。那人的背後，陽光已經升起，溫暖的晨曦模糊了他的輪廓，就好像把整個人都浸泡在柔軟的光芒之中。

「我是——」皓修喃喃說道。

轟！

就在這時，觀景平台終於承受不住了。長久的日曬雨淋，導致關鍵結構腐蝕，平台開始大塊大塊解體，一齊往底下的大海垮去。到處都是尖叫聲，到處都是落水聲。

而皓修在失去重心的一瞬，看見了臉上爬滿淚痕的余思蘋，正睜大眼睛，愣愣看著一切的發生。余思蘋本能地微微舉手，似乎想要抓住遠處的皓修。

「余思蘋！」皓修終於按捺不住，大叫出聲同時，試圖也向對方伸出手：「我一定會找到妳——」

相隔甚遠的兩人當然沒辦法抓住對方。天崩地裂的墜落，截斷了所有來不及說的話。下一秒，皓修的意識被冰冷的大海包圍。

我一定會找到妳！

# 11

「既視感」，一直是一種很奇妙的東西。

明明今天第一次認識的人，你卻覺得自己曾見過這個人；明明第一次來到這家餐廳，你卻對裡頭的裝潢有印象；明明第一次來到這裡旅遊，你卻依稀好像爬過裡頭某棵特別粗壯的樹木。

但當你仔細翻找記憶後，卻又確認了這些熟悉是空穴來風，更像短暫錯覺。有人說這是前世的記憶；有人說這是來世的姻緣；但也有人說，這不過是心理學上的某種特別觸發反應。總之眾說紛紜。

在觀景平台垮下一瞬間，皓修產生了某種既視感。他無法確定，這份似曾相識的感覺是被哪個環節觸發。是墜落？是失足？是海岸的景色？是即將落入海中的驚慌？是太陽將出現的那道日光？還是……

砰！

在皓修還沒想出答案前，他就狠狠地、重重地摔回地上。時間的感覺錯亂了，他的意識模糊，耳邊彷彿還殘留輪胎急速劃過地面的聲響，下一秒便聽見了驚慌的呼喊。

「皓修！」

「立刻報警，肇事的人逃走了！」

「擔架呢?快把擔架抬過來!」
「學弟,看著我,保持清醒!」
「快!準備A型血包,要手術室立刻預備!」
慌急的叫喊,擔憂的叫喊,皓修聽見了,卻又無法聽見。因為他已經開始失去所有感覺。在他逐漸渙散的意識裡,只剩一縷殘存的意念。
「我不可以在這邊倒下……我跟她約好了……」他舉起染血的手,似乎想抓住什麼,「我……」
最終,卻什麼也沒抓到。
「……!」皓修猛地睜開眼睛。
海水浸泡的感覺已經褪去,但冰冷還觸碰著他每一根神經。他大口喘著氣,拚命想抓住什麼,兩手卻握住了……一個方向盤。
「方向盤?」皓修愣了一下,這才發現自己正在一輛停在路邊的車上。駕駛座上的他,支離破碎的意識總算開始聚攏。記憶的碎片迅速就定位,拼湊出——
「澎湖!」他總算想起他在離開上一具身體時、最後看見的畫面——倒下的余思蘋。
「她暈倒了?」皓修喃喃自語:「怎麼回事?」
明明墜入海中的是他,位於安全距離外的女子怎麼會暈倒?思量著各種可能性的他,一下子就想到了關鍵。
「急性焦慮症,引發了呼吸困難……」他還記得余思蘋弄丟戒指時的驚慌失措。那已經不只是情緒失控,更是身心失調的結果。呼吸不順只是小事,嚴重一點的話當場休克也不意外。
「糟糕了,我得找到她。」皓修只覺得全身緊繃。他看了看車上顯示的時間,不由得一震。距離觀景平台垮下，竟然已經過了一天半。四周的景象，顯示出他已經回到台灣本島。

那對方呢？皓修打起精神，開始思考起來，「按照外島的醫療機制，傷患會先移送到最近的醫院，之後視情況搭上醫療直升機飛往本島——」

七天前他就跟死神確認過，觀景平台的倒塌中只會有一個死者，其他人的傷勢都是有辦法挽救的。在那個情況下，暈倒的余思蘋應該也會被視為此案件的傷者移送吧。

「按照處理流程，她大概會被送到這幾家醫院吧。」皓修暗暗想著。

他順手按下儀表板旁的ＧＰＳ導航，輸入了座標。市內設有停機坪、能讓醫療直升機降落的位置有四處，原則上他應該能在這幾個地方找到余思蘋吧？

就在這時，後座傳來幽怨的聲音。

「司機先生，你可以開車了嗎？」那個人一臉無奈。皓修一愣，這才注意到原來後座有人。

「抱歉，今天不載客。」他回過身，誠懇地道歉。那名倒楣的客人，只能神色哀怨地走下這台計程車。皓修發動引擎時，已經打算要曠職七天。

「等我。」計程車的燈號熄滅，車子開出。

余思蘋依稀記得，那一天是雨天。開往市區的車上，冰冷的氛圍始終揮散不去。她忘了那時車上放著什麼歌——也許是哪張專輯的主打歌，也許是飛碟電台的廣播，又也許其實車內是一片寧靜。

她記得最清楚的，就是那時的自己心情很糟糕。態度也很兇。

「思蘋，明天就要開學了，東西都準備好了嗎？」

「……妳真的很囉唆。」她對媽媽是如此。

「妳有特別想吃哪家餐廳嗎？貴一點沒關係。」

「……隨便，不吃也沒關係。」她對爸爸也是如此。

「好吧，不然我們就去市區的牛排店吧。」媽媽對女兒的態度不以為忤，反而露出歉然的表情。

「也好，那家店還不錯，我記得思蘋很愛去吃。」爸爸點點頭，語氣裡帶著大男人的威嚴，眉宇卻藏著愧疚。

方向盤打轉，車子在雨中前行。坐在後座的余思蘋臭著臉，死也不看向前座的父母。

「我上次跟你們去吃，是好幾年前的事了。」她沒有刻意壓低音量：「你們只記得這種莫名其妙的事。」

而那時的自己，頂多才十二、十三歲吧。

前座的男人和女人互看一眼，只有這時他們才終於肯視線交錯。隨即，兩人都尷尬地別過臉去。

余思蘋看著這景象，握緊拳頭。她實在不想假裝微笑。哪怕她明知道，這一餐可能是他們一家三口，最後一次以家庭為名義的聚餐——不，也許就是因為知道這點，她才擺出這樣不屑的態度。

這對男女貌合神離已經很久、很久了。兩人在外頭都有各自的新歡，很少有機會在同一個時間點回到同一個家。每次余思蘋放學，等待她的往往只有放在桌上的冰冷鈔票。所以，她自己也不明白，當父母終於要離婚時，她是鬆了一口氣，還是……

「不然，我們去火車站旁的義大利麵館吧，那裡氣氛挺不錯的。」爸爸提議。

「我又不喜歡吃義大利麵。」媽媽冷笑：「你永遠記不住這點。」

「……現在不是吵架的時候。」爸爸的表情冷了下來：「今天的重點是陪女兒好好吃飯。」

媽媽沉默了一下，嘆了口氣，「……好。」

而余思蘋終於忍耐不住了。

「可以不要再假裝了嗎，如果你們真的在乎我，為什麼要離婚？」她恨恨地說著，眼淚在眼眶中打轉。這個問題顯然切中父母的要害，一時間啞口無言。

「思蘋，有些事情不是妳看到的那麼簡單。」母親試著解釋：「有時候，大人有大人的考量……」

「但我不想要你們離開……」余思蘋發現，自己說著說著，眼淚就掉出來了：「我想要你們……你們……」

父母都沉默了，他們再次對視。哪怕眼前的人已經不再是自己所愛之人，但後座的女兒卻仍是他們的寶貝，也許這對夫妻之間只剩下這一點共識了。

「思蘋，不管未來變得怎樣，我與你的父親都——」母親開口。

下一刻，所有尚未出口的言語，全部變成了驚天動地的巨大撞擊。將視線中的一切，連同父母的臉，一起粉碎了。

余思蘋睜開眼睛。第一眼就看見床邊吊著的點滴。自己的背後滿是冷汗，心跳劇烈，呼吸頻率卻異常緩慢。身邊傳來驚喜的呼喊聲，她轉過頭，立刻發現熟悉的綠、紅兩色手環。

「……爸，媽。」她喃喃說道。

「醒來就好。」余爸的肩膀瞬間鬆弛。

「妳總算醒來了。」余媽眼中帶淚，對余爸道：「你快去請醫生過來。」

余爸領命離開後，余思蘋想從床上坐起身子，卻發現四肢有點痠軟。

「還有哪裡不舒服嗎？」余媽將病床上半部撐起，讓余思蘋坐起。

余思蘋默默地搖了搖頭：「我昏了幾天了？」

「睡了整整一天，心瑀跟顏子豪都來過了。」余媽說道：「顏子豪說，晚點他下班後應該會再過來。」

「心瑀呢？」

「她晚上也會來。」余媽心疼的看著余思蘋。

「嗯。」得到這答案，余思蘋悄悄地鬆了口氣。

幾年前的她，甚至無法與人相處。當她太靠近人群、或是和別人太快親近時，都會陷入緊張的狀態；一旦這種緊繃感堆疊得太快，就會變成一口氣衝垮她心理防線的海嘯。

幸好，後來她上大學後便遇到劉心瑀，兩人成了真正的好朋友；這些年來，在一次又一次的會診下，余思蘋漸漸能穩定過生活，就算在人群中也能控制情緒，進而自在地和他人相處。

萬萬沒想到，在澎湖的海邊，壓抑的一切都爆發了。就像不常感冒的人，一旦感冒就會很嚴重；經過多年的平靜，這次的發作特別猛烈，讓她當場暈倒。

余思蘋突然想到什麼，開口問道，「爸，媽，你們有沒有看到一個——」

她說到一半，卻又自動中斷問題。本能的，她覺得不該再問下去。感受兩老關切的眼神，余思蘋露出了微笑，搖了搖頭。

「沒事。」她撒了這樣的謊。

在余爸的堅持下，余思蘋得在醫院多住一天，確定一切都沒問題才能出院。

傍晚，顏子豪總算再次來到醫院。他看著床上短時間內便消瘦不少的余思蘋，心疼到想把自己千刀萬剮；雖然余思蘋一再表明這和他無關，仍然沒辦法減少他的愧疚感。

只是愧疚歸愧疚，顏子豪還是很快就離開醫院了。他完全不明白，爺爺為何這麼反對他與余家往來。先前，當顏龍發現顏子豪偷偷與余思蘋去澎湖時，甚至第一次對他動了怒。

「莫非，余思蘋是我的親生妹妹？」他只能苦哈哈地開自己玩笑。

劉心瑀也來了。余爸、余媽暫時離開病房，並且順手拉起隔間的窗簾，把空間留給這對密友，或者說，余思蘋此刻真正需要的心理師。

「可憐的女孩。」劉心瑀在床邊坐下，看著余思蘋，忍不住嘆了口氣。

有些東西，甚至連余爸、余媽都看不出來，只有身為余思蘋最親近朋友、同時也是她心理師的劉心瑀能察覺。此刻的余思蘋，與劉心瑀第一次在大學時遇見的樣子，很像——

外表正常，其實內裡空空如也。

「比起身體的虛弱，精神上的問題更大呀。」劉心瑀喃喃說道。

「抱歉，我那時沒把藥帶在身上。」余思蘋淡淡說道。

她追出飯店時非常匆忙，自然沒能帶上抗焦慮的藥物。

「我怎麼會怪妳呢？」劉心瑀無奈說道。

「嗯，不怪我那就好。」余思蘋話鋒一轉，直接切入正題：「那……妳應該有幫我查吧。」

她的語氣盡量自然，卻難以掩飾裡頭的急切。

劉心瑀猶豫了一下，她不確定這時跟余思蘋講這個，是否有正面幫助。一個處理不好，她搞不好會再次昏過去。

「我有聽到壞消息的心理準備了。」

余思蘋感覺出對方的遲疑，立刻坐直身體，以表示自己現在的狀態非常ＯＫ。

「傻女孩，壞消息這種東西，再多心理準備也沒有用的。」劉心瑀只能嘆氣。她也清楚以余思蘋的個性，就算不告訴她，她也會想辦法自己去查吧？

「我查到兩個結果，這兩個結果息息相關，一個有點嚴重，另一個非常嚴重——妳想先聽哪個？」

「這時候還賣關子？」余思蘋瞪了劉心瑀一眼。

「我開心。」劉心瑀扮了個鬼臉。

「那就……先告訴我很嚴重的那個吧。」

「不，我打算先告訴妳有點嚴重的那個。」

「……」

「妳口中的學生，的確已經在兩週前死亡了。」劉心瑀說道：「死亡證明開得明確，沒有作假的痕跡；當然也沒有後續的機票、船票購買紀錄——所以，他完全不可能出現在澎湖。」

「……」

余思蘋呼吸頓時停住。即使早有心理準備，她還是感覺到一股力道猛烈衝向心臟。

「深呼吸，保持冷靜。」劉心瑀看著余思蘋，認真說道。

余思蘋低頭，握緊床欄，用力到指節都泛白了，過了好一會才恢復鎮定。她滿身冷汗地抬起頭。

「另一個呢？」這一次，她問得很慢、很慢。

「在這次澎湖的事件中的傷亡名單裡，的確也沒有李明鎮的名字。」劉心瑀嘆了口氣：「當然了，如果李明鎮真的在兩週前就死亡，自然不可能跑去澎湖又死一次。」這是很基本的邏輯問題，卻也是讓余思蘋現在如此難受的原因。

「除此之外呢？」余思蘋張了張嘴，又問：「死掉的？或受傷的名單……？」

「有一名年紀很輕的外國女性死亡，其他人則受到輕傷。傷者名單裡，有兩個超過七十歲的老人，一名外國壯年，還有他那剛滿五歲的小女兒。」

「……」余思蘋默然，握著欄杆的手終於鬆開了。沒有。竟然沒有。果然沒有。她只能閉起眼睛，內心翻湧著滔天巨浪。

「……別那麼陰沉嘛，我跟妳講一件很有趣的事情，也是發生在澎湖。」劉心瑀拍了拍手，想要緩和一下氣氛：「在你們抵達澎湖前，才剛有個觀光客出事。後來我一看照片——哇，不得了，是個帥哥呢。」

「……」

「可是妳猜猜他怎麼了？他被玻璃瓶插到屁——」

「……」

「好，對不起，我不該拿這開玩笑。」劉心瑀收斂笑容，重新變得嚴肅。

余思蘋完全忽視對方剛剛的話，沉浸在一片沒有方向的迷霧中。

「那麼……那一晚跟我告白的，到底是誰？」她喃喃說道。

劉心瑀沉吟了好一會，才謹慎地開口：「妳，該不會愛上他了吧？」余思蘋呆了一下。對方的問題，無疑是一記重捶，讓她從茫然中直接回神。

「愛？」她不禁重複。

「在妳的記憶裡，對方是否給了妳不同於別人的感受？」劉心瑀思考著措辭，小心翼翼地問道：「他的告白，比起顏子豪……是否更讓妳心動？」

這問題，問得余思蘋一愣一愣。

「不，應該沒有……」她本能地搖頭，卻發現自己沒有真的想搖頭的意思。但是也不太可能點頭吧？一時間，余思蘋陷入古怪的矛盾中。

「妳該不會真的……愛上他了吧。」劉心瑀深吸一口氣。

余思蘋沉默。愛上對方？「愛」？「愛」上一個，自己見過沒幾次面的人？

——不，不對。自己真的有跟那個人「見過幾次面」嗎？

余思蘋睜大眼睛，總算明白了好友話中藏話。

「妳覺得那晚跟我告白的人，只是我自己想像出來的幻覺嗎？」她脫口。

「妳自己是怎麼想的？」劉心瑀反問。

仔細想想，「那個人」出現的時機點的確也太巧。

面對顏子豪的告白，余思蘋並沒有心動，但的確有被感動。這也是這麼多年來，她第一次開始真正思考讓另一個人走進自己生命的可能。

然後她遇到了吳雅萍。舊恨引爆了新仇，只差那麼一點點，余思蘋可能就要當場發作。然後她遺失了她這輩子最重要的寶物——那一枚戒指。

然後，他就出現了。

余思蘋啞然。

「……但是，是他幫我找回這枚戒指的。」她感受著穩穩掛在胸膛上的戒指，語氣急促：「難道，這也是我想像出來的？」

面對這問題，劉心瑀只能嘆了口氣。

「妳知道『阿尼姆斯』吧？」她問。

「當然知道。」

「那妳應該知道，『阿尼姆斯』代表女性潛意識中理想情人的樣貌。大部分女生投射出的，是自己的父、叔輩，或是哥哥、師長等成熟男性的樣貌；後來長大以後，也會下意識地以此模型去尋找另一半。」

「這可是《阿尼瑪與阿尼姆斯》的內容。」余思蘋皺了皺眉：「這本書我看了非常多遍，妳不需要再介紹一次。」

「別忘了是誰介紹妳看那本書的。」劉心瑀看著好友：「但，當初我介紹這本書給妳時，是希望妳能擺脫過往的幻影，而不是愈陷愈——」

「才不是幻影。」余思蘋猛然打斷對方：「他……才不是幻影！」她急促地說著，胸膛開始劇烈起伏。

「如果一直沉浸在記憶裡，那就算妳遇到新的人，他們也只會是幻影。」劉心瑀伸出手，眼中滿是疼惜，輕輕握住余思蘋的手。

余思蘋只能閉上眼睛。她自己也明白，劉心瑀講的話極有可能是正確的。

正因為如此，她才如此糾結。劉心瑀看著好友，知道對方需要一點時間，便體貼地站起來。

「我先離開了，明天再來看妳吧。」她替好友放下床，「今晚好好休息，別再胡思亂想了。」

「……謝謝妳，心瑀，晚安。」余思蘋說著，疲倦地閉上了眼睛。

劉心瑀離開病房後，與外頭的余媽打了聲招呼，搭上電梯來到一樓大廳。出了醫院，她走到外頭廣場上的一台計程車旁，拉開車門便坐了上去。

「麻煩載我到西屯區……」她正準備報出家裡附近的麥當勞地址時，卻戛然而止。因為她發現駕駛座上的司機睡得人仰馬翻，口水都流出來了。

「……」劉心瑀開始思考，是要叫醒司機，還是直接換一台計程車比較快。

——幸好，司機自己醒了。只見他猛然一震，從座位上彈起，眼睛睜開。

「麻煩載我到西屯……」劉心瑀只好重複。

「抱歉，今天不載客。」司機打了個呵欠，眼角流出疲倦的眼淚。

「你不載客，幹麼把車停在計程車的載客區！」劉心瑀傻眼。

「停這裡最方便啊，又不會被趕。」司機對著後照鏡活動著五官，似乎還在努力清醒。

「那你是來這邊做什麼的？」劉心瑀完全無法理解對方的理直氣壯怎麼來的。

「來醫院當然只有一個目的吧。」

「你來看病？」最好是看腦袋！

「病人才來醫院看病。」

「……所以你不是來看病的？」

「當然不是，我是來找病人的。」司機一邊聳聳肩，一邊喃喃自語：「這間是最後一間了，拜託一定要中啊……」

「……」劉心瑀簡直不敢置信，這打哪來的天兵司機？

「好啦，總之就這樣，妳自己看著辦吧。」而且這位司機說完，還真的自顧自地下了車，頭也不回往醫院走去。

「……」劉心瑀呆呆地坐在後座。五分鐘後，她才明白自己真的被放生了。

這位司機自然就是皓修了。他站在澄心醫院的門口，仰頭看著這龐大的白色建築物。伸了伸懶腰，總算完全清醒了。

「最後一間了。」他喃喃說著，心裡瘋狂祈禱。他花了大半天，將另外幾間醫院徹底翻過一輪，幾乎耗光了所有體力。

一開始，他找人的舉動非常生澀，甚至好幾次被保全關切；但到了後來，他簡直是如魚得水，可以在短時間內將整個樓層內醫生、護理師巡房的時間記下來。巧妙地避開所有會察覺到異狀的眼神，進而搜尋每間病房——但這樣實在太沒效率。而且到了最後，他也沒找到目標人物。

「討厭鬼該不會回家了吧？」當他離開第三家醫院時，心裡甚至有了這個想法。隨即，他搖搖頭，驅散了這個念頭。

「以她的狀況，不可能這麼快出院。」皓修決定相信自己的判斷。既然如此，那僅剩的可能性就剩下眼前這間醫院了。

皓修嘆了口氣，伸出雙手拍拍自己臉頰，隨即邁開腳步。醫院的自動門打開，冷氣撲身而來。他卻停下了腳步。當然不是因為冷氣太冷。而是一種奇妙的既視感絆住了他。

「這種感覺……」他愣愣地打量著四周。

掛號的櫃台，領藥的櫃檯。等候的病人，發待的病人，坐著輪椅的病人。充斥鼻腔的藥味。冰冷、嚴肅的氛圍。

「這種感覺？」浩修深吸一口氣。

又來了。

從他在澎湖「死去」時，到此時他即將踏入這間醫院，他在同一天內已經有兩次這種嚴重的既視感了。卻同樣地，他完全找不出讓他有這種感覺的原因。

是自己曾和哪個小護理師調過情嗎？是自己在哪個癌末患者的身體裡時，曾經在這間醫院住過？又或是哪一次慘烈的經驗裡，他曾經四肢不全進到這裡的急診室？

順著這若有若無的相識感，他往醫院深處走去。進電梯。左拐、右彎，或是直走。他本能用雙腳探索這裡、懷念這裡。

「這裡一定有什麼……讓我有這種感覺的原因……」皓修沿著走廊，看著掛在牆上的各種指示，以及各式各樣各門診的輪班表：「一定有什麼……」

走著，看著。看著，走著。他發現自己處在一種奇異的狀態——一半的自己好像失去神智般地在醫院閒逛，但同時又有一半的意識異常清醒，從旁觀者角度觀察自己。皓修突然瞪大眼睛。

「莫非……」他閃電般閃過這個念頭：「莫非，我是這間醫院的創辦人！」

只不過當不久之後，他看清楚牆上的創辦人照片後，就否定掉這個猜測——畢竟那可是一位一百年前的修女啊。

大概是他臉上表情變換得過於激烈，一個穿著護理師服裝的女人，注意到這個奇怪的男人，冷著臉走了過來。

「先生，你需要什麼幫助嗎？」她的表情不太好看。

「呃，我喔……」皓修搔搔頭。對方看起來約莫四十多歲，氣質端莊、容貌秀麗，年輕的時候大概也是醫院之花之類，可惜就是臉臭了點。

「我……」皓修還來不及想出像樣的藉口，一看到對方胸前寫著「護理長」的名牌，下一句話已經衝口而出。

「我是不是在哪裡見過妳？」他問。

護理長愣了一下，眉頭皺得更深，「你如果想泡妞，去找跟你同年紀的吧。」

皓修尷尬地抓抓頭，假裝沒聽見附近幾個小護理師的笑聲，轉身就想走。

「等等，你是誰？是哪個病患的家屬嗎？」護理長眉皺得更深，竟然追了上來。

「……」皓修暗叫麻煩，腳步更快了。

所幸在這緊急的時刻，走廊前方跑來了幾個孩童——他們看起來是家屬的小孩，完全不顧走廊上「禁止奔跑、喧嘩」的警語，笑鬧著追逐著彼此。

臉很臭的護理長一下子就轉移了目標，橫眉倒豎地走向那些小鬼；皓修也抓緊機會，順手拉開走廊旁的某間房門，人飛快閃了進去。門關上。幸好房內無人。

皓修聽著外頭傳來三個小朋友集體倒抽一口氣的聲音，以及護理長低沉的怒鳴，不禁苦笑。

「這裡到底是怎麼回事？」他繼續想摸索那份熟悉感。

不管怎樣，這裡一定有某種讓自己熟悉的東西；或許是人，或許是事，或許是某樣物品，他一定要——

「不管怎麼樣，規矩就是規矩，別違規！」

隔著一扇門，外頭傳來的這句話，讓皓修的靈魂狠狠震了一下。他張了張嘴巴，這才發現自己滿身冷汗。

吸氣，吐氣。吸氣，吐氣。他閉上眼睛，默默的深呼吸好幾次以後，才重新睜眼。似曾相似的感覺已經不見。本能褪去，只剩下經驗。情緒平復，醫院就只是醫院。皓修總算去除雜念。

那麼，接下來該怎麼做呢？難道還要像之前一樣，一間一間病房去找嗎？有沒有什麼比較不顯眼、卻更有效率的方式……

「……」皓修一邊沉吟著戰略，一邊看向四周。

這裡顯然是一間堆放備用器材的小倉庫，分門別類放著不同的醫療器具。皓修看著一個寫著「醫生備用長袍」的區塊，心中一動，有了主意。

拉簾一旦拉上，就好像與世隔絕一樣。病床上，余思蘋的心情已經平靜，但思緒依然無法靜止。更別提睡覺了。

一直到余媽跟她道了晚安，在身旁的小床上躺下，她還是睡不著。母親的呼吸漸漸平緩，節奏拉長，看來是進入熟睡——說起來昨天似乎是爸爸陪她的，真難為他了，在醫院內可不能喝酒呢。

「……好想出院，我還得備課呢。」余思蘋盯著天花板，盡是想著這些無關緊要的事，卻沖淡不了在她心頭盤旋的某種情感。

痛楚。

她側過身，試著開始想像床邊有著某個人。那個人，模糊不清；那個人，看不清長相；但是那個人，卻讓她記住了。

「如果你不存在……」余思蘋看著手中的戒指，喃喃說道：「也就是說，我根本無法找到你……」

這樣的想法，似曾相識。這情況不就是她當初出院後所經歷的一切？有人對她好，她卻記不得對方，甚至連養育她的余爸、余媽都記不住。她也記不住長期欺負自己的吳雅萍。

分辨不了好人、壞人，就算記住了名字，也對不上人。誠實地告訴對方自己的問題，也只會換來不相信的訕笑。

是呀，那時的無力感，與現在簡直一模一樣。

余思蘋仰頭看著戒指，不禁愈想愈氣。

「都是你這枚臭戒指害的……」

如果沒有這枚戒指。如果這枚戒指當初就這麼在澎湖弄丟。如果這枚戒指沒有這麼莫名其妙地回到她手中。如果這枚戒指，最開始、最開始就沒到她的手中——

余思蘋恨恨地想著，開始晃著這枚小東西。然後——

彷彿感應到她的怒氣，戒指從她指縫之間滑了出去。余思蘋一驚，伸手想撈住戒指；但她忘記此時的自己幾乎沒什麼力氣，只能眼睜睜看著戒指滾到床上、然後滾出床沿、飛出一個拋物線後往下墜去——

「不！」余思蘋用氣音尖叫。

預期的撞擊聲並沒有傳來。因為一隻手穩穩地接住了戒指。皓修身子探進拉簾內，氣喘吁吁、也用氣音開口。

「失而復得就該好好珍惜啊，討厭鬼。」

余思蘋睜大眼睛。

你到底是誰？

# 12

余思蘋先確定余媽還穩穩睡著，替她蓋好棉被，這才躡手躡腳離開病房。

接著，兩人一前一後離開病房。

沿著走廊直直到底，便是樓梯往上。皓修在前面領路，余思蘋跟著，兩人之間籠罩著古怪的沉默。女子一個字都沒說，皓修也不好開口；本來預期對方會有一堆問題的他，不禁狐疑起來。

他偷偷回頭，卻注意到跟在後頭的余思蘋緊皺著眉，一副若有所思的樣子。這次倒是記得帶著隨身包包了。

「……」皓修默然，這種暴風雨前的寧靜讓他更緊張了。

到頂了。通常，通往醫院屋頂的安全門都會鎖上，以避免病患自己爬上來。但是——

「真的還可以開耶。」皓修動作俐落，手一頂、一敲，門就這麼被他弄開了。

看著他熟練的動作，余思蘋瞳孔一縮。她想講什麼，但又閉上嘴巴，再次陷入沉默。

兩人來到屋頂。

從這個高度，可以俯瞰底下的市區夜景；繁光點點，煞是美麗。白天時，這裡是護理師或醫生會陪一些病患來散心的空中花園，夜晚變成了無人的靜謐之地。依然穿著白袍的皓修，與穿著簡易便服的余思蘋，默默凝視著對方。

一男一女，沉重的氣氛。

「好。」皓修點點頭，搓了搓雙手，呼出一口氣。然後就沒有下文了，這一聲鼓勵自己般的「好」字，也沒催生出什麼後續。

「……」余思蘋繼續盯著皓修，心中百轉千迴。

一路上，她想了很多、很多。以她的角度來看，大概只有兩種可能。第一種可能，對方是鬼；第二種可能，對方是自己腦海想像出的幻覺。只有這兩種可能，才能解釋對方為什麼會這麼陰魂不散地跟著自己——不合理、不合邏輯、不合常理。好像只要一個不留神，他就會憑空出現。

「有影子……應該不是鬼吧？」余思蘋心中琢磨，歪著頭看著皓修的腳邊。自己是無神論者，算是篤信科學的那一派，如果這世上真的有鬼，一時間也想不出反制之道。更何況，如果真的是鬼，應該是開不了門才對——所以是幻覺囉？但，如果是幻覺的話，也解釋不了某些東西。

「真是糟糕的二選一呢。」余思蘋深吸一口氣：「要不代表我生病了，要不就是我撞邪了。」

她眉頭緊蹙。皓修自然不知道這個女子腦中晃著這些念頭，他只關心一件事。

「妳還好嗎？」他總算開口，用關心的話語打破僵局。

余思蘋並沒有回答，只是默默地看著對方。

「妳還好嗎？」皓修被看得頭皮發麻，只好再問一次。邊問，他慢慢走向余思蘋。

「……你先站住。」余思蘋這次立刻做出反應。

「身體還不舒服嗎？」皓修腳步頓了頓，卻沒有真的停下。

「你一直接近我，究竟有什麼目的？」余思蘋問道，一手悄悄伸進包包。

「我在澎湖時已經說過我的目的。」皓修一攤手，回想到那場煙火下的告白：「我沒必要再說一次。」他嘴上說得輕鬆，耳根其實早已發熱。
「澎湖呀……澎湖。」余思蘋沉吟，「你那個時候果然也在澎湖？」
「我知道情況有點複雜……但的確，我那時候在澎湖。」皓修從對方的反應，確定余思蘋對於自己的種種怪異行為已經有了疑惑。
至於她知道多少、用怎樣的想法來解釋這些疑惑，就是皓修必須盡快了解的。
「我看到的，是真的嗎？」余思蘋說道：「我明明看到你摔了下去。」
「也許、可能、大概吧。」皓修支支吾吾。
「你……有什麼冤屈嗎？」余思蘋也在努力思考，一邊回憶自己曾看過的那些電影：「或是沒有達成的心願？」
「……啊？」
「我電影看得少，但並不是一無所知。」余思蘋說得很認真。
她的確很少看電影，無論喜劇片、動作片、愛情片都不太看，畢竟她分不出誰是誰，看電影就好像看一堆馬賽克在演戲。
但鬼片還是會看、也是少數她「看得懂」的片子，畢竟她可以簡單區分出哪邊是「鬼」，哪邊是「人」。如果這傢伙是「鬼」，之所以不斷「糾纏」自己一定是出於某個理由吧？是小時候不小心踢倒路邊的墳墓，還是在河邊童言童語、說要嫁給河神惹的禍？又或者，自己上輩子欠了對方什麼債？
「是河神嗎？不，我好像沒去過河邊……」余思蘋努力回憶自己有沒有做過類似的白目事。
「妳到底在胡說什麼？」皓修一頭霧水，已經來到余思蘋身前。想像力開始飆車的女子，胡思亂想中沒有察覺到皓修近在咫尺。

「妳還好嗎？」皓修再一次問道，一面伸出手。

「……！」余思蘋總算回神。

她這才注意到，「鬼」已來到她身前，甚至朝自己伸出一隻手——幾乎是反射性動作，她毫不猶豫地從包包取出防狼噴霧，朝皓修的臉噴去。無法形容的刺痛感侵襲皓修，鼻涕與眼淚瞬間噴出。

「妳做什麼！」皓修慘叫。

這可不是鬧著玩的，光是一點辣椒醬汁靠近眼皮，就能刺激淚腺分泌大量淚水，更何況是防身用的防狼噴霧？痛、嗆、辣、酸綜合而成的地獄之火，一口氣燒灼著皓修的顏面，不只眼鼻，接觸到的所有地方都產生灼熱刺痛。

若不是他擁有鋼鐵的意志，可能會當場尖叫出聲吧？饒是如此，他依然陷入無法自拔的痛苦中。

余思蘋也嚇了一跳，一瞬間甚至產生歉疚的感覺。但她很快就恢復鎮定，默默地將辣椒水收回背後。

「抱歉，我怕鬼。」

話說，原來辣椒水的效果是這樣呀？

「怕鬼？」皓修緊閉雙眼，痛苦得大叫。慢了整整三秒，皓修總算搞懂余思蘋的邏輯。她認為自己是鬼，才會一路跟著她？她認為自己是鬼，所以才會在澎湖用那種方式消失？雖然皓修有想像過余思蘋會怎麼解釋這一切——但是把自己想成鬼未免也太扯，這完全不像是理性派的她會有的天馬行空啊！

「**鬼會怕辣椒水嗎！**」皓修只能這麼狂吼。

余思蘋一愣。一秒鐘。兩秒鐘。三秒鐘。

「不會。」她的眼皮垂下，偷偷地把辣椒水塞回包包。

這下子，二選一刪去一，剩下唯一的答案。

「妳真的是、真的是……」皓修氣到語無倫次，試著想睜眼，卻只換來更強烈的劇痛。

「那，如果你不是鬼……」不知為何，余思蘋的表情似乎有點失望。失望之中，卻又閃過某種放鬆的情緒。

「我本來就不是！我是人，活生生的人！」皓修也知道胡亂搔抓沒有效果，一定得找清水沖洗——至少得沖十分鐘以上才有效。

「那你就是我想像中的幻覺，對吧。」余思蘋完全忽視皓修的痛苦，繼續喃喃自語。

「幻什麼……」皓修在一片漆黑中，根本沒聽清楚對方在說什麼。

「如果你真的是幻覺……那一定是我想像出的幻覺，對吧。」

「妳到底在說——」他的問題才到一半，就感覺到有人拉住自己衣襟，人隨即被迫往前俯下。

然後，一種柔軟的感覺，堵住了他接下來的話。

時間好像靜止了。醫院的屋頂上，卻吹起了一陣時間之外的風。

「……」皓修的腦袋一片空白，徹底當機。

足足過了十多秒，余思蘋的嘴唇才離開。

「……好辣。」她的第一個感想，就是嘴唇似乎腫了起來。

「……」皓修拚盡渾身力量，忍著疼痛，總算把眼皮撬開一道縫，眼前，余思蘋的臉龐彷彿蒙上一層水氣，用迷濛的神情打量著他。她的表情依舊鎮定，但淡淡的紅暈已經爬上脖子。

「如果你真的是幻覺……如果真的是你……」余思蘋看著觸手可及的皓修，聲音有點沙啞：「我早就想做這件事了。」

「誰？妳想對誰做什麼……」皓修的腦海還是一片暈眩。

「這件……」余思蘋說著。

也分不出誰先主動，總之兩個人都來不及把話說完。因為第二吻已經打斷對話。這次吻得更深、更長；皓修也從本來的措手不及中回神，不知不覺伸出雙手，摟住了余思蘋的腰。

這一次，他甚至能在劇烈的嗆辣感中，感受到對方唇瓣的冰涼。探索著，感覺著，進攻著，體會著，品嚐著。主動吻人的動情，莫名其妙被吻的也很沉浸。兩人渾然忘我，皓修也從一開始的被動，轉為主動進攻。依稀，皓修感覺到臉頰傳來一陣冰涼。

「……」他終於能睜開眼睛。

雖然看不清楚，但他察覺到余思蘋正在哭。

我的吻技有這麼差嗎？

皓修愕然。但他的神智隨即又被那柔軟迷惑，繼續深陷其中——如果沒人打斷的話，他們很可能就這麼吻到天長地久了吧？直到一陣腳步聲，以及一個有點訝異的呼喊聲傳來，他們才猛然醒神。一個也穿著醫生白袍、有點年輕的男醫生，大概是想來屋頂抽根菸放鬆吧，但卻沒想到會在這裡遇到這麼一對打得火熱的男女。

「抱歉，打擾你們了。」那個小醫生咳了一聲，轉身就離開屋頂。

這麼一干擾，回過神的皓修連忙往後退了一步，與余思蘋拉開距離。即使光線不明亮，他也能看得出對方的臉很紅、很紅。

「那是誰啊？」她皺了皺眉，腦海還不太靈光。

「這間醫院的醫生吧。」皓修裝作若無其事地說。

「他就不能假裝沒看到嗎？真是的——」余思蘋咋舌。

「贊同。」皓修還是一副沒事的樣子，酷酷地說。雖然臉上還是很痛、很辣，但那柔軟的感覺被自動放大，讓他有些暈陶陶的。相較之下，余思蘋的反應就精采多了。剛剛那不速之客的話，以及皓修自己的辯解，都開始連結在一起。她飛快思考著，眼睛愈瞪愈大。

「你、你不是……幻覺？」她勉強說著。

「當然不是。」皓修沒好氣地說。

「你是真人？」余思蘋的聲音完全沙啞。

「不然呢？」皓修直接用滿是血絲的眼睛翻了個白眼。

一時之間，余思蘋忘記了呼吸。如果對方不是幻覺。那自己剛剛做的事情自然也不能算是幻覺了。

「哈囉？」皓修看見女子全身僵硬，忍不住伸出手，在她面前晃呀晃。

極度尷尬之下，人總是會做出意料之外的事。余思蘋拿起辣椒水，第二次朝皓修的臉上噴去。

砰的一聲，余思蘋用力倒回床上。

「怎、怎麼了？」余媽立刻被驚醒，從小床上坐起，睜開惺忪的睡眼。只見女兒把整個人窩到被子裡，裹得實實在在。

「發生什麼事了嗎？」余媽愕然看著縮成烏龜狀的女兒。

「沒事。」被窩傳來悶悶的回答：「剛剛做了惡夢。」

「……？」余媽丈二金剛摸不著頭腦，鼻子突然抽了抽：「呃，是不是有一種辣辣的味道……」

「……」被窩沉默。

「……好吧，晚安。」

余媽早已習慣女兒的奇異舉止，只好聳聳肩，很快就躺回去再次進入夢鄉；但是被窩裡的余思蘋，可能就得一夜無眠了。

她的嘴唇腫起，臉頰上一片發熱，不知道是因為沾到辣椒水，還是……

「啊，戒指忘記拿回來……」余思蘋把臉用力地埋在被子裡。

但，此時此刻，這件事反而算是無關緊要的小事了。

屋頂上，皓修找了個水龍頭，花了二十分鐘才沖掉大部分的嗆辣感。他頂著紅腫的臉，幾乎全身濕透站在天台邊，默默看著外頭的天空。月亮又大又圓，很漂亮的夜色。

這種高度，只要強一點的風，就可能讓人失去重心。但對於見慣生死的皓修，這不過是絕佳的吹風地點，適合讓燥熱的臉降溫。不知何時，一個穿著黑袍的人影出現在他身邊。皓修面無表情，甚至也沒分一點視線給那人，只是繼續盯著天空。

死神看了看他，嘴角不屑地揚起。

「想笑就笑吧。」皓修連翻白眼都做不到，只能悶悶地說。

天台上，立刻爆出再也無法忍耐的笑聲。

他們的第一次接吻與第二次接吻，絕對稱不上浪漫。畢竟，其中一人臉上還帶著眼淚與鼻涕，一堆刺激性的辣椒水搞得兩人鼻紅臉腫。事後某人發現自己弄了個大烏龍時，更是當場將剩下的辣椒水一口氣用光。接下來，一方抱著臉、痛哭流涕地在地上打滾；另一方也湧著眼淚、帶著幾乎崩潰的自尊心跑回病房，分不出到底誰比較狼狽。

結果，該說的話一句都沒說，該還的戒指也忘記還。重重疑問上加了更多疑問，纏繞的線頭似乎又多打了幾個結。幸好，這一次皓修夠機警，事先塞了一張紙條在佘思蘋的口袋。那是一句話，與一個地址。

「如果妳真的想知道我是誰，就來這邊吧——」

我的葬禮。

# 13

假期結束後，學生紛紛回籠。

503教室內，也許是因為剛度過了一個連假，學生們的注意力多少有點散漫；但少見的，他們的老師精神力也有些不集中，整堂課恍恍惚惚，連課堂作業都差點忘記收。

下課鐘聲才喚醒余思蘋。「……下課。」

學生熙熙攘攘地離開教室，一些跟她較親近的學生經過講台時打屁幾句，她也一貫地敷衍過去。

余思蘋的眼神始終鎖定在某個位置。最後一排的最後一個位置。理所當然地空了。

班上同學對於少了一個人，其實並沒有很大的反應。大部分原因，大概是因為他們本來就是來自不同系上的大四生，彼此並不熟識；而那位同學生前並不是與人熱絡的類型，在課堂上總是默默做自己的事，鮮少和四周人互動。可能一直到學期末，也不會有太多人知道他不幸過世的消息。

「所以，是從哪個時間點開始的？」余思蘋想著。

是第一堂課，那個學生第一次來到這間教室開始嗎？一定有某個環節發生了某些怪事。至於是哪個環節，又是怎樣的怪事，余思蘋暫時想不出個所以然。

「老師，妳怎麼了？」幾個小女生經過，談笑風生。

「什麼怎麼了？」余思蘋順口回答。

「整堂課心不在焉的。」小女生們彷彿嗅到什麼八卦，眼睛紛紛睜大：「是假期間發生什麼事嗎？」

「是和男朋友嗎？」另一個女大學生驚喜說道：「一定是吧！」

「單純是因為我晚點還有事。」余思蘋神色鎮定：「所以有些心神不寧——還有，妳們該離開教室了，5號、7號、8號同學。」

「老師竟然沒否認自己有男友……」7號同學把老師的話當作耳邊風。

「待會要約會吧？」小女生5號同學順水推舟地問：「一定是約會，不然怎麼會心神不寧？」

「老師一看就是很久沒約會，才會這麼混亂。」7號同學吱吱喳喳。

「要把握還年輕的時光呀。」8號同學加入戰局。

「才不是約會——我也沒有男朋友。」余思蘋立刻否定：「只是有人約我，要把事情講清楚而已。」而且，什麼是「一看就是很久沒約會」？余思蘋有點惱怒。

「該不會是……對方要告白吧。」女生們妳看我我看妳，都露出興奮神色。

「……」余思蘋聽到這，不禁對這些亂猜的小女生們有了優越感，冷笑。

告白？呵呵，小女生就是小女生，對方早就告白過了。

「不過老師要小心喔，別因為對方告了白，就認為他非妳不可。」5號同學突然說道。

「……！」余思蘋一震。

「現在男生嘴巴都很會講，說什麼第一眼見到妳，就決定是妳了，但其實一肚子壞水。」7號同學說：「又不是玩神奇寶貝。」

「所以老師千萬別傻傻的，一動心就把全部的東西都給對方囉。」8號同學一邊說，一邊回憶起自己的往事：「像我上一段的時候就是太傻，唉……」但根本沒人在乎她發生什麼事。

「等、等等，什麼叫『把全部的東西都給對方』？」余思蘋被三個小女生輪流轟炸，一時間有點頭暈腦脹。

「就是別被騙的意思啦。」

「感覺老師妳很好騙。」

「該有的矜持還是要有，千萬別讓男生一口氣得到他想得到的……」8號同學語重心長：「順序很重要，別讓對方太順利進到下一壘喔。」

幾個小女生一陣嘻笑，總算離開了教室。

「……」僅剩下余思蘋腦袋一片空白地站在講台旁。

什麼是下一壘？是自己太封閉，還是現在小女生都這麼早熟？

余思蘋的家中。

余爸、余媽聽著二樓傳來的聲響，已經足足一小時了。乒乒乓乓，翻箱倒櫃，傳自余思蘋的房間。

「思蘋到底是怎麼了？」余爸一向給人鎮定冷酷的形象，此時卻滿臉疑問。他已經盯著報紙同一個專欄很長一段時間了。

「青春期囉。」余媽看著電視，悠哉悠哉地說道。

大概在數十分鐘前，她就去確認過狀況，發現女兒不過是在試穿衣服。試穿衣服，試穿更多的衣服，試穿更多、更多的衣服。

聽起來很普通的行為對吧？但這對余思蘋來說絕對不普通。因為她從來沒有為了思考要穿什麼，花超過十秒鐘。

今天，他們並不打算出門，所以穿著紅綠兩色系的襪子，好供女兒辨識。

「大概是要去約會吧？」余媽悠閒地說。

「哼。」余爸鼻孔噴出全天下父親都懂的憤怒。

「你夠了喔。」余媽瞪著老公。

他們就這樣晃著腳丫子，各做各的事、耳朵很有默契地繼續豎起。終於，樓上的聲響平靜下來。

余媽立刻將電視音量重新調大，余爸總算翻開下一頁報紙。

余思蘋臭著一張臉走下樓。

看得出她的心情非常不好，所以在經過第七階樓梯時，忘記它已經不穩固非常多年，木板下陷，腳當場拐了一下。

「……爸！」余思蘋哀怨。

「我找時間去修。」余爸哼了一聲。

「你說了快二十年了！」余媽瞪。一邊吵嘴，這兩人一邊不動聲色地打量著女兒。

結果，余思蘋的選擇是——

跟平常一樣。上衣T恤，加了件薄薄的襯衫外套，下半身則是寬口喇叭褲。

除了一身黑色系以外，並沒什麼特別的打扮，非常普通的穿著。

「妳不是說她——」余爸把疑惑的視線投向老伴。

「我什麼都沒說。」余媽直接撇清，一邊笑容滿面地向余思蘋說道：「思蘋啊，要出門約會嗎？」

「才不是約會。」余思蘋走到一樓，表情還是很不悅：「只是有個傢伙，說是要向我『解釋』一些事情，然後要我穿黑色系。」

「是要告白嗎？」余媽驚呼一聲：「為什麼是黑色系？這什麼奇怪的要求？」

「才不是告白。」余思蘋走到客廳門旁：「那傢伙一向很怪，冒出這種要求我也不意外。」

「是……跟顏子豪出去嗎？」余爸悶咳一聲。

「誰？」余思蘋抓起汽車鑰匙時，不禁一愣。

「顏子豪。」

「不是，我已經很長一段時間沒跟他聯絡了，是別的男生。」說完，她推門離開。門關上。

「不是顏子豪……」「是別的男生……」兩老過了十幾秒才反應過來，余爸猛然站起。

「……你給我坐下。」但在余媽的喝令中，他只好重新坐回椅子上。

「我們的女兒，終於要長大了嗎？」余媽露出感動的表情：「竟然開始有別的約會對象了？」

「……」余爸憤怒地攤開報紙，差點把它撕破。

「你真的夠了喔。」余媽一副受不了的樣子，心裡卻也暗暗疑惑，如果余思蘋不是跟顏子豪出去，那會是跟誰？

余爸、余媽好奇自己的女兒跟誰出去——這一份擔心天經地義，只要是當爸媽的都會懂。但他們萬萬想不到，就連余思蘋都不知道那個人要約自己去哪。開著車、順著對方的紙條，余思蘋一邊找路，一邊試著讓自己放鬆。

「無論他想解釋什麼，鎮定聽完就是了。」這段話她已經說了好幾次。過去，無論面對怎樣的狀況，余思蘋都能冷靜以對；無論如何，在談判時只要能沉著，就能掌握八成的話語權，進而得到勝利。

又不是沒被告白過；又不是沒被異性糾纏過；又不是沒有陷入莫名其妙的桃色糾紛過。但余思蘋往往能憑著淡然的氣質、處變不驚的態度，讓對方知難而退。所以，只要按照過往的經驗，就能穩妥的……

但是，她可沒有把那些人當成想像出的人物，並且還強吻他們。

「……」余思蘋的頭撞上方向盤，發出好大的一聲咚。

是呀。這一次，與之前有著兩個重點上的不同。第一個重點比較實際，自然是她在屋頂上犯下的大錯。

「如果性別互調，我可能準備要收傳票了。」余思蘋呻吟。

第二個重點上的不同，則是在於感覺。

「……」余思蘋想到這裡就打住，拒絕再往下想去——車子恰好抵達目的地，給了她很好的藉口。

車停好，余思蘋猶豫了一下，從包包取出一本小小的筆記本，快速寫著什麼。寫完，收好，下車。她關上車門時，緊張的心情卻慢慢地平靜。因為她察覺到自己來到怎樣的地方了。

不知不覺，她竟然來到遠離市區的山上。前方有一個臨時搭建的棚子。白布，黑字。鮮花，照片。佛號，線香。穿著黑色衣服的人們，以及淡淡的哀戚氣氛。毫無疑問，這是一場葬禮。

「……」余思蘋一時之間腦袋還有些發懵；她再次檢查了紙條上的地址，確認自己並沒有來錯地方。

「這是什麼惡趣味嗎？」余思蘋喃喃說道：「約我在這種地方。」

就在這時，注意到這個在門口徘徊的女子，一名穿著黑西裝的殯儀館工作人員走了過來。

「妳好，請問是來見璜安先生最後一面的嗎？」工作人員很有禮貌。

余思蘋愣了一下，低頭一看，這才發現自己一身非常融入氣氛的黑。

可是自己根本不認識那位璜安，甚至連奠儀都沒有準備呀……

「我……」她遲疑了一下：「是來找人的。」

「……」工作人員轉頭，似乎在檢查一本名冊，隨即用豁然開朗的語氣：「原來如此，這一次不記名的來賓有兩位嗎？」

「不記名的？」

「請先進去，另一位已經在裡面了。」

余思蘋再次一愣。她猶豫了一會，決定以不變應萬變，直接進入會場。

這場告別式的規模不大，參加的人不多，看來大部分都是直系親屬。程序接近尾聲，賓客們紛紛站起，往前見往生者最後一面。

余思蘋一下子就注意到，她要找的人就坐在最後一排。也不知道是因為那傢伙是唯一一個沒起身的人，還是因為別的理由，她總覺得對方特別「顯眼」。

「這種感覺還真……」余思蘋咕噥，再次確認與那個人之間的神祕連結。

「陪我坐一下吧。」那個人伸手招了招。

這個人自然便是皓修了。只見女子慢慢地走近，然後在他身旁坐下。

「有什麼話，等這裡結束再說吧。」皓修凝視著前方。

余思蘋雖然滿腹狐疑，但也沒有急著把問題都倒出來。她相信皓修特別約自己在這種地方，絕對不是為了故弄玄虛。

所以她不急。她一向很有耐心。

等到葬禮結束，棺木與家屬都離開了會場，現場只剩下皓修與余思蘋。皓修事先知會過殯儀館，短時間內不會有人來干擾他們。

「來吧，我能感受到妳的滿腹疑問。」他說：「老樣子，妳問我答。」

「剛剛那工作人員說『這次不記名的來賓有兩位』……」余思蘋猶豫了一下，決定從這個問題切入：「意思是？」

「這家葬儀社在很多年前，設立了一個奇怪的規矩。」皓修解釋：「他們總是會特別留下一個名額，給某個不知從何而來的賓客。」

「不知從何而來？」

「每一次都是不一樣的人。」

「這個人認識往生者嗎？」

「某方面算是認識吧。」皓修說道：「這次也難怪他們會驚訝，畢竟是上頭第一次交代要留兩個不記名的來賓名額。」

「上頭？」

「我。」皓修聳了聳肩。

全台灣的殯儀館幾乎都是公立的，僅有少部分禮儀會館合法立案，有提供殯葬服務；皓修在多年前為了方便自己行事，早就把這間知名會館給一口氣買下。

「很貴吧？」余思蘋傻傻地問。

「我有在做理財。」皓修輕咳，示意對方這不是重點。余思蘋回神，換了個角度切入。

「往生者是你的……誰嗎？」

「嗯。」皓修苦笑：「這問題倒是直奔關鍵了。」

他伸出一隻手，「妳……可以握住我的手嗎？」他說著。

余思蘋想起課堂上那群小女生嘰嘰喳喳的意見，心裡暗暗一震。

他們已經接過吻，那現在牽手……接吻的壘包似乎還排在牽手之後？往上一壘跑叫什麼？盜壘？還是自殺分？

「是……打假球吧。」余思蘋胡思亂想，嘴裡溜出古怪的話。

「什麼？」皓修愕然。余思蘋連忙醒神，把注意力重新集中在眼前問題。

「為什麼突然要牽手？」她問。

「我一直在想要怎麼做開場，但是……所有言語都難以描述真相。」皓修有點尷尬，緩緩地說道：「所以，我決定用實際一點的方式。」

「例如牽手？」

「握住了，妳就會懂。」皓修說。

余思蘋從對方的語氣裡聽出一份認真，便慢慢地伸出手。兩隻手輕輕握住。

「……」余思蘋立刻睜大眼睛。她無法透過肉眼來辨識他人，但她的觸覺非常正常。一瞬間，她就察覺到她牽住的，是一雙布滿皺紋、無力且軟弱的手。這樣的手，通常只會出現在老人身上。

「妳接著摸摸看我的臉。」皓修說著，用極輕的力道引導對方的手摸上自己的臉。驚詫中，女子也沒有心思亂想了。

余思蘋順著對方的引導，指尖輕劃過皓修的臉龐：首先感覺到的，是一道又一道讓她手指陷入的深邃，那是悠久歲月留下的刻痕；而那漸漸失去彈性的肌膚，象徵其主人的年紀，絕對是余思蘋數倍以上。

「這到底是……」余思蘋的手指顫動間，觸碰到對方的嘴唇。

「放輕鬆，我在這裡。」皓修感應到對方情緒不穩定，柔聲說道：「妳所觸碰的是我。」

「怎麼回事？」余思蘋喃喃說道：「你……跟上週完全不一樣了？」

雖然沒有什麼接吻經驗，但她可以肯定地說——上週自己親吻的，可不是這樣的嘴唇。此刻的她，甚至沒有心思去害羞，腦袋一片空白。

「你到底……幾歲？」余思蘋屏住呼吸。

「妳現在觸碰的人，再過兩天就要過一百零四歲生日。」皓修說道：「但那是這位老先生的生日，不是我的。」

「……」這番話自相矛盾，但余思蘋並沒有提出質疑。她隱約察覺，皓修想要向自己解釋的真相，可能比這份矛盾更離奇。

「上週與妳……與妳一起在醫院天台的，則是三十歲出頭的年輕人。」皓修提到屋頂時，不免也有點尷尬：「也就是剛剛踏上最後一程的那位瑨安先生。」

「再之前呢？」余思蘋本能追問。皓修見對方比自己想像的還冷靜，也總算放鬆了。

「再之前，則是更年輕一些的外國女孩。」皓修說道。

「……」余思蘋一震。

「妳剛剛不是問我，我認不認識這位往生者嗎？」皓修說道：「其實……我跟這位瑨安並不熟，頂多只有七天的相處——或者說，探索。」

「探索？」

「探索他的人生，進而扮演他的人生。」

「七天？」

「是的，就是七天。」皓修肅穆地說道。兩人再次沉默。這一次，余思蘋沉默了更久，才又問出一個毫不相干的問題。

「所以他不是醫生？」她看著會場中央那張一片模糊的照片。

「他只是個計程車司機。」皓修點點頭：「而那件醫生袍是我借來的。」

「……」余思蘋表情變幻不定，腦中飛快轉著。

這段時間的一切都非常荒唐且離奇，她甚至沒跟劉心瑀提起。問題的漩渦中心，毫無疑問便是眼前的這個人。她思考很久，也細細推敲兩人相處的每一個情節，卻一直沒辦法理出脈絡，畢竟愈是研究就愈是鬼扯，愈是思考就愈不合理。沒有一個猜想符合邏輯，每一次預測都違背常理。

所以，余思蘋有了個大膽的假設：

會不會所謂的真相，反而離常識最遠？

跳脫思考的框框後，余思蘋開始穿針引線，不再用常識編織真相，而是用已經發生過的事實摸索事實。

「李明鎮、去過咖啡廳的大叔、澎湖那個人、以及躺在不遠處的計程車司機。」余思蘋緩緩說道：「這些人……都是曾與我接觸的人。」她看著皓修的眼睛。「他們，都是你。」

「……」皓修沒有說話，但心裡也暗暗讚嘆。同時，背後滲出了冷汗。

「然後，在他們之間，除了『你』這個共通之處以外，還有另一個關聯。」余思蘋繼續說道：「這個關聯……」

這個關聯，就在她此時此刻的腳下——葬禮。

皓修依然沒有回答，卻微微地點了點下巴。沉默再次籠罩。

「……」余思蘋眼神流轉，時晴時陰。

皓修惴惴不安，像是在等待法官的最後判決。余思蘋始終沒有鬆開手，這讓他心裡踏實不少。但最重要的問題，還是在於她怎麼想。是鬆開手，起身離開，當作這一切只是荒唐的一場夢？還是願意陪自己繼續坐著？

幾分鐘悄悄地過去了。又像過數年時光溜去。皓修終於等到余思蘋再次開口。

「所以，你是死神嗎？」這是她第一個想到的答案。

皓修啞然，若不是場合不對，他真的差點笑了出來。

「我不是死神，我是人。」他只能輕輕咳嗽，說道：「或者說，曾經為人，現在則以另一種方式繼續活著的人。」

「……另一種方式？」

「是。」皓修凝視著對方，只覺得心臟跳得很快、很快。

接下來，便是關鍵了。對方始終沒有離去，所以他才能等到此刻。那一位並沒有插手，也許是默許這一切發生。而自己，經過了這麼多年的旅行，終於可以親口向另一個人說出來。

「接下來我要說的話，請妳非常、非常小心地聽好。」皓修緩緩說道。「這一切的開始，始於一場葬禮。」

「我的葬禮。」

皓修慢慢地講述。余思蘋靜靜聽著。

從旁觀者的角度來看，大概就是一個年過百歲的人瑞，向自己曾孫女講古吧？皓修的語速不快，每個字中都帶著日積月累的重量。像是在說著哪個不相干第三者的故事，又像是訴說誰想像出的人生歷程。

曾經，每一次旅行都熱情無比。就好像初出茅廬的跳水者，姿勢拙劣地往大海跳去。雖然陌生、雖然出過意外、雖然鬧過笑話，但每一次落海，都能激起熱烈的水花。

但在強制的七條規矩中，旅人學會了平安，得到了平穩。這之後的每一次入海，都變得俐落無比，再也激不起一絲波瀾。所以後來的故事變得無趣許多。不同章節的銜接裡，藏著日漸斑駁的情感。每個段落的起伏中，埋著年深一年的惆悵。

最後，只剩寂寞。

不知何時，兩人已經步出葬禮，就這麼沿著山間小路走了好長一段時間。

「……直到，我來到那間教室。」皓修說到這，終於停了下來。因為他的旅行，也在那間教室停下了。這之後的事情，憑著余思蘋的聰明，一定很快就能理解。

兩人同時停下腳步。皓修緊張地看著余思蘋。

「交易……」女子輕輕地扳著手指，彷彿在自言自語：「不同身體……延後的死期……七天為期限……」

皓修默然，一下子聽見這麼多離奇的事情，常人大概會轉身就跑吧？但他相信——或者說他想相信——眼前的余思蘋不是常人。畢竟……

「從來沒有人認出你過？」余思蘋放下手指，眼中精光閃爍。

「頂多察覺到不對勁，但是從沒有人能精準地找到我。」皓修如實說道：「妳是第一個。」

「為什麼？」

「我只能猜想，這與妳的臉盲症有關吧。」皓修說。

「……」余思蘋默然，這的確是機率最大的可能性。她沒辦法辨識任何人，可偏偏認得出眼前這傢伙。這個人，每七天就會換一具身體，可能上週是女人、下週變成年輕毒販，再下週就成為市議會裡哪個開車習慣很差的中年議員。所有人都有可能。畢竟他有可能變成所有人。全世界只有自己能一眼就找到他。

「所以，你告訴了我這些，究竟希望我怎麼做？」似曾相識的一番話，女子再次拋球。

「妳還記得我們第一次相遇的教室嗎？」皓修接球。

「你破壞我安東尼的那場期中考？」余思蘋說。

皓修不禁笑了，「那時候的我，根本沒準備應付這種奇怪的考題。」他咳了咳，「如果時間可以重來，我想重考。」

「如果重新給你一次機會，你會對那具人偶做什麼？」想出的課程被批評了，余思蘋也不氣惱。

「我想對那具人偶說一番話。」

「啥？」

「從我失去記憶後、從我重新擁有記憶以來，我的第一個印象便是葬禮。」皓修慢慢地訴說著。

在那之後，他養成了不斷參加前一具身體葬禮的習慣。他不知道這習慣打哪裡來的，卻不知不覺地維持了下去。直到後來，他才隱約明白自己不斷參加葬禮的理由。

「什麼理由？」

「如果說每一次的葬禮都是一次分離，那我一定是在期待……」皓修說道：「能不能有那麼一天，可以不用再向誰道別吧。」

余思蘋感覺到對方的手捏緊了一點。

「如果可以，我不想再重複著這樣的生活。」皓修說到這，略微停了一下：「我猜，我那時想對那具人偶說的話，大概是……」

如果真有那一天。

如果真有那個人。
那麼——

一切盡在不言中。

# 14

陽光稀薄，一個白天又這麼過去了。很快地，人煙盡散，只剩老人孤零零坐在山頂涼亭的椅子上。

「三天後……嗎？」

皓修混濁的老眼，映著漸漸散去的日落。與余思蘋的對談，解釋了所有該解釋的，連不該解釋的都解釋了。最後只剩沉默。

沒過多久，余思蘋離開了。皓修並沒有挽留她，他知道對方需要消化。她需要打破一切的常識，相信他所說的一切都是真的。至少也得等到這之後，才有可能接受他。

「如果妳願意的話，三天後……我在綠園道等妳。」

最後皓修給出了這個邀約。

這次給出的地點相當明確，不再像今天這樣出現「別出心裁」的場景。而余思蘋沒有當場拒絕，算是接受這個提議。三天，是給自己、也是給對方的緩衝期。好好思考、仔細思考、努力思考，最後做出決定。如果答案是「好」，三天後她自然會出現。如果答案是「不好」……

「那麼這陣風，就會把我帶向沒有妳的未來……」皓修抬頭，好像要看見虛無飄渺的風。

「就像以前一樣。」他嘆了口氣。

風中突然多出了一道凜冽的氣息。穿著一身黑西裝的死神出現在他身邊。

「不過呢，我可不能單指望妳能赴約。」皓修滿臉的皺紋，擠出一個不負責任的苦笑：「也得祈禱，我能如期赴約啊。」

是有這個可能性。而且還不小。

一直嘻皮笑臉慣了的死神，此時異常嚴肅。皓修已記不起他上次擺出這表情是何時了。他只記得對方擺出這樣的表情後，發生了什麼事。

「一口氣把所有該說的、不該說的全部都告訴她。」死神道：「解脫了嗎？」

「果然，這已經不是擦邊球，算是觸身球了對吧。」皓修一點也不意外。

「這不就是你的目的嗎？與其歹戲拖棚，跟她談諜對諜的感情，不如直接告訴她真相，讓她做選擇。」

「畢竟，我想不出能繞開規則、卻繼續愛她的方法。」皓修說。

「她相信嗎？」死神問。

「相不相信，會有差別嗎？」

「……」死神笑笑，換了個方式問：「最後有跟她說再見嗎？」

皓修搖頭，並非忘記，而是決定不說。死神輕輕嘆了口氣，牽起老人的手。

「你該跟她說的。」

死神七規，不是兒戲。

# 15

顏子豪最近心情很差。

自從澎湖行之後，余思蘋很長一段時間沒有聯繫他。他曾擔心這是因為自己提早離開惹她不高興，但劉心瑀信誓旦旦保證，余思蘋絕對不是這樣就不理人的個性。顏子豪沒被安慰到，反而更鬱悶了。

而讓他心情不好的，還有另外一個原因——那便是他爺爺越發嚴格的限制。若說以前只是口頭上警告，現在的限制便是全面升級。縱使顏子豪費盡心思想要繞開層層管束，找到一個能偷偷去找余思蘋的突破口，但他完全忘了自己的爺爺——顏龍，在商場是多麼可怕的商人，區區緊迫盯人不在話下，拿著家裡優渥薪水與零用錢的顏子豪，一舉一動都逃不過他的法眼。

助理是爺爺的人，管家是爺爺的人，公司上上下下都是爺爺的人。從小含著金湯匙長大的顏子豪，這輩子因為家族企業的資源幾乎沒吃過苦；而現在這份恩惠變成了束縛，根本無法掙脫。

無奈與焦急之下，顏子豪下定了決心。「一定要找爺爺好好談一談。」

只能出此下策的他，來到了家族的總公司，一棟七十多層的商業大廈裡。接近頂樓的位置，顏龍的辦公室。門外是櫃台，讓顏子豪恨得牙癢癢的女助理，微笑地看著他。

「顏少爺，您來找總裁嗎？」

「現在方便讓我進去嗎？」顏子豪看著眼前這個幫著爺爺拘束自己的兇手。

「現在不方便，總裁有客人。」女助理掛著禮貌的笑容。

「要找理由也找好一點的吧。」顏子豪皺眉，看了看手錶：「爺爺從來不在這麼晚的時間談公事。」他懷疑這個助理在這段時間絕對是得到爺爺的授意，用各式各樣的理由搪塞他，不讓他有機會煩爺爺。

「我不是在搪塞少爺。」助理依然掛著恭謹的笑：「辦公室裡真的有人。」

「……」顏子豪一愣。就在這時，辦公室的門開了，一個憤怒的中年人衝了出來。

「姓顏的，你不要以為這麼多年過去就沒事了，我可不會忘記！」他邊吼，和顏子豪撞了一下肩膀，立刻狠瞪他一眼，隨即離開這層樓。

「他是誰呀？」顏子豪錯愕無比，鼻中聞到濃濃的酒味。

他在剛剛短短一照面就看出對方大概五十多歲，是一個樣貌普通的男人，眼球充血、穿著邋遢，頭髮與鬍子都亂糟糟的一片，絕對不像是來談商的人，更不像是顏龍會有所交集的人。

「爺爺怎麼會見這樣的人？」他看向助理。

「我也不知道他是誰，已經不請自來好多次……」助理嘆了口氣，似乎也很苦惱。顏子豪心念一動，這麼說起來，那邋遢中年人是衝著爺爺而來的？

「少爺，請進吧。」助理說道，示意顏子豪進辦公室。

顏子豪連忙定了定神，推開辦公室的門。

辦公室內，一個年近八十的老者，坐在自己的辦公桌前等著他。

「爺爺。」顏子豪恭敬地躬身。

「你來啦。」顏龍淡淡地說道，滿頭白髮的他具備不怒自威的氣勢。

顏子豪微微蹙起眉頭——他注意到，爺爺的心情似乎非常差。這一年來，顏龍的身體衰退得很快，無論是要開公司的會議還是外出辦公，都會有隨行的醫療團；尤其是他左腳的舊疾，每當天氣陰濕時那股椎心的疼痛，總會讓他非常難受。也正是因為這個原因，顏子豪對於爺爺近期的諸多管教，一直不願意正面衝突。只不過，此時這位親人的心情，貌似不全是因身體不舒服而起。

「剛剛離開的那人……」顏子豪試探地問道。

「不過是個……舊識，不重要。」顏龍果斷道，顯然不想繼續談。顏子豪沒有再問，他始終無法反抗爺爺。

「你來，是想要我解除你的禁令吧。」顏龍瞄了自己的孫子一眼。

「是的，爺爺，我不知道您為何不准我見思蘋，但——」顏子豪立刻想起來意，急迫地說道。

「夠了。」顏龍卻再次打斷他的話。

「……」

「我知道你心中有很多不滿。」顏龍淡淡地說道：「但是你還年輕，不會明白我不讓你接近她的理由。」

「……因為她出身普通人家嗎？」顏子豪握緊拳頭，這是他覺得最有可能的答案：「無法與我門當戶對？」然而，顏龍一聲冷笑，直接將他的所有猜想擊碎。

「你電影看太多了。」這位顏氏企業的龍頭哼了一聲。顏子豪啞口無言，聽到一向嚴肅的爺爺用這種語氣戲謔自己，一時之間有點尷尬。

「你以為你愛那女人，但這份愛會隨著時間而沖淡，顏氏企業卻會因為時間而茁壯。」顏龍道：

「而我需要你專注，才能好好地繼承這一切。」

「但是我……我對她是認真的。」顏子豪忍不住激動起來。

「那是你的自以為。」顏龍平靜地說：「你自以為你是認真的。」

「……！」

「如果要你放棄顏家繼承人的身分，你願意嗎？」顏龍突然說道。

「什、什麼？」顏子豪一震，有如一盆冷水澆下。

「你對她的愛，全部都是建立在你出生後擁有的一切；這些資源、這些背景，讓你可以無憂無慮地沉浸在想像裡。」顏龍一字一字說著：「那麼，我就明確的告訴你——如果你要繼續接近她，我就收回你擁有的一切。」

至於一切是指什麼，自然不用多做解釋。

冰冷無情。這番話，是赤裸裸的威脅？顏子豪立刻認知到，他的爺爺是認真的。這番話是告知，是最後通牒。

「……」顏子豪一個字都講不出來。

「你可能認為我是在傷害你吧。」顏龍看著呆若木雞的孫子，忍不住嘆了口氣：「但，我這是在保護你。」

「……至少，請告訴我理由。」顏子豪總算開口，氣勢已經衰弱許多。

「那個理由，我會帶到墳墓裡。」顏龍淡然。

「……」

「你只要知道——誰都可以，就是不能與黃家的那個孩子在一起。」顏龍道。

他的左腳再次傳來一陣抽痛，令這位老者眼中閃過一抹陰霾。

「你現在還不懂，但你未來會明白的。」顏龍說完，彷彿一下子又老了幾歲，低頭，看向桌上的資料。這動作象徵著這段對話已經結束，顏子豪深吸一口氣，胸膛卻沒有因此挺起。他的腳微微顫抖著，轉身離開辦公室。

Google輸入「交換靈魂」。

首先跑出的，是「男女交換身體後想滿足的十大色色幻想」，再來就是一堆動漫、偶像劇、連續劇、電影的相關推薦。

Google輸入「死而復生」。

會跑出一堆宗教性的談話，一些宣稱自己死過又重生的外國人言之鑿鑿談著地獄，或是雜七雜八的農場文。

Google輸入「蒲公英」。

結果自然而然地就跑出了各種栽培蒲公英的方法、蒲公英製藥用途、蒲公英醫學途徑……

最後，余思蘋輸入了「怎樣談戀愛」。

余思蘋擅長寫書，這是因應她纖細又敏銳的性格所衍伸出的天賦。

余思蘋擅長想出有別於普通老師的有趣課程，這是因為她活在與眾不同的世界裡，自然而然有了異於常人的思考迴路。

余思蘋擅長的事情很多，主要來自於她倔強的性格——她對任何事情都不想認輸，就算明知自己力有未逮，仍想放手一搏。也因此，為了不麻煩他人，她便自然而然地不斷淬鍊自己，學習不同技能。

可是，余思蘋擅長的事情很多。但其中絕對不包含談戀愛。

「心瑀，我該怎麼辦？」

診所內，余思蘋躺在床上，不知今天第幾遍詢問老友了。

「我還在消化妳說的事呢。」劉心瑀一手揉著太陽穴。

余思蘋並沒有告訴好友事情的全部經過——至少關於超脫常識的部分沒有。她告訴劉心瑀，某個來自與她截然不同世界的男人向她告白，而她正在審慎考慮要不要答應。心瑀的第一個念頭，就是——

「網交？網友？」劉心瑀問。

「類似。」余思蘋含糊帶過。的確很像。對方並沒有穩定的生活，會不斷地旅行——畢竟是每七天就會換一次身體。但對方的經濟實力有一定基礎——甚至可以輕鬆買下禮儀會館。

對方用情很深——大概吧，他可是一路變換身體，只為了靠近自己。對方對余思蘋有深度的瞭解——也許吧，他可是極少數知道她有臉盲症的異性。

「……顏子豪輸慘了呀。」劉心瑀嘆了口氣，好像看到張學友的門票飛走，隨即話鋒一轉：「妳不告訴那個融化妳冰山的男人名字嗎？」

「祕密。」余思蘋笑笑，心裡卻是一驚。

她還不知道對方名字。她竟然還不知道對方名字！

「聽起來很可疑呢。」劉心瑀一攤手。撇開專業的部分，她好歹是有過幾任男友、現在也有穩定對象的女人，這方面自然比余思蘋敏銳。

「妳覺得我是那種笨到會受騙的女生嗎？」余思蘋立刻察覺對方話中有話。

「我的小思蘋當然很聰明。」劉心瑀笑了：「但在感情裡會不會被騙，跟聰不聰明一點關係都沒有，而是取決於妳是否比對方先暈船。」

「暈船？」

「就是愛對方。愛到卡慘死啦。」

「說什麼愛不愛還太早了吧。」余思蘋脫口而出。

「是嗎？」劉心瑀哼哼，表面上不動聲色，心裡卻有了底。

她作為朋友時，也許是個會亂出餿主意的損友；但她的專業的確不容質疑，一下子就看出余思蘋正經歷強度極高的心境轉變。這份轉變，會讓她做出與過往截然不同的決定。無論是答應還是拒絕，余思蘋都深陷其中——這跟她過去築起心牆、把自己當作旁觀者後去做決定，有著天翻地覆的差異。

「妳陷得比我想像的……」劉心瑀按摩太陽穴的手指加大力度。

「我就說了，我沒有暈船。」余思蘋抗議。

「我想說的不是深，而是快。」劉心瑀想了想，有些問題還是得問清楚：「你們認識多久了？」

「大約一個月。」余思蘋說著，突然喃喃補充：「但有種感覺，我們好像認識很久似地……」

「被愛情蒙蔽的人都會有這種錯覺。」

「我就說了，現在講愛不愛還有點太早了。」

「妳現在猶豫的不就是要不要接受人家的告白？」

「這不一樣。」

「……你們的進度到哪了。」

「……」余思蘋的臉頰瞬間飛紅，卻強自鎮定：「還可以。」

還可以？好一個似是而非的答案。

「不會吧？想不到妳這麼開放……」劉心瑀瞬間想歪，感到震撼。

「不是妳想的那樣。」余思蘋立刻說道：「我跟他只是發生了一點誤會……」

「該不會是……他酒後亂性？」劉心瑀摀住嘴巴。

「才不是！」余思蘋急道。

「那是妳酒後亂來囉？」

「我那次並沒有喝酒！」

「……啊？」

「……！」

劉心瑀看著臉蛋紅通通的余思蘋，只覺得難得驚慌失措的閨密好可愛，但頭也更痛了。

該勸余思蘋多想一些嗎？勸她想久一點、想深一點、多觀察一點？但很快的，劉心瑀就嚥回了勸阻。這麼多年來，她一直以摯友的立場陪伴余思蘋，一路上看她顛簸受傷，每次想試著與其他人建立起關係，卻因為自身的惡疾讓一切都變成曇花一現。

記不住對方，要怎麼愛上對方？到最後連希冀都不敢，只能孤單地活著。所以，她希望余思蘋幸福的意念，與擔心她受傷的意念一樣強烈。

「思蘋，告訴我……」劉心瑀整理了一下思緒，嚴肅開口：「妳有非他不可的理由嗎？」

「……」余思蘋愣了一下。

「妳也是成年人了，雖然這輩子還沒談過戀愛……」劉心瑀說著，看見對方的表情，立刻補上一句：「單戀半輩子不算談戀愛。」

「……」余思蘋閉上嘴巴。

「我想，妳本來就有足夠的判斷力去處理很多事情。」劉心瑀終於放下頭旁的手指，坐直了身子：「妳心裡也一定有一個『非他不可』的理由，對吧？」接下來這段話，是她以醫生身分所言。

「那麼，如果拿掉這個理由，妳還會選擇他嗎？」

「……」余思蘋愕然，緊接著默然。

「然後……」劉心瑀繼續說道。接下來的話，是她以朋友的角度所言。

「每一段感情裡，最怕的就是拿掉了『愛』以後，你們就沒有陪伴彼此的理由——像是個性，像是生活方式，像是價值觀。」劉心瑀道：「妳與那個男人之間，有能夠穩定下去的要素嗎？」

「……」余思蘋依然沉默。

是呀。自己能夠毫無阻礙找到對方，這種超乎常理的能力，似乎是連結起她與對方的最重要橋梁。那如果橋斷了，他們又會如何？或者，她是不是因為第一次遇見能夠成功搭起的橋梁，就太過心急了？如果橋的另一邊不能讓她靠岸，而是另一個懸崖呢？

「我怕妳受傷。」劉心瑀認真說道。

余思蘋依然沉默。好友的話讓她若有所思。一陣風吹進了診所。拖著她，輕輕抬起了下巴，看向窗外。窗外是湛藍的天空。如大海一般的天空。

「……有個作家說過，沒有意義的旅行，其實叫做流浪。」余思蘋喃喃說道，伸手輕輕放在胸口上。

「誰說的？」劉心瑀問。看見對方的表情，她知道這女孩已經下定決心。

「我。」余思蘋道：「出自《放羊的女孩》。」蒲公英會流浪，是因為風怕寂寞，還是因為命運不肯挽留？她伸出手，感受著那陣風。輕輕握住。

「我想當他的岸。」余思蘋嫣然一笑。

若要問余思蘋，有沒有什麼非他不可的理由……她答不出來。因為她聽見這問題時，第一時間並沒有思考相關答案。

首先撞進心裡的，反而是那個人用沾著泥巴的手，將戒指還給自己的畫面。

旅行久了，總會想靠岸。

## 16

三天很快就過去了。傍晚，約定時分，余思蘋來到綠園道。

皓修給的地址當然不只有綠園道三個字，還包含了特定的地點，絕對不會迷路。當余思蘋抵達地址所在地後，立刻發現這地方她曾經來過。這點，恐怕是皓修自己也始料未及的。

綠園道，畫攤。

「妹妹，妳又來啦。」那個態度輕鬆的攤主見到余思蘋，立刻揮了揮手。

余思蘋看了看四周，攤位裡除了身為老闆的畫家以外並沒有其他人；她不禁有點尷尬起來，畢竟她也不知道自己來到這邊是做什麼的。

「我約了人。」余思蘋說著，隨即修正說法：「應該說，有人約我在這裡碰頭。」

「誰？」

「……」余思蘋更尷尬了，因為她答不出來。

「反正對方還沒到，妳不如就先坐下來，讓我替妳再畫一張吧。」

「不，這……」

「放心吧，還是一樣，不收妳錢。」

女畫家依然故我地笑著，兩秒內就抄起畫筆、擺好新的白紙，進入戰鬥狀態。余思蘋拿這急驚風的老闆有點無可奈何，只好用最舒適的姿勢坐下。畫筆簌簌，再次在紙上飛躍起來。

「跟上次見到妳時，有點不太一樣呀。」畫家邊畫邊說。

「哪裡不一樣？」余思蘋問，她可沒忘記上次的教訓，並沒有移動身體。

說起來，這家畫攤倒是跟之前印象中一模一樣，四面牆上掛著各式各樣的速繪人像，充滿濃厚的文藝氣息。

「感覺，妳等到了妳一直在等的答案。」畫家說道。

「是嗎？」余思蘋反問，也像是在問自己。

「這問題問妳自己最清楚吧。」畫家笑了。

余思蘋聽到這裡，有所觸動。

「我問過自己很多遍了。」她淡淡說道：「但是……」

「但是？」

「我有點害怕。」余思蘋遲疑。

「害怕什麼？」

「我該怎麼確定，他就是那個我能愛……」余思蘋說到這裡，中途改口：「我能『相信』的人？」

她一時間還沒辦法用上「愛」這個字，便只好臨時改成類似的詞彙。話說回來，她也不由得訝異為什麼自己會願意跟這位畫家說這麼多？

這個穿著一身黑色工作服的畫家，就如同余思蘋過往見過的每一個人一樣，一片模糊，連一丁點能讓自己記憶的地方都沒有，偏偏自己能夠放心把一切都告訴對方。

而畫家點出了一個她這三天來不斷盤問自己的問題：如果皓修是個騙子，怎麼辦？如果他那些超出常識的種種，全部都只是某種把戲怎麼辦？如果他與她，並沒有像自己一開始所想的那般命中注定，又該怎麼辦？

這些提問，她都想不出答案。但這還不是最讓她退縮的。最可怕的就是，在她還來不及想出答案以前，就已經有某個部分先被牽走了——這種感性壓過理性的結果，讓她既陌生又害怕。

看見自己的模特兒緊皺眉頭的模樣，畫家莞爾。

「問題是，妳已經愛上他了呀。」她笑道。這答案，讓余思蘋一震，倏然抬頭。模特兒亂動了，畫家這次卻沒有責備，只是繼續作畫。

「有個年輕的作家說過，放羊的小孩為了吸引注意，不斷說著『狼來了』的謊言，等到狼真的來了後，再也沒有人相信他。而放羊的女孩，則是藉著不斷告訴自己狼來了、狼來了，狼卻從來沒有來。」

「……」余思蘋訝異地看著畫家。

「這個故事裡，最大的謊言不在於狼有沒有來。」畫家微微一笑：「而是在於放羊的女孩，把她真正珍惜的人譬喻為狼——這樣子她就可以假裝自己不期待，畢竟沒有任何放羊的人會真的期待狼來吧？」這故事很耳熟，因為余思蘋自己就是這故事的作者。

就在這時，一陣風吹進了這裡。完全是出於第六感，余思蘋知道那個人來了。她並沒有回頭，而是繼續面向畫家，任由她作畫。對方也沒說話，只是默默待在她身後。

「……」余思蘋靜待對方開口。

但過了數分鐘後，對方依然一言不發，保持沉默。也許，他也在等自己先說話？還是他只是想等畫家畫完？余思蘋猜測各種可能性，耳際漸漸發熱。

再怎麼說，讓別人看著自己當人體模特兒，本來就是一件讓人不好意思的事；但既然她一開始沒選擇站起來，現在再做出任何舉動反而更顯尷尬。余思蘋有點惱羞地想著，十指攪扭，心裡卻不由得暗暗慶幸——

如果他早個幾秒進來、聽到不該聽的話，自己應該會害羞到死。

「嗯……這裡還差一點，嗯……這樣挺不錯的……」畫家喃喃自語，塗塗抹抹、修修改改，眼中光芒愈來愈亮。

「……」

「對了，我有告訴妳，來這裡讓我作畫的客人，幾乎沒有人帶走他們的畫像嗎？」畫家突然說道，語氣隨意，很像是順口提起。

「……」余思蘋本想搖頭，但隨即想起自己現在身分，便開口：「沒有。」

她有點訝異，用眼角餘光掃了掃四周——好歹有近百幅畫作吧？這麼多人都選擇讓畫家速繪後，把自己的畫像留在這邊？

「妳剛剛說『幾乎』？」余思蘋敏銳地抓到另一個重點。幾乎，就是仍然有。

「沒錯。」畫家皺眉看著眼前畫作，一面向余思蘋解釋：「大概在幾週前，有個客人來到我這裡讓我做完畫以後，拿了一幅畫走。」

「這也不算太奇怪的事吧。」

「但他不是拿自己的畫。」

「……」

「他拿了妳的畫。」畫家笑笑。

余思蘋沒有回答，但一定臉紅了。而且她能感覺到，後頭的那傢伙也尷尬起來。

「此時此刻，妳覺得他是變態的話，那他就只是個變態。」畫家嘿嘿一笑：「但如果妳覺得有一丁點的開心……」

「誰會因為這樣開心啊？」余思蘋脫口。

畫家聳聳肩，言盡至此也不必多說，況且她畫完了。她把畫作轉向，面對余思蘋。

「我沒什麼審美觀……」余思蘋本來想要拒絕評論，畢竟她的臉盲範圍內包括自己，但當她看到畫家所畫，嘴中的拒絕便轉成驚訝：「這是在畫什麼？」

「花海。」畫家用大拇指劃過鼻子，李小龍的經典手勢，「蒲公英花海。」

的確，畫中是一片花海。雖然是黑白線條交織出的景象，但憑著畫家強大的畫工，這片花海有了柔軟的生命，栩栩如生。好像若真有一陣風吹來，它們便會迫不及待地啟程似的。

余思蘋本來想提出疑問，為何人像速繪會變成繪畫花海，但她很快就注意到那片花海中的一處留白。所謂留白，是真的留下一處白紙，沒有任何碳筆的墨跡——按照畫中的比例，隱約是一個人的空間。

「對妳來說，我有沒有把妳畫進去，有差嗎？」鼻尖上一團黑的畫家一笑。

「……」余思蘋無話可說。

「我先去抽根菸，妳慢慢欣賞我的作品吧。」畫家對於自己的作品顯然很滿意，伸了伸懶腰，便走出了攤位。

「等、等等……」余思蘋只能眼睜睜看著對方離開。一時間，大帳棚裡面只剩下她，還有……

「……」余思蘋深吸一口氣，還是沒有轉身。而對方竟然也就這麼跟她耗了起來。

按照慣例與余思蘋的個性，先開口的絕對不會是她，但對方的沉默實在是太反常，這讓她終於忍不住。

「你覺得怎樣？」余思蘋開口：「這幅畫。」

「……」對方依然安安靜靜。

「我覺得畫得還不錯，感覺滿有生命力的。」

「……」

「聽那畫家說，之前有人拿了一幅畫……是畫我的那一幅。」

「……」

「是你拿的，對吧？」

「……」

「你是變態嗎？」

「……」

「……你都不說話，到底是想怎樣？」

余思蘋終於忍不住了，轉身，氣勢洶洶地瞪向問對方。氣勢卻隨之一挫。然後是錯愕。她再怎麼想像，也想像不到她會看見這樣的景象。

對方並不是不想講話，而是根本沒辦法講話。

一隻柴犬一臉哀怨地站在後頭。

皓修靜靜等待著即將降臨的懲罰。

確定會被罰的此時此刻，他的情緒已經平靜下來，只剩下對於未來的徬徨。

罰是一定會罰的，重點在於罰的大或罰的小。大的可以很大，小的也可以很小——最糟糕的情況，甚至有可能是剝奪自己旅行的「資格」。

一切取決於眼前的死神。

「我再問一次，你覺得值得嗎？」這是死神第三次質問了。

「你問一個犯規的人犯規值不值得，究竟想聽到怎樣的答案？」皓修苦笑。在法庭上若是回答值得，只會因「無教化可能」罪加一等吧？

「我就是想聽你的答案。」死神微微一笑。

「……」皓修凝視著眼前的死神。

他眼前的可不是人類的法官，而是貨真價實的死神，見過的人生百態恐怕比他吃過的鹽還多上百倍，虛偽的演技是沒有用的。

況且皓修本來就不是喜歡說謊的人。所以他決定吐實。

「……老實說，我覺得沒意義。」皓修說道。

「哦？」

「因為，如果我真的因為這次的坦白，而失去這份交易。」皓修坦白：「好像還真的有點不划算。」

「所以你後悔了？」

「算是後悔吧。」皓修慢慢地說著，一邊摸索自己想法：「但……」

「但？」

「如果能重來……再讓我選擇一次，我還是會向她坦白。」

「為什麼？」

「因為我還是會再一次愛上她。」

「……哪怕，你可能因此無法繼續旅行？」死神點出皓修最害怕的情況。

皓修頓了頓，表情有點黯然。眼神卻突然堅決了起來。因為，他終於想通了關鍵，理解了自己的思緒。

「問題不在於她值不值得讓我放棄這次的交易。」他說著，眼神漸漸清晰，「問題在於——如果這次錯過她，我的旅行便再也沒有意義。」

非她不可。這就是皓修的決定。

十五分鐘前，綠園道不遠處。

皓修再次從靈魂的大海中爬起，旅行到了嶄新的身體中。他第一個念頭便是大大地鬆了一口氣。如果他還能旅行，就代表他最害怕的懲罰沒有發生，他還能去赴那三日之約。

「那麼，我現在在哪呢？」皓修抬起頭，這才發現世界變得好高好大。牆變高，路變大，就連樹木都顯得巨大無比……不，不是世界變得高大，而是自己變小了。

「我在小孩子的身體裡嗎？」皓修皺了皺眉。這經驗並不是沒有，也不算什麼，只要先搞清楚自己人在何方、又是什麼身分……

他默默想著，一邊邁出了他的腳——他的四隻腳。他那毛茸茸的四隻腳。他停了下來。他抖了抖毛茸茸的全身。

「……」

皓修木然轉頭，看向路邊路燈上，用來提醒對向來車的鏡子。裡頭一隻柴犬木然回望。

「汪。」

皓修罵了一聲髒話。原來如此。這就是懲罰。這就是死神的決定。

柴犬舉起狗爪子，在地上慢慢地刻起來。牠刻得很慢，大概花一分鐘才能在柏油路上刻出白白的一劃。但是精誠所至，大概在五分鐘之後，還是能看出牠想刻什麼。牠想刻字。這隻柴犬想在地上刻出完整的幾個字，甚至是一段話來。

幹。

你——

「夠了。」一隻穿著黑色高跟鞋的腳，準確踏在第一個字上，遮住這驚世駭俗的狗寫字體。

「……」柴犬抬起狗頭，瞪著穿著一身黑色工作服的死神。這角度、這高度，可以看到對方的內褲，但牠一點也不興奮。畢竟現在牠是條狗。

「我知道你有很多問題想問。」死神蹲下來，將自己降到和柴犬差不多的高度，伸手戳了戳狗鼻：「但你現在頂多能汪汪叫，我也聽不太懂狗的語言。」

「汪！」

「我知道你很不滿，但請你也替我思考一下好嗎？」死神就這麼跟一隻柴犬講起話來：「我這樣已經是很通融了喔。」

「汪？」

「你該慶幸，那位余思蘋小姐對這個社會的影響力非常小——畢竟，她的人際圈非常單純。」

死神繼續說著，一邊把柴犬抱了起來。

「汪！」皓修抗議，四肢掙扎，這樣子實在太丟臉。

「所以重點來說，你告訴她的那番話，並不會影響到社會的運作。」

「……」皓修止吠。

「經過我們業界的精密計算，你告訴她的所有事情，頂多對你們兩人產生影響。」死神笑道：「對四周不會有太大的餘波。」

「……」皓修無奈，該慶幸討厭鬼幾乎沒朋友嗎？

「但是該有的懲戒還是要有。」死神邊說，親了一下柴犬的鼻子：「我已經特別挑了個女生都會喜歡的身軀給你了。」

「……」柴犬瞪著死神。

「而且比起之前把你塞到倉鼠的經驗比起來，柴犬好玩多了。」

死神笑嘻嘻地停住腳步。不知何時，她們已經來到了畫攤之外。此時的畫家，正在替余思蘋作畫。

「去吧，聽聽她的答案。」死神將柴犬放在地上，輕輕拍了拍牠的屁股：「畢竟你現在也只能聽，不能講了。」

帳篷內。一人，一狗。

余思蘋傻傻看著柴犬。柴犬無奈地看著女人。無話可說，連汪一聲的力氣都沒有，只能無奈嘆息。

良久。

「噗哈哈哈哈哈！」清脆的笑聲，終於劃破了沉靜。

余思蘋抱著肚子，就這麼在座位上笑了起來。愈笑愈開心、愈笑愈歡暢，一邊伸出手指指著柴犬。

「我竟然……真的能認出你。」她說道。

自己辨識不了人類的特徵，但人跟狗的分別還是能區分的。可問題是，她竟然能在這隻柴犬身上，感受到無比的熟悉感。就是這份熟悉感，讓余思蘋輕易地記住了皓修。

「……」皓修暗想，原來就算自己旅行到動物的身上余思蘋也能認出他，看來他與對方的連結真的是愈來愈離奇了。

但此時的他，除了想趕快結束這七天以外，毫無別的想法。無奈中，他只能在女人的笑聲裡，提出了他的問題。

「妳的答案呢？」皓修說。

「汪汪？」但柴犬只能發出這樣的聲音。

「……我聽不懂啦。」余思蘋噗哧一聲，笑意總算止住了。

「……」皓修閉上狗嘴，尾巴垂下。

「但既然你如期跟我在這碰面，也證明你話中最難相信的部分是真的……」余思蘋伸出手指，拭掉眼角笑出的眼淚：「那我也該告訴你我的答案，對吧？」

她凝視著眼前的柴犬，眼前的皓修。也許，這樣出乎預料的搞笑場景，才是最好的情況。這樣她才能向眼前的人，說出自己的感受。

「我……」余思蘋開口。

背後畫中的蒲公英，好像被風吹動，開始翩翩起舞。

關於５０３教室傳說，其實是這樣開始的。

第一個坐上那個座位的，其實並不是人，而是一條柴犬。

「哪來的狗狗呀？」「是柴柴耶！」「來！看這邊！」

「……」學生們議論紛紛，而話題中心的柴犬卻根本不理他們，只是筆直的坐在座位上，目光直視前方。

「準備上課。」講台上的余思蘋神色如常，「上週的作業完成了嗎？」

「老師，教室裡有條狗耶！」一個學生舉手發言。

「我看到了。」

「這樣沒問題嗎？」

「我一向不介意旁聽。」余思蘋淡淡地說道，那一如既往的淡然，讓發問的學生手垂下。柴犬非常人性化地哼了一聲，很不屑的樣子。

「請大家假裝牠不存在。」余思蘋平靜說道：「那牠就真的不存在了。」

既然老師神色如常，學生們也不好繼續鼓譟，紛紛冷靜下來——老師就是老師，無論面對怎樣的情況都不訝異呢。柴犬又不屑地哼了一聲。

也許那些學生看不出來，但他卻能分辨得出余思蘋眼角隱隱的笑紋。牠的狗頭慢慢垂下，下巴準備擱在桌上。

「在這之前，請容許我再強調一次——我的課堂上，請別打瞌睡。」余思蘋說著。

「……」柴犬立刻重新坐直。

「很好，23號同學。」余思蘋微微一笑：「開始上課。」

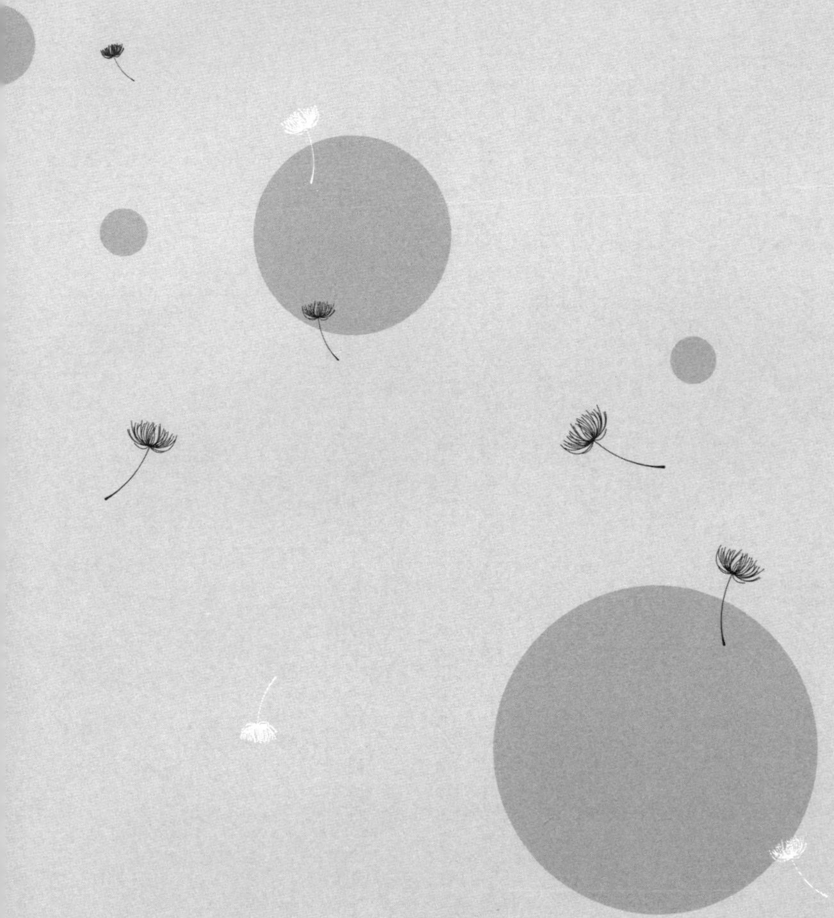

第三幕

# 停留不了的愛

## 17

余思蘋睜開了眼睛。首先映入視線中的，是潔白的床單。枕邊無人。她從床上坐起，看了一眼四周。

打掃得乾淨、整潔的房間、優雅的擺設，以及暖暖透進室內的陽光。這裡並不是她的家，所以她醒來的地方自然也不是熟悉的房間。余思蘋過了幾秒，才從低血壓裡清醒。

「啊，這裡是他的房間……」

她理解了這裡是哪裡，也回想起在她進入夢鄉以前發生的所有事。

步出房間後，展現在眼前的是通往四處的走廊，以及更多的房間；看得出這棟房子的坪數非常大，絕對是豪宅等級的住所。

「……」余思蘋猶豫了一會，推開一間房門。這是一間更衣室——說是更衣室，也占了將近二十坪的空間。

那一個個衣櫃接近全滿，少說有數百件各式衣物，但這些衣物按照性別、尺寸、高矮、胖瘦版型、顏色區塊分門別類排好，完全不顯雜亂。余思蘋東逛逛、西摸摸，又往下一間房間走去。

「好多化妝品……」這間房擺著滿滿的化妝品，余思蘋嘆為觀止：粉底液、粉餅、蜜粉，修容餅（打陰影跟打亮）、遮瑕膏，眉筆、染眉膏，眼影、睫毛膏、眼線筆，腮紅，口紅、唇線筆……

所有她用過的、沒用過的一應俱全，而且全部都是最貴的，一些品牌光是一小罐香水，就要她兩個月的薪水。

就算身為女人，余思蘋也難以想像要怎麼把這麼多瓶瓶罐罐裡的東西，全部塞到同一張臉上。帶著驚嘆的心情，她前往下一間。

這是一間——她很快就替這裡取名為「配件區」——這裡有著非常多的抽屜與櫃子，全部都放著配件類的物品：像是各種度數的眼鏡、不同長度的皮帶、各種大小的鞋子，以及一整個小空間的數十款手錶，從夜市賣的兩百塊電子錶到勞力士都有。看完這區，余思蘋往下一個房間前進。

「『特務工作房』。」想像力豐富的她，立刻如此取名。乍看之下，這裡應該是一間書房；但若仔細瞧，就能發現許多異常之處。例如，在牆上掛著一張地圖，上面貼著各式各樣的小紙條，寫著各種人名、數字；除此之外，還有一個放著數本嶄新空白護照的小抽屜；一旁的書櫃裡，擺著不同功能的工具書，有的是教人園藝，有的則是教人開飛機。余思蘋離開這間書房時，嘴角不知不覺帶上了淺淺弧度。

然後，她來到最後一間房間。

這裡看起來像是倉庫——雖然說是倉庫，同樣也保養得一塵不染；在這間房間內放置著一些暫時用不到的家具，或是一些看不出意義的收藏品。余思蘋一下子就注意到，位於角落的某個人偶。那個人偶胸膛有個大洞。

「好久不見了，安東尼。」余思蘋微微一笑，向人偶打了聲招呼。

安東尼當然沒有回話，後頭倒是有人出聲了。

「女士，若是準備好的話，樓下有早餐。」

余思蘋轉身，一個穿著燕尾服的身影站在門口，微微躬身。

「好的，感謝您。」余思蘋禮貌回應。

離開房間後，余思蘋從二樓走下。

圓形的樓梯，可以俯瞰底下的一樓大廳；余思蘋一眼就看見那個男人，正優雅地坐在座位上看書。

「早安。」皓修微微一笑，抬起頭：「昨晚睡得好嗎？」

「嗯，還可以吧。」余思蘋來到了一樓。

「不過，我沒想到妳這麼沒有戒心，第一次到別的男人家就直接睡著了。」皓修笑道，語氣中不無挖苦。

「怎麼，你對我做了什麼骯髒的事嗎？」余思蘋檢查起自己的衣服。雖然她這動作明顯慢了幾百拍，皓修仍然被弄得尷尬起來。

「我只是開玩笑的，我怎麼可能有那種唐突的舉動？」他闔上手中的書，連忙想解釋。

「沒種。」余思蘋淡淡說著，隨即轉身離開客廳。

「我就說吧，我真的是紳士……等等，妳說什麼？」皓修講到一半，愕然止住。余思蘋卻已經不理他，循著香味來到餐廳。桌上，那名穿著燕尾服的管家，已經擺了好幾盤豐盛的美食。

「女士，請就坐。」老管家引導余思蘋入座。

「這是要給我的早餐嗎？」余思蘋睜大眼睛，她並沒有太多吃高級料理的經驗，少少幾次都是顏子豪帶她去的，但她仍能判斷出桌上那一盤又一盤早餐，絕對媲美任何一家高級餐廳的精緻早餐。

「是的，老爺不喜歡吃早餐，這是為您準備的份。」老管恭敬說道：「希望能合胃口。」雖然他的視力極度衰退，但動作靈敏程度完全不輸五星級大廚，一下子就擺盤完畢。

香氣誘人，讓人心情大好的早晨。余思蘋瞄了瞄後頭，看見皓修還在因為一大早氣勢受挫而沮喪，悶悶不樂看著書。

「他以前從來沒有帶人來吃過早餐？」她若無其事地問。

「這是第一次。」老管家說著，語氣和藹、欣喜。

「是嗎？」余思蘋點點頭。

「笑什麼？」皓修忍不住看了女子一眼。

「我沒有在笑。」余思蘋冷冷否決，伸手拿取餐刀與叉子。

「是嗎？」皓修聳聳肩，「睡到這麼晚才起來，的確不該笑。」

「……我平常都很早起的。」余思蘋握住了刀叉。

「該不會是依戀我躺過的床所以才賴床吧，哈哈哈。」皓修哈哈大笑。

「這點我承認。」

「……」皓修動作一僵，張了張嘴，卻發現不管接什麼話都頗奇怪，只好又閉上嘴，重新翻開書。

一開始，余思蘋臉上還帶著扳回一城的得意，卻發現自己似乎惹火上身，立刻用餐刀開始切起培根。

兩人不發一語，一時間只剩翻書與刀叉刮過餐盤的聲響。老管家看著隔空喊話的這對男女，不禁微笑。

「女士……不，夫人，老爺其實比妳早起二十分鐘而已。」他俯下身，在余思蘋耳邊低聲說道：「但他至少花了十五分鐘在擺姿勢——老爺顯然覺得，他看書的模樣是最優雅的姿態呢。」

「……」余思蘋一愣，忍不住哈哈笑了起來。

她笑得非常開心，也不知是因為老管家的話，還是那個「夫人」。

「……妳笑什麼？」皓修眉毛一挑，狐疑地看著對面的兩人。

「啟秉老爺，沒事。」老管家表情不變。

「報告老爺，沒事。」余思蘋笑著，將切得整整齊齊的培根放入嘴中。皓修心中暗暗嘀咕，怎麼感覺那忠心耿耿的老管家胳膊往外彎了？

「那麼，請問老爺……今天要去哪裡呢？」余思蘋笑吟吟地問道。

「啊？什麼要去哪裡？」皓修一愣，還沒跟上對方的思路。

「約會呀。」余思蘋淡淡說道：「我們不是在交往嗎？」

「咦？嗯……約會？」皓修一窘，連忙點點頭，瞬間站起：「嗯，對……我們的確……嗯，其實，我想到一個不錯的地方……」

「哪裡？」

「那裡是——」

「……動物園？」余思蘋看著眼前的入口。

是的，皓修所想到的約會地點便是市立動物園。

平日的動物園人不多，即使如此還是花了一點時間才排到剪票口。他惴惴不安地看著余思蘋，深怕她不喜歡這個他所想出的「約會地點」。他顯然是多慮了。

「不喜歡嗎？」

「還可以。」

余思蘋並不會討厭動物園；相反地，她還挺喜歡這種地方。這裡人潮雖然頗多，但主要觀賞、互動的對象都是動物，對無法與人正常相處的她剛剛好——更何況，她可忘不了稍早在逛皓修書房的時候，看到那些手寫了整整數頁、有關於動物園的筆記。

兩人悠閒逛著動物園，氣氛不錯，余思蘋也似乎逛得很投入。

但，皓修卻覺得……始終缺了什麼。

「來玩吧，一問一答的遊戲。」他提議。

余思蘋瞥了他一眼，微微頷首。

「妳有來過動物園嗎？」皓修問道。

「當然有。」余思蘋嗯了一聲：「而且很多次。」

「咦？」皓修愕然，這問題他本來只是想當作破題暖場用的，沒想到對方卻給了出乎意料的回答。

「我喜歡一個人到處走走──要不就是人別太多的地方，要不就是人不是重點的地方。」余思蘋說道：「像是畫展、書法展、音樂會，或是這裡。」

「妳分得出那些動物嗎？」皓修問，一邊指向櫥窗。玻璃後一片冰天雪地，一群企鵝游泳的游泳，在冰上發呆的發呆，胖呆的模樣煞是可愛。

「你分得出來嗎？」余思蘋冷淡地看他一眼。

「當然分不出來。」皓修有點尷尬：「我只是想說，既然你分不出人類，搞不好可以分辨動物……類似特殊超能力……」

「換我問你。」余思蘋沒理會對方的中二，反問了一樣的問題：「那你有來過動物園嗎？」

「當然有，讓我記憶深刻。」

「什麼意思？」

「你能想像我一睜開眼睛，滿嘴都是尤加利葉的滋味嗎？」皓修苦笑。

「你當過無尾熊？」余思蘋睜大眼睛，差點笑出聲來。

「是。」皓修無奈：「尤加利葉裡帶有特殊的麻醉性物質，吃了就會昏昏沉沉，這也是為什麼無尾熊一天有二十小時都在睡覺的原因……」隨便換算，他那七天裡有六天都在睡覺，也算是走得安詳吧。

余思蘋一想像皓修曾經趴在樹上整整一週的模樣，還是覺得很好笑。

就在這時，一群風風火火、大聲嚷嚷的小孩子急奔而過，直接撞在他們身上。

皓修連忙扶住余思蘋，忍不住咒罵，「無論到哪都有死小孩耶？」

余思蘋穩了穩身子，這才重新站好。她本來就是身形纖細的女子，那站立不穩的模樣讓皓修有點心疼。突然，他福至心靈地伸出手。

「人很多，別走散了。」皓修道。

余思蘋抬頭，眼角出現了笑紋，也伸出了手。兩人就這麼一直逛著動物園；其中一個人做了好幾天功課，另一個則是逛了好幾十遍，他們就像是進出自家花園般地閒逛著。這過程裡，一問一答的節奏從來沒停過。

動物園的美食餐廳裡，皓修點了一杯拿鐵，余思蘋則喝著一杯卡布奇諾。皓修喝了一口，臉色當場難看起來；動物園的咖啡比外頭貴了快一倍，反而很難喝。

他吐了吐舌頭，勉強忽視被凌虐的味蕾，問對面的余思蘋。「所以，臉盲症看出去的世界，究竟長得怎樣？」

「你能分得出那幾隻企鵝誰是誰嗎？」余思蘋沒有任何思索地回答，顯然已經準備好這答案很久了。

「不行。」皓修誠實地說道。

「差不多就是這種感覺。」余思蘋笑了笑：「對你們來說，可以很自然而然分辨的特徵，對我來說全都是雜訊。」皓修心想，對余思蘋來講，這餐廳裡超過三十名客人應該都是一團團馬賽克吧？除了自己，呵呵。

「你對之前的自己，真的一點印象都沒有嗎？」換余思蘋發問。

「完全沒有，大概是因為撞到腦袋的關係吧，我什麼也不記得。」皓修說著，又補充了一句：「但我有參加自己的葬禮，那是我參與的第一場葬禮。」這種感覺還挺奇怪的，高談闊論著有關自己的生死……

「有想起什麼嗎？」

「依然沒有。」皓修搖搖頭，他便是在那時遇到死神，並選擇接受交易。

「然後你就開始旅行了？」

「沒錯。」皓修輕輕一拍手，隨即問道：「妳的臉盲症是天生的嗎？」

「不是。」余思蘋頓了頓才回答：「我一直到國小六年級時都還很正常，是後來遇到一場意外才變成這樣。」

「意外？」皓修注意到余思蘋的眉頭微微皺起，立刻伸出手握住對方：「算了，這問題到這邊就好。」

余思蘋感受對方的溫度透過厚實的手掌傳來，呼吸漸漸平緩下來。

「比老人的手好握呢。」她喃喃說道。

「我之後會盡量選一些好握的手當作附身對象。」皓修用力點頭。

「……也不必這樣。」

接下來又再次換余思蘋發問——這個問題，從她知道皓修的交易開始就一直想問了，「你每次旅行到不同的身體時，會繼承他們的記憶嗎？」

「不會。一開始我覺得這樣很不方便，因為這代表我每隔七天都得重新摸索，憑藉著自己的經驗來應對不同人生。」皓修道，這答案他顯然也準備許久，回答得非常流利：「不過後來等我習慣旅行後，我便察覺到，也許不繼承他們的記憶，對我來說才是最好的選擇。」

余思蘋張了張嘴，卻沒把「為什麼」問出口。皓修笑了笑，感激對方的體貼。原因其實很簡單——繼承了記憶，就很難不繼承情感；想安然度過一次又一次旅行，需要的不是激烈如火的情感，而是冷靜沉著的經驗。

「那麼……妳發生了那場意外後，才因此有了臉盲症？是因為在意外中受的傷嗎？」換皓修提出問題，這也是他最關心的問題之一，造成余思蘋臉盲症的根源，也許就是她能認得自己的原因。

「與其說是因為意外受傷，不如說是為了治傷才……」余思蘋蹙眉。

「看起來，應該是當初受的傷，讓妳大腦裡掌管視覺的部分出了問題。」皓修愈思考愈投入：「嗯，之前看妳頭側的疤痕至少有十多年了，應該是動過開腦手術……應該是有什麼異物刺入所以才需要取出；以那個年代的技術來講，能成功開腦應該是技術很好的醫生吧？要繞開複雜的顱內微血管，避免傷到重要的腦區，這可是……」

「你怎麼知道得這麼清楚，你何時看到我的疤痕了？」余思蘋冷冷打斷對方的思考。

「我趁妳睡覺的時候研究了很久……」皓修不經意地說著，隨即發現自己說錯話，連忙改口：「咳咳，又換我問問題了！」

「你是變態嗎？」余思蘋投以犀利的眼光。

「不能怪我啊！誰叫妳睡著的樣子這麼可愛……」

「……」余思蘋一愣，臉隨即一紅。

「……」皓修也意識到自己說溜嘴，再次住嘴。

兩人扭扭捏捏，紛紛喝起自己的飲料。

「……換你問了。」

「好。」皓修輕咳一聲，強忍下拿鐵帶給他的傷害，這才問道：「我想知道，妳現在口中的爸、媽，其實應該是妳的養父、養母吧？」

「你發現了？」余思蘋有點訝異。這雖然不是什麼祕密，但她並沒有跟其他人講過，顏子豪也是透過調查才知道的。

「之前去醫院找妳時，醫生稱呼他們時，用的姓氏並不是『余』。」皓修道。

醫院裡的人，似乎稱呼余爸為別的姓氏。當時皓修聽得不是很清楚，但隱約中似乎聽見了類似「王」的發音，再聯想到余思蘋提過年幼時遇過的意外……

余思蘋沉默一會，她注意到直至此時皓修依然緊握著她的手，心裡也踏實了一些。

「我之前跟你說過，我的親生父母很早就離開我了，對吧？」

「當然記得。」皓修立刻想起教室外的那場爭執，不禁有點尷尬。

「那是真的，那場意外……那場車禍帶走了他們。」余思蘋輕聲說道：「而我也因此受到重傷。」

所有不幸的事情，似乎都集中在那個雨夜。

那時的余思蘋國小剛畢業、國中新學期正要展開，父母面臨離婚；那一次，本該是他們全家人最後一次聚餐，最後卻遇上車禍。

余思蘋是車上唯一活下的人，但碎片插入她的腦袋，讓她陷入瀕死狀態。

不移除碎片必死無疑，但開刀取出碎片，生存率也不超過百分之五。

「手術成功，我活下來了。但也因為如此，才會留下了疤痕、留下了臉盲的病症……」余思蘋伸手輕輕撫摸自己頭側的疤痕，「留下了被稱為『蜈蚣怪』的黑歷史。」

「……真難聽。」皓修想到了吳雅萍的嘴臉，不禁憤慨起來：「妳這麼漂亮，好歹稱呼妳是狐狸精之類吧？」

「你覺得這樣的稱呼我會比較開心嗎？」

「對不起，我詞彙量太少。」皓修露出苦瓜臉。

余思蘋想起澎湖的那一切，想起來自國中舊識的尖銳諷刺——那酸楚仍舊清晰。但因為掌心傳來的溫暖，而漸漸被稀釋了，余思蘋心中不由得釋然。

「反正，她也僅是我生命中的過客而已。」她灑脫地說道。

現在的她，擁有著關愛她的養父、養母；而她的面前，可能是她這輩子第一個、也是最後一個男人正牽著自己。一切都很美好，還有什麼好痛的呢？

就在這一瞬間，她想到什麼。

「對了，你戒指還沒還我耶。」她瞪向皓修。

「妳跟顏子豪是什麼關係？」皓修快速轉移話題。

「普通人與人的關係。」

「是普通人與普通人的關係，還是普通的人與人關係？」皓修鍥而不捨。

「他追了我兩年——不過他們顏家似乎認識養父、養母，已經持續送禮非常多年了。」余思蘋想了想，突然露出思考的神情：「這麼說起來，好像在我被認養後，顏家那位叫顏龍的長輩也開始送禮……」

「你該不會是顏家的獨生女……或是什麼遠房親戚之類吧？」

「當然不是，我親生父母和顏家一點關係都沒有。」余思蘋道：「顏子豪也確認過了，他比我還擔心這點呢。」

「擔心？他有什麼好擔心的？他幹麼擔心？」皓修碎碎念：「就算你們不是失散多年的親兄妹那又怎樣……」

余思蘋愣了一下，隨即恍然大悟。

「你在吃醋？」她的嘴角狡詐地揚起。

「吃醋？我有什麼好吃醋的？我幹麼吃醋？他甚至連你前男友都算不上呢，難道妳是他的前女友？還是他的前男友？哈？」

「誰知道呢。」余思蘋笑了笑，將剩下的卡布奇諾一口氣喝完。

「……」皓修恨得牙癢癢的。

「換我問你了。」余思蘋話鋒一轉，凝視著皓修：「你交過幾個女朋友？」

「我怎麼可能交女友。」皓修沒好氣的說。

「我指的是，你不停替換身體時，裡頭有多少具身體……有女朋友？」

「……」皓修傻眼：「妳要計較這個？」

「計較？我有什麼好計較的？我幹麼計較？」

「……」皓修覺得，對方絕對是挑釁界的天才。

「所以，給我數字。」余思蘋依然笑著。

「數字不重要。」換皓修拚命聳肩，「過去不重要，重要的是現在。」

「既然不重要，你可以放心地告訴我。」余思蘋笑了笑：「啊，對了，那數字請加上老婆。」

「……」皓修只能慢吞吞地開始算起：「大概……一……二……」

「兩個？」余思蘋冷笑：「我沒那麼好唬，是二十個吧？記得加老婆。」

「加上老婆的話不只。」

「不只？」

漸漸地，余思蘋不笑了。

「一百……四十……四十……八」

「一百四十八？」余思蘋的笑容完全消失了。

「沒這麼多。」

「那是？」

「一百四十，吧。」

「……」接下來一直到離開動物園，余思蘋沒有跟皓修講過任何一個字。

皓修差點忘記，余思蘋是個生氣起來非常可怕的女子。

若要問這對情侶，他們是何時喜歡上對方的，他們的答案自然不盡相同。

皓修會說，他是在第一次旅行到５０３教室時對余思蘋一見鍾情開始。余思蘋會回答，大概是在逛完動物園後，她發現自己一顆心完全牽在對方身上時，才算是大局底定。

——恐怕要再過一段時間，這對情侶才會發現正確的答案超乎他們想像。

那麼，若要問皓修與余思蘋何時開始「正式」交往……

皓修可能會說，是從綠園道那次會面，余思蘋抱著柴犬、笑中帶淚地點頭時。余思蘋可能會說，大概是從醫院屋頂上的那一吻開始——畢竟如果不這麼解釋，自己所做的一切就太超過了。

豪宅內的老管家可能會說，是那一天自家老爺吩咐他——

「今晚，準備兩人份的餐點還有餐具吧。」皓修說著——就是這一刻，老管家幾乎感動落淚。

一個小時前，余思蘋的家中，二樓再次乒乒乓乓吵了起來。

「……果然是交男朋友了。」余媽哼哼，又是喜悅又是擔憂。

「……」余爸誠實多了，只有憤怒。

他伸手從冰桶裡夾起冰塊，顫抖著往酒杯中移動。

今天，他們戴著兩副沒有度數的綠、紅鏡框。

「你夠了喔，孩子幸福你不開心嗎？」余媽翻了翻白眼。

「那些男人動什麼歪腦筋，妳會不懂嗎？」余爸重重哼了一聲：「除了我們家的那個，幾乎都壞心眼。」

「我們家那個，已經是萬裡挑一的，你不能希望每個男生都跟他一樣啊。」余媽嘆氣。

「況且，又還不確定她交男朋友了。」余爸夾子中的冰塊抖著、抖著。

就在此時，余思蘋臭著一張臉衝下樓。

還是她一貫的樸素穿著。

「又找不到衣服換了？」余爸余媽互看一眼，有默契地閃過同一個念頭。

「這麼重要的晚餐，我竟然找不到衣服換……」果然，余思蘋一邊懊惱地碎碎念，一邊衝到門口：「沒想到要聽他的，竟然要聽他的……真是丟臉……可惡……」她順手撈起門口鑰匙。

余爸輕咳一聲，吸引了養女的注意。

「思蘋啊，有時間的話帶男朋友回家吃個飯。」他心情複雜地說道。

「沒問題。」余思蘋笑笑，隨即推門出去。門關上。

「沒問題……沒問題啊……」余爸呆呆愣愣，冰塊無力墜入酒中。

余媽深表同情地拍了拍老伴的背。她看著關上的門，聽著汽車發動、遠去的聲響，慈愛地一笑。

遠去的余思蘋根本沒心思去體會養父母複雜的心境。

她現在的心中只有一個單純的念頭——緊張。爆炸般的緊張！

她想都沒想過，自己第一次如此鄭重的化妝，竟然是由一個男人幫忙完成。

「連心瑀都沒辦法幫我化妝……」

余思蘋動也不敢動，任由皓修在她臉上施工。

「別亂動，很快就好了。」皓修無奈，一面飛快用各式各樣的小工具，替眼前的美人化妝。

余思蘋的五官精緻，整體組合起來極為清秀；略施脂粉便瞬間美得驚人，皓修東修西抹，最後再用眉筆細心地勾勒、勾勒、再勾勒……

「完成了，這下子簡直就是……就是……」皓修滿意地說著，欣賞著自己的「作品」同時，卻慢慢沉默下來。

剛剛的他，是創作之中的藝術家，就有如身處聖人模式，心無旁鶩地只想完成工作。但現在，當他能夠以旁觀者的角度審視余思蘋後，卻幾乎屏息。

此時的她，穿著一件寶藍色的禮服，衣服的設計看起來低調卻又高貴，完美揉合了時尚和傳統；無袖的設計露出曲線美好的香肩，小露的酥胸更添性感。

而她經過皓修巧手化妝的臉蛋，此時只能以絕豔來形容。

「怎樣……不好看嗎？」余思蘋有點不安。

「……美。」皓修過了幾秒才回神，用力一點頭：「很美。」

「是嗎？」余思蘋羞澀一笑。

「請。」皓修微微一笑，整理了一下自己的衣領，伸出一隻手。

雖然不懂什麼貴族禮儀，但也好歹看了一些電影，余思蘋伸手挽住男人的手臂，跟著他走下樓。

古典音樂悠揚，蠟燭點起，溫暖的光暈眩開整個空間。一男一女分別坐下後，隨即相視一笑。

男的俊女的美。不需要多說什麼。只有他們知道，這一刻他們等了多久。

而老管家慈祥地看著這一切，白茫茫的眼中似乎浮現了霧花。

只有他這個位置，只有他這個角度，也只有經歷了這十多年服侍生涯的他，才會有這樣的心境。

這是第一次，老爺的對面坐了人。

過去，那兩人都在等。

等待不知道是否存在的另一人，等待也許根本等不到的那個人。

一個，每隔七天就會變成陌生人。

一個，被迫把每個人都當成陌生人。

命運也許遺棄了他們，讓他們只能在人群的邊緣度日，漸漸放棄尋求自己的幸福。

但他們終究等到了對方。

他們終於完整了彼此。

「那你跟多少女人回到本壘過？」
「……妳確定要選在這時候破壞氣氛？」

## 18

503教室的傳說，靜靜地開始了。

每次上課時，都會有截然不同的旁聽生——有男有女、有老有少，有高有矮、有胖有瘦；來者五花八門，從潮流的穿著到慘不忍睹的品味，有人整身行頭數十萬台幣起跳，也有人從頭到腳加起來不超過兩百塊。

來自世界各地的遊客，也莫名地列入名單。某次甚至有個身上舖滿雜草、穿著迷彩服裝的外國男人出現。學生們當然躁動，而且很好奇。

但身為這堂課權力最大的老師，余思蘋無動於衷。就算今天進門的是個凶神惡煞的彪形大漢，只要他肯乖乖地坐到最後一排最後一個位置，她就會視若無睹。

說來奇特，這些來自五湖四海的旁聽生，也極有默契地保持秩序，每次一進到教室就自動往專屬的位置前進，從來不會替其他人製造麻煩。既然老師沒意見，學生們也就漸漸習慣；久而久之，期待下一堂課會出現怎樣的旁聽生，成了這門課程的另類樂趣。

課堂上，老師講課，學生聽課。奇特的旁聽生也在聽課。上課中，余思蘋需要與學生互動時，從來不會點名這位旁聽生；旁聽生不會主動發言，也不跟其他學生互動；就算有人鼓起勇氣向他們搭話，他們頂多禮貌地點點頭，但從不會多進一步互動。

於是有學生暗暗猜測，也許余思蘋是什麼名門千金大小姐，她那有錢的父母親特別花錢聘個旁聽生前來上課，為的就是給女兒一個愛的鼓勵。又或者，其實來這堂課的旁聽生都是「同一個人」，其真實身分是余思蘋那深藏不露的師傅——類似某種世外高人，被多國通緝，擅長易容、化妝、縮骨功等小說中才會出現的技能，只為了定期來見自己愛徒一面……諸如此類想像力豐富的推想。

但是他們自然猜不到，所謂的真相竟然比任何猜想都離奇。旁聽生的真實身分，是一個與死神做了交易的旅人。這位旅人，每隔七天就會換一具不同的身體；每次開局身分不同、地點不同，擁有的人生也不同。在不久之前，這位旅人與這堂課的講師開始交往——是的，真相就是這麼扯。

那麼問題來了，每隔七天就會換一次身體的旅人，要怎麼跟同一個人維繫長久的關係呢？

首先，他們得要有一個有共識的起點。這個起點就是503教室。

今天這堂課的主題，是「情侶交往時必須注意的十件事」。

問題問得很廣泛，回答也不限，只要老師覺得實用，學期總成績加一分。這麼好康的事情，加上題目本身能勾起年輕人的興趣，大家很踴躍作答。

本來余思蘋是完全讓學生們自由發揮，但沒過五分鐘大家就歪樓得可怕，只能立刻加上多條規則，才抑制住愈來愈邪惡的答案。

「一定要他帶我逛花海，油桐花海好美喔！」一個滿腦子浪漫思想的小公主滿眼星星。

「要注意對方除了你之外有沒有其他女人。」一個陰沉的同學，似乎想起什麼悲傷往事，表情哀傷。

「或男人。」另一位女同學沉痛附和。

「雙方的家長合不合拍很重要，談戀愛也許只是兩人的事，但要結婚就是兩個家庭的事了。」

比較成熟的學生提出這樣的意見。

「我要他在馬祖的藍眼淚裡向我告白！」又是小公主。

「願不願意為對方改變也很重要。」

「ＡＡ制，絕對要ＡＡ制，我才不想養公主。」

「哼，就是有你這種小氣的男人，你以為女生真的在乎那一點小錢嗎？我們注重的是當下的氣氛、氣氛，懂嗎？」小公主大聲。

「公主病就公主病，這世上一堆不是公主的女生卻有這種病，好可憐。」一個男生嘀咕。

「唉，這點我倒是贊同公主病，男生要大男人一點，計較那點小錢做啥？」另一個男生聲援小公主。

「你看！」小公主得意洋洋，臉色隨即一變：「你說誰是公主病啊！」

「這年代還有這種大男人主義喔？沙文豬！」

「你們真是吵死了……」看不下去的另一個同學舉手發言：「如果要問我情侶間之要注意什麼，我覺得最重要的是『互相』吧，感情裡只有願意經營的雙方，才能讓一段感情持久。」

「你講得好有感觸喔？交往多久了？」

「母胎單身，二十二年。」那男生悲壯地道：「預計直衝魔法師。」

其他人投以同情目光，然後意見繼續紛飛。

「一天至少要通三次電話——說早安、午安、晚安。」

「對方存摺的密碼。」

「認識雙方的交友圈很重要——我會把他帶去見所有好友。」

「……」

聽著來自學生們的意見，余思蘋認真地做著筆記。也不管這些答案實用不實用，統統抄下來再說。一邊抄，她一邊看向旁聽生的座位。

這週的旁聽生，是個一頭紅髮的前衛青年，身上刺著「玩世不恭」的刺青，看起來很像是會半夜騎著改裝車到處吆喝，七天後直接自撞路燈掰掰的小混混。但，無論這具身體過往有什麼逞凶鬥狠的事蹟，此刻只能緊張地吞了吞口水。

「放心吧，那群小鬼的意見大部分我都不打算採用。」

「非常感謝，不過我不明白妳為何會採用『這個意見』。」

「我覺得這很重要。」

按照余思蘋所述，所謂「很重要的意見」，指的便是帶男友見朋友。幸運地、或者說不幸運地，余思蘋與皓修能被稱為「朋友」的數量，加起來一隻手就能數完——而且都是余思蘋的。

這麼多年來皓修識人無數，在社會中累積大量隱形的人脈。但理所當然地，他並沒有任何實質的朋友。而現在，他們便要來會一會女方的朋友。

「妳確定要約這？」

「這裡很好，讓我感到安心。」

皓修只能苦笑著走進眼前的診所。

這位余思蘋的朋友，自然便是與她私交甚篤的女人——劉心瑀了。診所內，舒適宜人的空調、溫和的水晶音樂、讓人放鬆的色調，全部都是為讓來這邊會診的患者，能有最自在的待遇。也因此，這位女醫師此刻表情複雜地看著眼前的兩人：一個心理師，兩個患者——患者還是一男一女，這是什麼修復夫妻關係的會診嗎？

「我就不吐槽通常這種聚會，不是應該選個餐廳什麼的。」劉心瑀嘆了口氣，決定由她來破題：「我比較好奇的是……」她把目光投向皓修。

「思蘋，妳男友的打扮是怎麼回事？」

「……」皓修報以無奈的聳肩。

難怪她會問。

此刻的皓修頭上戴牛皮紙袋，喉嚨裝著變聲器，完全不像是正常人。對此，余思蘋有很好的解釋。

「那是辨識物。」她神色淡定地解釋。

「原來如此，用這些突出的打扮當成方便妳辨認的特徵，的確是不錯的選擇。」劉心瑀點點頭：「畢竟，不是每個人都有勇氣以這副模樣在街上亂跑，妳認錯男友的機率很低。」

「我才不會認錯他。」余思蘋咕噥。

不過如果真的把這段話說出來，就和皓修做這副打扮的用意背道而馳，所以她只是小聲碎嘴。

「……」皓修則是欲哭無淚。
他當然反對這樣的裝扮，但他每七天就會換一次身體，這份特殊性讓他註定沒辦法與其他人有「正常的連結」；若要滿足余思蘋想介紹自己男友的願望，當然只能想個方法矇混過關。
不得已，他只能接受「變裝」這個下下之策。每次只要挑差不多身高、體型的身體，然後都挑男性，就算之後不小心在哪遇到劉心瑀，也有轉圜的空間。
皓修心知肚明，他現在享有的彈性地帶，是死神睜一隻眼閉一隻眼的結果。
劉心瑀看著皓修。
「其實進了這診所，你可以用你真實的面貌來面對我，我畢竟是有執照的心理師，基本的保密原則是會遵守的。」說到這，她話鋒一轉：「還是你有見不得人的地方……你是通緝犯嗎？」
「因為一些理由，我不太能拋頭露面，但我保證那不是什麼不好的理由。」皓修說著，心中不免嘀咕——自己這模樣比起什麼兇手，還更像被害人吧。
「真是神祕兮兮。」劉心瑀忍不住扶額：「不過也對，這樣怪裡怪氣的關係反而適合妳。」
「謝謝。」余思蘋噗哧一笑，竟然有些靦腆。
「哈哈。」皓修也有點不好意思，抓了抓牛皮紙袋。
「你笑什麼？」余思蘋立刻瞄了皓修一眼。
「妳不是也在笑？」
「我可以笑，你不能笑。」
「……未免太霸道了，我只是覺得劉心理師說的話很有趣呀。」皓修一攤手：「妳看，不只是我覺得妳怪裡怪氣。」

「既然你跟她這麼有默契，你為什麼不坐過去？」
「唉呦，又吃醋了？」
「第一，我沒有吃醋；第二，為什麼要加『又』？」
「因為妳很愛吃醋？」
「收起你莫名其妙的想像，那對我而言是一種莫大恥辱。」
見這兩人開始針鋒相對地吵起來，劉心瑀瞇起眼睛……嘖，真是刺眼。自己好友那副嗔怒的模樣，她從來沒有見過。她在撒嬌。天下無敵冷淡的余思蘋，也許自己都沒發現，但的確正在向男友撒嬌。
「真是無趣，我本來還以為妳是不是有什麼陰謀或是詭計呢。」劉心瑀又嘆了口氣，人往椅背靠去。
「什麼？」余思蘋一愣，立刻從與皓修的爭執中脫身。
「我聽到妳說要帶男友來，我想過很多種可能性——像是妳為了擺脫顏子豪，所以花錢請來臨時演員；又或者是為了避免老爸老媽擔心，所以直接上網徵了個無關緊要的男人來當妳一日男友之類。」劉心瑀一臉興致缺缺：「嘖，結果竟然是真的陷入熱戀，真是無趣。」
「……」皓修無言，這什麼天下第一損友。
「我可是付了兩小時的會診費，請妳盡責。」余思蘋瞪著好友。
「是是是……」劉心瑀懶洋洋地說道：「好，那麼接下來請告訴我，你們誰比較愛對方呢？」
「她比較愛我。」「他比較愛我。」
「……妳好意思。」「……你才厚臉皮。」

「……」劉心瑀發出痛苦的呻吟。

這之後，會診繼續。說是會診，其實更像是聊天；大部分時候都是余思蘋在說，劉心瑀給予回應，皓修偶爾插個嘴；一向給人淡漠、不多話印象的余思蘋，此刻卻像是健談的孩子，兩眼發光地對好友訴說這段時間的種種經歷。

談話內容大部分都和皓修有關：他們去了哪裡、他們吃了什麼、他們看了什麼風景。皓修做了什麼，說了什麼，或是忘了做什麼。思蘋自己做了什麼，說了什麼，改變了什麼。

點點滴滴，滴滴點點。一開始，作為旁聽者的皓修當然有點不好意思；但隨著時間過去，他注視余思蘋的眼神也漸漸柔和起來。他能從余思蘋的語氣中感受得到，她和劉心瑀之間，無論是作為醫生和患者的診療關係，還是作為長久以來互相陪伴的好友，都有非常深厚的感情。也許，多年來余思蘋能在模糊的世界堅持前進，這位好友功不可沒。至於劉心瑀，她一邊聽，心中一邊也給了皓修愈來愈高的評價。

「能夠馴服這倔強丫頭的，果然不是泛泛之輩。」劉心瑀思忖。

會診結束後，余思蘋先離開診所去開車。皓修本來要跟著下樓，但劉心瑀出聲喚住了他。

「我有些事情想問你。」

此時，這位心理醫師的眼神已經沒有剛剛會診時的散漫，而是精明地閃爍。

皓修立刻警戒。這個女性雖然有胡搞瞎搞的一面，但同時也有極強的洞察力，若是一不小心被她發現什麼端倪……

「別那麼緊張。」劉心瑀笑了：「還是說，你有緊張的理由？」

「例如呢？」皓修不置可否地哼了一聲，把球拋給對方。

「我就把醜話說在前頭吧。」劉心瑀淡淡說道：「身為思蘋的心理師，我有義務阻止可能傷害我病患的因子接近她；而身為思蘋的好友，我則是非常希望她得到幸福。」言下之意很清楚：我不知道你是否能夠達標？皓修不禁皺眉，明明剛剛會診時氣氛還很融洽，怎麼一下子就風雲變色了？

「妳覺得，我會傷害她？」他問。

「我注意到，你的談吐非常優雅，見識也極為廣闊；剛剛我用了至少三國方言講述了一些諺語，你也能立即做出反應。」劉心瑀視線淡淡一掃：「而你這一身上下大約三十五萬台幣的衣裝，用的都是低調卻貴重的手工品牌——這代表你有一定的財力。」

「哦？」皓修微微一笑，心裡卻也不由得訝異，這女的果然不簡單。

「而且我剛剛提到許多醫學上的專有名詞，你也都懂——要不就是你本身具備這樣的專業，要不就是你為了思蘋做了許多功課。」劉心瑀慢慢說道：「不過，像你這樣優秀的人，要不就是來自金字塔頂端，要不就是來自某些複雜的環境。」

「妳覺得我有很複雜的背景？」皓修沉吟。

某方面對方說對了，自己在無數次旅行中的確累積了各式各樣的勢力。

「我只在意你是否會傷到思蘋。」劉心瑀平靜地說出她的重點：「別忘了，我讀了很久的心理學，我看得出你有很多祕密。」

「……」皓修默然。

他並沒有在第一時間鐵口直斷回答「我絕對不會傷害她」。他知道，對於劉心瑀這種女人，單純的口頭承諾是沒有意義的。

「大部的人都有祕密——有些祕密很驚人，有些祕密無傷大雅。」劉心瑀見皓修不答話，索性往下說：「我能感覺得出來，你是一個有很多祕密的人。而你之所以會選擇余思蘋，大概是因為你覺得她能接受你絕大部分的祕密，對吧？」

「……」皓修一震，這猜測不只精準，還命中了現實。

「但，你一定有尚未老實告訴她的地方。」劉心瑀繼續說著：「這才是我在意的點。」剛剛，劉心瑀可是用旁觀者的位置，仔細地從頭看到尾。余思蘋深陷熱戀可能沒查覺到，但她看得出皓修有事在隱瞞余思蘋。

「好不容易她才從阿尼姆斯的情節中脫離，我可不希望她又陷入新的牢籠……」劉心瑀哼了一聲。

「……」皓修再次沉默好一會，才緩緩開口：「我絕對不會傷害她。」

「我很想相信你。」劉心瑀嘆了一口氣：「但是有些時候，擅自認定自己的行為是在保護對方，其實也是一種傷害。」

「那妳希望我怎麼做？」皓修問。

「我不清楚你們的關係是建立在什麼基礎上，但以思蘋的個性來看……」劉心瑀淡然：「其中必定包含『坦承』吧。」

的確。臉盲症的祕密與旅行的祕密，都曾是讓他們在世間舉步維艱的枷鎖。但，當這對男女在接觸對方最深的祕密後，依然選擇了彼此。在釋放彼此之餘，他們也救贖了彼此。劉心瑀看著若有所思的浩修，知道他聽進去了，也稍微放鬆了一些。

「思蘋沒有你想像的那麼脆弱，既然你是她的男友……」她說著：「那麼，你可以盡情地依靠她。」

皓修總算想起，余思蘋雖然古靈精怪，但畢竟也是很有能力的傢伙。

能和她深交的朋友，怎麼會是泛泛之輩？

# 19

一趟又一趟的旅行過去了。一次又一次的相處飛逝著。愛情滋長了，感情也增溫了。正常情侶會做的事，皓修與余思蘋都會做。正常情侶不會做的事，皓修與余思蘋也會嘗試。

像是當皓修附身到女性身體時，余思蘋會玩性大發，拉著她一起化妝、購物、買衣服，然後一起換穿各式各樣的華麗服裝；或是當皓修成為大飯店的廚師時，趁著深夜偷偷帶余思蘋進入廚房，然後胡搞瞎搞做出一大堆余氏暗黑料理——當然，他沒忘記事後捐一筆鉅款給這間飯店，以彌補他們的食材損失。

若一不小心，皓修成為了學校老師……那就可以看到余思蘋坐在底下學生座位中，用促狹的表情看著自己的男友狼狽地教大家念唐詩三百首；甚至有一次，皓修被迫擔任政府的重要機關門口警衛，余思蘋在半天內故意經過好幾次，然後試圖逗他笑。

也有的時候，兩人會前往在那間熟悉的咖啡館，向調皮的大學工讀生點杯飲料，各自挑了不同的座位做著自己的事。就這樣度過一天，卻也甘之如飴。偶爾，兩人剛好一起抬起頭。那瞬間眼神的交集，總能互放出溫柔的光。

如果說每一次的七天，皓修與余思蘋約好的「起點」都是訂在503教室……那麼同樣的，他們也必須要有一個有共識的收尾。這個收尾，便是「葬禮」。余思蘋終於參與了皓修旅行中最重要的一個環節。透過事先的安排，這些葬禮固定的不記名名額都增添為兩名。

「妳不一定要陪我來的。」

「我想陪。」

「妳不會覺得晦氣之類的嗎？」

「這世界上，有哪個女人有機會不斷參加男朋友的葬禮？」

「也對。」

皓修和余思蘋坐在葬禮的最後一排，進行著驚世駭俗的對話。看著前方哭哭啼啼的人們，余思蘋看得很專心。前七天的相處，她除了知道那具身體是木工外，其它幾乎一無所知。

「三十七歲，曾離過婚，後來孤身一人很久；他有自己的品牌，製作的家具品質非常好，但是並沒有正式上市，而是直接走熟客路線。」皓修輕聲解釋：「也因此來參加葬禮的，幾乎都是他以前的學生，或是一些固定的老客戶。」

他的眼神在一個又一個參與的賓客間移動，鎖定著每顆滾落的淚珠。那七天，在木工的身體中，讓皓修對他有了基礎的認識——也因此，他能感受的到這場葬禮雖然不隆重，卻比許多動輒百人的告別式更真誠。那一滴滴淚珠，全部都是真心的眼淚。

余思蘋看著皓修的側臉，突然開口：「你說過，你自己也不知道為什麼一直想參加前一具身體的葬禮，對吧？」
「對，直到現在我還搞不清楚。」皓修坦言，一面敲了敲自己的腦袋：「不過沒關係，反正我也沒什麼前世的記憶，就把這行為當作人死後神經電流尚未消逝前的肌肉反射吧。」
「『前世』這用詞正確嗎？」
「我活著時是什麼模樣，應該已經不重要了。」
「……」余思蘋沉吟。
皓修看她這副模樣，伸手握住她：「怎麼了？」
「你還是想不起自己的名字嗎？」余思蘋看著前方的那些人們，悄聲問道。
「想不起來。」皓修面不改色地撒了謊。
這部分，是死神默許他打擦邊球後唯一需要遵守的規則——無論如何，都不能向人透露自己的真實身分。在得到幸福的此時此刻，皓修絕對不敢再觸犯死神七規。余思蘋思忖良久，終於再次開口。
「我在思考一個可能性……」
就在這時，一個人影衝進了靈堂，就這麼伏在棺木前哇哇哭了起來。這突發狀況打斷了余思蘋的話。
仔細一瞧，那是一個年約三十的年輕人，此刻卻像個孩子般地痛哭。
「你怎麼可以這樣？為什麼先離開我了！」年輕人嚎啕大哭：「我們……我們不是約好了嗎？你怎麼就這樣不告而別！」四周人無一不嚇了一跳，但沒有上前阻止，畢竟他臉上的表情是如此心碎。

「他是誰？」余思蘋吃驚地問。

「……我不知道他是誰。」皓修喃喃說道，也很訝異。余思蘋一愣，立刻聽出男友話中含意。

皓修每次來到新身體後，都會摸清楚這具身體的人際圈，好為之後的七天生活作安排。他卻對眼前這崩潰痛哭的年輕人一點印象都沒有——也就是說，這突然冒出的年輕人，恐怕與棺木裡的男人有著藏在齒輪之外的某段故事吧？

「藏得真的很深呢。」皓修不禁感嘆，他很擅長在蛛絲馬跡間尋找線索，鮮少漏掉這種狀況。

「看起來，並不是每一段生命中的重要往事，都會記錄在觸手可及之處。」余思蘋若有所思：「有些人會把它們用密碼封印住，有些人會把它們放在上鎖的櫃子中，有些人則將它們藏在記憶深處……」

「妳呢？」皓修問：「妳把那些往事放在哪？那個戒指裡？」

余思蘋看了他一眼。「這是在試探我嗎？」

「沒有。」皓修果斷說道，隨即囁嚅著補充：「我只是覺得，會藏在戒指裡的故事，多少都有點……」

「又吃醋了？」余思蘋笑了。

「才沒有。」皓修忍不住抗議：「而且哪來的『又』？」

余思蘋笑而不語，只是靜靜地把頭靠在男人的肩膀上。對她而言，這是一種陌生的動作，卻讓她感到安心。一時之間，兩人都陷入沉默。一陣蕭瑟的風吹過，響起命運不捨的嗚咽聲。

良久。皓修開口。

「思蘋，妳覺得……」他問道。「人們，可以原諒多少次不告而別？」這問題，似乎觸動了余思蘋的心弦。

「我曾經以為自己的答案，會是永遠無法原諒。」她說道。

「後來呢？」

「後來我發現，當一個人真的深愛另一個人時……」余思蘋慢慢地說著：「就算對方做出你無法原諒的事，最後仍然會原諒他。」

「為什麼？」

「因為她分不清楚，究竟事先不知道自己會被留下的人，與提早知道自己得先走一步的人，哪個會比較心痛？」

「……」

聽見對方的話，皓修張了張嘴，欲言又止。卻終究沒有回答。

到底，哪一邊會比較痛？

# 20

曾經有個作家說過，這世界上的幸福就像沙漏。一邊滿了，另一邊就空了。

前些日子，一位傳奇人物離開了這世界。顏氏企業的龍頭——顏龍先生，與世長辭。這樣一位商場大佬，生前牽動著各大政商勢力，跺一跺腳能讓台灣震個幾下，過世時自然是其餘人馬最想巴結、表現心意的時刻，告別式上出現各種達官貴人都不意外。

不過，讓人意外的是，顏龍老先生的後事非常低調。地點隱密，時機點隱密，沒有大肆宣揚，出殯隊伍簡單，現場布置樸素，訃聞也只少量印發。

現場一個記者都沒有。來的，都是真正與顏龍老先生有深交的人物。余爸與余媽並非位高權重之人，但他們也收到了訃聞。

葬禮的盡頭，便是最後的告別。哀戚的氣氛中，向顏龍老先生做最後的致意後，他們遇到顏家年輕的商二代。

「你們來了。」顏子豪微微躬身。這陣子，這位年輕人瘦了許多，眼中光芒黯淡不少，卻更加成熟了些。

「顏老先生照顧我們家多年，我們一直很感激他。」余爸嘆息。

「爺爺有說過，這是他欠你們家的。」顏子豪說道：「他這輩子很少欠人情，所以對於你們，他一直念念不忘。」

「欠什麼呀？」余媽苦笑：「我的孩子只是盡了義務。」

「可惜的是，我無緣見到他。」顏子豪真誠地說道：「我也很想謝謝他當年幫助我爺爺度過的難關。」

「是呀，他是個好孩子。」余媽說著，眼中閃過淚光。余爸沒有說話，摟了摟妻子的肩膀，眼裡也有著驕傲的悲傷。顏子豪聽得出來，哪怕已經過了十五年，這對夫妻仍有無法忘懷的情感。不，應該說區區十五年，怎麼可能沖淡真正的痛苦？

「幸好有思蘋陪他們。」顏子豪心中默默想著，看向了不遠處。

那邊，人群的邊緣處，有一個他朝思暮想的身影。雖然是一身黑衣，但在他眼中依然是光采動人。不知是不是錯覺，他覺得余思蘋變得更漂亮了。

「是因為愛情的滋潤嗎？」顏子豪苦澀地想道。

注意到顏子豪的視線，余爸余媽互看一眼，卻沒有多說什麼。年輕一輩的兒女情長，他們這些做長輩的也不好多問。本來，余爸余媽要余思蘋別來，因為這個場合需要嚴肅的黑色系衣裝，也是他們唯一沒辦法配戴「辨識物」的地方，若她來這邊就好像身處完全陌生的環境。不過余思蘋表示，顏龍老先生照顧他們這麼多年，作為後生晚輩的她，情義上更該前來悼念。

——更何況，她並非真的孤身一人。

顏子豪走到余思蘋身邊，牽強地開口。

「……思蘋。」他說。

余思蘋愣了一下，隨即醒悟，雖然認不出對方，但這場合唯一會這樣向她打招呼的只有一個可能了。

「顏子豪。」她說道，禮貌地點點頭。

「聽說妳……」顏子豪張了張嘴，卻又吞回去。

失去爺爺，又失去暗戀的對象，此刻的他明顯憔悴許多；就算余思蘋無法分辨，也能聽出他語氣中的無力。

「心瑀應該跟你說了吧。」余思蘋說道。

「他……一定是個很棒的男人吧。」顏子豪點點頭。

「他棒不棒我不知道。」余思蘋說：「但，他一定是最幸運的男人。」

「是嗎？」顏子豪強笑。

「也希望你能幸福。」余思蘋認真地說。

「謝謝。」顏子豪深吸一口氣。

簡短的對話，卻已經把該說的都說清楚了。顏子豪知道，選擇了答應爺爺，自己沒什麼好埋怨的，所以不再多說什麼，轉身離去；他必須去應對那些來悼念的商業人士，這些都是經營家族企業的一部分，也是他選擇的道路。

余思蘋看著他的背影，若有所思。

「嗯，他很辛苦呢。」她身邊響起一個聲音。

「你差一點也會像他一樣呢。」余思蘋淡淡說道。

「但我就因為這一點，現在能繼續待在妳身邊。」皓修說。

「少臭美了。」余思蘋哼了一聲。他們並沒有面對面交談，所以就算旁人經過，也只會以為他們是在自言自語。

「沒想到，我竟然會陪妳來參加別人的告別式。」皓修看著現場，不禁覺得奇妙——這段時間，余思蘋陪他參加許多場葬禮，沒想到現在自己竟然有機會反過來陪對方。

與此同時，皓修正努力地探索內心的某種既視感——顏氏企業，真的很耳熟。這已經不是第一次有這種感覺了，莫非這個大企業真的與自己有所關聯？皓修突然想到某件事。

「……話說回來，你們只是普通人家，怎麼會跟這種大家族有關連？」

「和我無關，是和我的哥哥有關。」余思蘋說道。

「哥哥？」

「我無緣見面的哥哥。」余思蘋說著。正當皓修還想繼續問，場中有了突發狀況。一個一身酒氣、搖搖晃晃的中年男子，走進了會場。

幾個現場的工作人員反應極快，立刻往前；但由於場合特殊，在不確定對方身分前，他們沒有採取強硬措施，而是禮貌地詢問。

「請問您是？」一個工作人員詢問中年人身分。

「我叫——秦柏楊！」中年人顯然完全不打算低調，張嘴咆哮。這一吼，在肅穆的現場異常突兀，立刻吸引所有人注意。顏子豪轉頭，臉色立刻一變，認出那人正是之前曾去找爺爺麻煩的中年人。此時的他，比上次見到時狀態更糟了，完完全全地爛醉！

「秦柏楊？」余媽臉色也是一變。

「先生不好意思，您喝醉了，請離開這——」一個工作人員好聲好氣地勸。

「你說什麼啊！我來探望老朋友不行嗎！」秦柏楊再次大吼：「我來探望顏龍最後一面不行嗎？」

工作人員一愣，這中年人一身落魄的打扮，滿眼血絲，嘴中更散發難聞的酒氣，說什麼都不像是顏龍老先生會認識的人。

「請問……您有訃聞嗎？」

「嘿嘿，我跟顏龍那老傢伙的交情，你們才想像不到呢。」秦柏楊醉醺醺地甩甩手，就要硬闖：「你們都沒有我認識他的久，我才是真正了解他的人……」

「抱歉，先生，我們要請你離開。」工作人員下了決心，準備拖他出去。

「憑什麼他先一走了之啊？」秦柏楊被架住手臂，兀自嚷嚷：「我被折磨這麼多年，憑什麼他活得這麼心安理得？」

「這傢伙……」顏子豪強忍怒火，就打算去處理這件事。

「哈！你以為每年做那些事情，就可以彌補嗎？」秦柏楊亂叫著：「告訴你，沒這麼簡單！無論過多少年，有些東西就是不會消失！」

同時，那些嚴加訓練的隨扈也打算往前解決這混亂的情況。

但有個人比這些訓練有素的人動作更快。只見人影一閃，某個人向秦柏楊衝去，狠狠一拳打出！

隨之響起的，還有充滿怒火的一聲吼。

「**混帳**！」

啪！秦柏楊直接往後飛去，狼狽地摔倒在地。顏子豪錯愕地停下腳步。

不只是他，余思蘋也驚訝地睜大眼睛。

「操他媽的，誰打我？」秦柏楊掙扎著爬起，摀著臉，怒氣沖沖就想開罵。但當他一看清楚毆打自己的是誰，憤怒瞬間消失，臉上浮現極為複雜的神色。有害怕、有痛恨、有不安，更多的是愧疚。

「是……你……」他張了張嘴，兩槓鼻血流下。

出手揍他的，是余爸。那個總是沉沉穩穩，看起來八方吹不動的余爸。

「妳養父出手打人了。」皓修睜大眼睛，小聲地對余思蘋說道。別說他了，就連余思蘋也沒看過這麼憤怒的養父，一時之間錯愕不已。

「為什麼？」她忍不住問。

「我怎麼會知道？」皓修看著場中，有點猶豫要不要上前去把余爸拉開。看他的樣子，活生生把秦柏楊撕碎都有可能。

「我覺得，我好像看過這場面……」皓修對這畫面再次感到似曾相識。

「什麼場面？在葬禮上的爭執嗎？」

「對。」皓修先點點頭，隨即又搖搖頭：「不……不只。」

「……」余思蘋看了他一眼，但擔憂之情佔了大多數的她，暫時沒空理會男友的心思，只是再次看向場中。

此時的余爸眼中滿是怒火，指尖處破皮，握住的拳頭甚至發出咯咯聲，青筋直冒。

「你竟敢再次出現在我面前？我說過了，這輩子再讓我見到你，我會親手宰了你！」

「我……我……」秦柏楊的酒似乎醒了大半。余爸吼完，又想撲出去，只嚇得秦柏楊連忙往後滾去。

「伯父！」顏子豪連忙上前拉住余爸。沒想到此刻的余爸就像是一頭失控的公牛，年輕力壯的顏子豪竟然差點拉不住，人反過來被往前拖去。

「我現在就宰了你……」余爸怒瞪倒地的秦柏楊，伸出雙手，眼中如欲噴火。

「國昇，夠了！」就在這時，余媽出聲了。這一聲有些許激動、卻又不失冷靜的呼喚，讓余爸身體一震。

「……」他的手慢慢放下。

「孩子一輩子救人無數，不會希望你這麼做的。」余媽說道，眼眶泛紅。

聽到這番話，余爸雖然還劇烈地喘氣，但眼中火焰已慢慢熄滅。他默默看了秦柏楊一眼，對顏子豪微微點頭示意，隨即轉身向場外走去。

皓修伸手推了推余思蘋的背，小聲說道：「去吧，那個像蠻牛一樣身影的就是妳養父，應該不會認錯了吧。」

「……」余思蘋瞪了他一眼，隨即小跑步向余媽，和她一起攙扶著余爸離開。

秦柏楊狼狽爬起後，胡亂抹掉臉上的鼻血，啐了一口，被隨扈從另一個出口架了出去。現場議論紛紛，不禁都揣測起剛剛發生的事情。皓修一副事不關己的模樣，但心頭感到愈來愈熟悉。他裝作不經意地走向顏子豪；而顏子豪穩定了現場秩序後，立刻接起手機。

「好，我馬上去。」說著，他匆匆離開了會場，與剛剛隨扈架著秦柏楊離開的方向一致。皓修悄悄跟了上去。

多年來的經驗讓皓修找到正確的地點。

外頭，會館不遠處的一條狹窄通道邊，站著兩個門神一樣的隨扈。他們有禮貌地向皓修擺了擺手，表示這邊不方便進入；而皓修也沒多作堅持，禮貌回以微笑後，就往另一邊離去。一彎過轉角，他就靈敏地加速，來到牆的另一邊。

一直來到隱隱約約聽見人聲的位置，他才停下腳步。兩個聲音，一個是顏子豪，另一個自然是剛剛被架出去的秦柏楊了。皓修凝神傾聽。

「我查過你的資料，秦柏楊。」顏子豪的聲音裡透著憤怒與不解：「有傷害致死的前科，終日酗酒，無親無故，長久以來一直都沒有工作。」

他憤怒的點，自然是針對這中年人竟敢來這邊鬧場；不解的點，則是他到底與爺爺有什麼關係。除此之外，他貌似與余家也有所牽扯，才會讓余爸憤怒成這樣。

「你是……顏龍那老傢伙的……孫子吧？」秦柏楊冷笑。

「回答我的問題。」顏子豪冷靜地說道：「我不會虧待你。」

「哈，果然是一家人。」秦柏楊笑了起來，眼中滿是貪婪。

「在爺爺離開後，我這才知道爺爺之前每個月都以會私人帳戶匯錢給你。」顏子豪問：「我想知道的是——為什麼？」

「他欠我的。」秦柏楊說道：「這是他欠我的。」

「但你顯然不就此滿足，還想要更多，對吧？」顏子豪冷冷問。

「他……給的太少了。」秦柏楊激動起來：「你知道我被惡夢糾纏了幾年嗎？整整十五年呀！憑什麼他就可以睡得這麼安穩！」

顏子豪心念一動，但神色如常，繼續問：「你對爺爺有過什麼恩情嗎，竟讓他還了十五年都還不清？」

「恩情？不，那才不是恩情，比較像封口費吧。」秦柏楊笑了起來，「你這光鮮亮麗的小混帳，一定無法想像你爺爺以前做過什麼吧？嘿嘿……」他愈笑愈開心，愈笑愈扭曲，讓顏子豪心中一寒。

「這和剛剛毆打你的男人有關嗎？」他平靜地問道。

笑聲嘎然而止。秦柏楊喉嚨發出咕咕聲，顯然變得不安起來。

「嘿嘿，我們都欠他……我們都欠他們家……好大一筆債……」他喃喃說道。

「告訴我一切的經過。」顏子豪深吸一口氣。

「你確定要聽？你這從小含著金湯匙長大的小少爺。」秦柏楊不屑一笑。

「說。」顏子豪冷冷道。

隱隱約約，他有一種感覺。余家的祕密，爺爺的祕密。甚至余思蘋的，都和中年人即將說出的話有關。

「嘿，這樣也好，讓你知道你爺爺當年有多冷血，這樣我也不用一個人承受這些……」秦柏楊喃喃說著：「嘿嘿，我跟他可是共犯呢……」他眼珠子一轉，裡頭迸出毀滅的意念。

「很多年前，顏龍他花了一筆錢，想讓我去教訓一個人……」

# 21

愈龐大的企業，總有愈見不得光的陰影。這樣的事情，秦柏楊常做。

活在社會底層的他，有著自己的人脈與管道，很適合做一些偷雞摸狗的小事——或是在誰的包包裡塞一包毒品進行栽贓；或是跟蹤某商人，裝一些針孔攝影機、偷拍下不雅照片；又或是動用暴力，教訓一下哪個不長眼的人。諸如此類。也許秦柏楊不是什麼聰明人，但在做骯髒活這方面，他毫無疑問是高手。

那一天，一如往常，他與顏龍通了一次電話。

「為什麼挑他？」秦柏楊確認收到錢以後，忍不住多嘴問了一句。

「為何多問？」顏龍的聲音依然平靜。

「因為看這些資料，這可是前途無量的好孩子呢。」秦柏楊嘖嘖，翻閱著牛皮紙袋裡的目標訊息。

就算是品行不良的他，也覺得這為目標人物未免好過了頭：幫助過的人幾乎無法數完；工作時常高達十二小時，而且內容全部都是幫助他人；未來前途似錦；學歷極高，一連串實際功績更讓人嘆為觀止。

當聰明才智與善良出現在同一個人身上，並且拿來行善時，他將帶給社會巨大的正面能量。這個目標，就是這樣一號人物。

「而且還很年輕……」秦柏楊咕噥，好像有點於心不忍。

「我付錢了。」顏龍淡淡道，腿上傳來的隱隱刺痛，讓他眼神變得陰沉。

「行，就給他一點輕微的教訓吧。」秦柏楊失笑，剛剛那點良心不安立刻消失。

這之後，也許是酒精，讓秦柏楊的判斷力失準。又或是他選擇的方式，本來就有些問題。

一輛疾駛而過的汽車，意外地奪走了一條年輕的生命，所謂「輕微的教訓」也變得失控，永遠剝奪了另一個人的未來。

而那個年輕人的名字，就叫做——

# 22

原來如此，竟是如此。

皓修離開會館後，慢吞吞走著。也不管自己往哪裡走，只是漫無目的地走著。一直走，一直走。口袋裡的手機響起，他沒有接。簡訊的震動也沒有讓他回神。他只是繼續一直走、一直走。直到他沒注意到一塊小石頭、並因此跌倒為止。

撲通！

他在地上滾了好幾圈，身上多處擦痕，狼狽不堪。但皓修沒有感覺似地慢慢爬起，讓身子靠著路邊的樹木。口袋裡的手機停止震動。熟悉的身影與熟悉的香味出現在旁邊。

「……」皓修慢慢抬頭，看向那人。

余思蘋一臉不善地看著他，「我把爸媽送回家後，就打了很多通電話給你。你怎麼都沒接？」

皓修看她的模樣，頭髮因為汗水而微貼在微紅的臉頰，胸口也正劇烈起伏著，顯然經過一段奔波，不禁心疼起來。

「……抱歉。」他輕聲說道，伸出手，替她略微梳整凌亂的頭髮。余思蘋從男友的語氣察覺到什麼。

「怎麼了？」剛剛的不滿，一下子變成了擔憂。

「……」余思蘋將身子靠進皓修懷中，感受著他慌急的心跳。「我會擔心你，23號同學。」她淡淡地說道，語氣卻帶著溫柔。

皓修一愣。好久，沒有聽見這稱呼了。

原來如此，竟是如此。

狹窄的走廊內，顏子豪呆若木雞。

秦柏楊本來還想諷刺什麼，但臉上還熱辣辣的痛楚，讓他吞回所有的話，悻悻然離去。隨扈互看一眼，但少爺沒吭聲，他們也就沒有阻止這中年人離去。理所當然地，牆的另一側，皓修也懂了。

他完全沒有想過，會從一個素昧平生的人口中，聽見自己的名字。這是他展開旅行後的第一次。也成為給予他最沉重一擊的一次。

「……」

皓修在自己都還沒回神時，就發現自己已經跟上了秦柏楊的腳步。他未經修飾的步伐聲，吸引了那中年男子的注意。他皺眉回頭。

「你又他媽的是誰——」秦柏楊一轉頭，就看到一顆拳頭正無限放大。

砰！

今天第二次，他再次倒飛而出。這一次，他連哼都來不及哼就暈倒過去。皓修臉上帶著冰冷的怒意，蹲下，伸手拉起秦柏楊泛黃的衣襟。舉起拳，就打算再打一次。

「……夠了。」

呼應著他的憤怒，或者說想阻止他，一陣風適時地吹來。皓修並沒有抬頭，就知道某個黑衣人已經出現了。皓修沒有回身，拳頭也沒放下，直直盯著秦柏楊暈眩的臉。眼神裡滿是仇恨。

「……你要阻止我嗎，死神？」皓修冷冷地問。

「這得視你是為了什麼理由毆打他。」死神緩緩說道：「還有，我覺得你現在不只是想打他，甚至想殺了他。」

「……」皓修深吸一口氣，沒有答話，拳頭依然舉著。

「如果你是用你這具身體的名義打他，可以。」死神繼續說道：「但如果你是用黃皓修的身分，那就萬萬不可了。」

「哪怕，當我發現他就是殺了我的兇手？」皓修憤怒問道。

「是，別忘了死神七規。」死神攤手，「我讓你打他一拳，已經很夠意思了。」

皓修這才想起那七條規則。一愣，他鬆手，站起身子來面對死神。心裡卻冒出全新的怒氣。

「是啊，死神七規。」

他回憶起第一次與死神見面的那場葬禮中，對方告訴他的七條規矩。

一開始皓修當然有違規過。即使是用擦邊球的方式、哪怕透過鑽漏洞的手段，違規就是違規，死神也對此做出懲處；但是當他漸漸習慣旅行、接受了這份命運後，他就極少再觸犯死神七規。

而在這七條規矩裡，唯有第一條「不能探詢自己的過往」，是他始終沒有違背過、也沒有想過要觸碰的行為。因為皓修沒有記憶。除了知道自己名為「黃皓修」以外，他沒有任何相關的回憶，在之後漫長的旅行裡，他也未試圖去挖掘這個名字故事的意圖。甚至連抬起手，在電腦的搜尋引擎裡輸入這個名字的念頭都沒動過。

直到剛剛，他在秦柏楊口中，聽到了自己的名字。而自己看似「巧合」旅行到的地方，原來也是命運環環相扣後的交會之處。皓修低頭，看向懷中的余思蘋。

「祢早就知道了，對吧？」皓修問道。

「你指哪方面？」

「全部。」皓修冷冷地說著，慢慢站起身體，「你把我送到她身邊，是故意的嗎？」

「你想通了？」

「祢不是說過我以前是個很聰明的人，怎麼可能到現在還想不通？」皓修瞪著死神：「是你太會說謊，我才會一直傻傻相信。」

「這個嘛……我們對於隱瞞與說謊的定義顯然有點不同。」死神咕噥。

「為什麼偏偏是她？」皓修發抖著問：「為什麼偏偏是這個家……」

他才剛站直，又往後摔倒，一屁股坐在地上。這一切怎麼可能如此剛好？秦柏楊開車撞死自己，隨後余思蘋便被失去至親的那個家庭收養。多年過去，自己流浪到那間教室，遇見了她。恰好是那樣的臉盲症，恰好嵌合了這樣的自己。

「我總算明白，為什麼唯有名字你不讓我透漏給她知道……」皓修看向死神。

他的語氣並非疑問，而是肯定。想必在那個家裡，必然有一間曾經屬於他的房間吧？那兩位疼愛余思蘋的兩老，一定也深深思念某個回不了家的孩子……

「我想再見他們一面。」皓修脫口。

「很遺憾，不行。」死神搖搖頭，顯然早已預料到對方會這樣問。

「為什麼？」皓修急急說道：「我明明在澎湖時已經見過他們了，剛剛在葬禮時也看過了，為什麼——」

「因為你知道真相了。」

「……？」

「你有把握，當你再次見到他們時還能保持鎮定嗎？」

「……！」皓修身軀一震。

「你能保證，他們不會察覺到什麼嗎？」

皓修啞口無言，他無法昧著良心保證。他只能看著死神，而對方坦然回看他。

「……那，我還想問你一個問題。」

「問吧。」

「我的記憶，真的是因為那場意外……或者說那場車禍失去的嗎？」

皓修問道，拳頭握緊。死神沉默了三秒，才給出了答案。

「不是，是我取走的。」他坦然：「這是這份交易中，你必須付出的代價。」

「……」皓修慘笑。

是呀。仔細想想，死神怎麼可能這麼糊塗？不知道皓修為什麼失去記憶，沒查覺到余思蘋的真實身分，對皓修的既視感一問三不知——死神統統知道，只是在裝傻。從最開始到現在，死神話裡面有所不確定的地方，恐怕都是想隱藏什麼的模糊地帶吧？死神如果真的這麼迷糊，天下恐怕早已大亂。他對於皓修的事情，恐怕一直瞭若指掌，只是要不要讓對方知道而已。

死神沉默良久，終於再次開口：「不管你願不願意相不相信，但是我接下來所言，都是實話。」

死神看著眼前的旅行者，眼中閃動著奇特的光華。似是憐憫，又似是同情。

「十五年前，你的確不該死在那裡，死在那裡的應該是另一個人。」死神緩緩說道：「你頂替了她的死亡，而她則得到你的生命。」

「……」

「當然，我隱瞞了部分事實——」死神說到這邊頓了頓：「這樣的特殊案例——也就是系統沒有預料到的死亡，比你想像的還要多，但並非每個特殊案例都有資格得到『交易』。」

「……」

「他們必須具備善良的特質，以及曾經真正幫助過社會的善良行為，才符合交易的資格。」死神繼續說道：「所以那時當你一被那個駕駛意外撞死，我就選擇了你成為交易對象。」

「……」

「而你接受了。」死神說道。所以才有了後續的故事。蒲公英才得以開始飄蕩。

「祢不該隱瞞我這些的。」皓修緩緩道：「你從頭到尾都在裝傻。」

「我承認那樣是有一點點沒道義。但是讓你知道真相，真的會比較好嗎？」

「……」

「難道要讓你氣沖沖地去找秦柏楊報仇？」死神哼了一聲：「或是臥薪嘗膽、累積能量，好讓你有一天能鬥倒整個顏氏企業？」

皓修得承認，雖然這念頭可能遲到了十五年，但他剛剛的確有在思考這件事。一想到顏龍惺惺作態、彷彿為了補償什麼似地不斷照顧余家（或者說黃家）的行為，他就憤怒得難以自已。

「他已經死了，你再生氣也沒意義。」死神道。

皓修一愣，肩膀垂下。

「他有後悔嗎？」他忍不住問：「對於『不小心殺死我』這件事。」

「並不是每個人都像你一樣善良。」

「……」

「更重要的是，如果當初保留你的記憶，我不覺得你有辦法，在知道自己親生父母還健在的情況下，保持十五年不聯絡。」死神嘆氣。

一針見血。就算皓修沒有記憶，但光憑現在澎湃的心情，他就猜得到自己做不到。

「我的人生，難道就該這樣被操控嗎？」皓修只能悶悶地說道：「我不該死在那邊但是我死了；然後祢爽快地說聲對不起，好像一切都沒發生過似的；現在又告訴我，我失去的記憶是被祢奪走的，但其實是為了我好？」

「……」這一次，死神沒有答話。

不知何時，皓修與死神默默坐在路邊，兩個身影一起呆呆看著天空。握緊的拳頭已經鬆開。

「死亡對於人類，便是這麼無可奈何的一件事。」死神盯著天空的繁星，慢慢地說道，「的確，死亡是公平的，因為沒有人能逃過死亡——但有些時候，這些死亡說穿了就是悲劇——好人莫名橫死街頭，壞人卻壽終正寢，這一切都如此讓人不甘心。」

祂看向皓修，「所以我才想給與你們，那麼一點點的補償。」皓修嘆了口氣，眼神很疲倦。

「我不曉得是不是因為我失去記憶，所以才無法憎恨那個害死我的兇手……」他喃喃說道，像是洩了氣的皮球：「甚至，我對那一個說什麼要花點錢教訓我的顏龍，我也沒太多的恨意……」難怪他對顏氏企業會有熟悉感。自己前世八成做了什麼事惹毛這位商業龍頭吧？

「就算你沒失去記憶，你也不會去恨他們。」死神說道。

「是嗎？」皓修苦笑。

「所以我才會選擇你，給你這份禮物。」

「思蘋。」皓修突然開口了。

「怎麼了?」余思蘋感受對方的心跳漸趨平緩，也露出安心的表情。

「妳……等等有空嗎?」皓修下定了決心一般地開口，「有的話，我想帶妳去一個地方。」

「……」余思蘋一愣，看了看手錶：「這麼晚了。」

皓修看了看天空，點點頭。這個時間，也許更適合。

「我想告訴妳，我最後的祕密。」他說道。

皓修終於知道，自己為什麼要一直、一直參加葬禮了。他也終於知道，剛剛在顏龍告別式時，那濃烈的既視感是從哪裡來的。

因為他開始旅行時，所參加的第一場葬禮便是自己的葬禮。

十五年前。那時，他所熟識的來賓幾乎都在。當時的自己，正聽著初次邂逅的死神講解「交易」的規則，眼神卻在現場不斷游移。

場中，面容沉著、竟然還敢現身的顏龍。一旁跟著皺著眉頭，完全不知道自己來幹麼的小顏子豪。面無表情，但彷彿失去魂魄的男人。白髮人送黑髮人，痛哭失聲的女人。三跪九叩、滿臉悔意進場，然後被男人用拳頭狠狠轟出去的秦柏楊。

除此之外……

皓修慢慢轉頭。

除此之外，還有一個頭上綁著繃帶，哭到渾身乏力、幾乎崩潰的小女孩。她的手中緊緊握著一枚戒指。

「我接受。」皓修點點頭，轉身離開了葬禮。合約簽下。

那時的自己根本沒有記憶，不明白那時所看到的這些人代表什麼。但潛意識裡他卻認定，只要不斷參加葬禮，總有一天就能再次相遇。

命運的遺棄，也許是為了成就另一份命中注定。

# 23

皓修開著車，載著余思蘋來到目的地。

「主題樂園？」余思蘋搖下車窗，一愣：「23號同學，你還真有閒情逸致呢。」

「到了，下車吧。」皓修微笑。

「你瘋了嗎？」余思蘋有點訝異，但見男友果決地下了車，只好跟上：「現在快十點了，遊樂園早就關門了。」

裡頭果然空無一人，他們就這麼堂而皇之走向驗票口。

「放心吧，還趕得上最後的營業時間。」皓修說著。余思蘋半信半疑，只好跟著皓修。等他們走到驗票口時，門口果然亮著燈，但沒有驗票員。

「怎麼回事？」余思蘋疑惑更甚，有點緊張：「我們要進去嗎？但是沒有票……」

「放心跟我來吧，警察不會抓人的。」皓修看著有點茫然的余思蘋，噗哧笑出來。

「真的嗎？」余思蘋還是有點懷疑，將信將疑地跟著皓修通過驗票口。

「啊……」皓修突然想到什麼，停下腳步。他回身，向女子伸出手。

「雖然沒什麼人，但希望妳還是能讓我牽著妳的手。」

「……裝模作樣。」

余思蘋看著一臉嚴肅的男友，忍不住也笑了起來，伸出自己的手。兩人往深處走去。整個遊樂園內，除了幾處地方還有亮著路燈，基本上是全暗的。余思蘋被男友牽著，走著走著，心裡疑問卻愈來愈大。

「所以你帶我來這邊，是想要做什麼？」她終於忍不住再次問道。

恐怕這是第一次，她的問題竟然比皓修還多。

「來遊樂園，當然是要放鬆啦。」皓修微微一笑。說著，他伸出一隻手，輕輕地打了個響指——

啪！

清脆的一聲響，就好像施展了魔法，整個遊樂園亮了起來。明亮的燈光照亮整個園區，璀璨的燈泡穿梭過天空，五顏六色的汽球冉冉升空。彷彿剛剛那一響指，賜予了這裡無與倫比的生氣。一家家店面亮起，重新開始營業。旋轉木馬轉呀轉，旋轉出活潑跳躍的歡快氣息。寂靜的魔法王國重新復甦，變成了夢幻一樣的天堂。一時之間，余思蘋動彈不得地看著這一切，眼睛睜得老大。

「這是……」她喃喃問道，腦袋還轉不過來。

「我知道妳在人群中會不舒服，所以就包場了。」皓修說著：「今晚，這裡不會有任何其他的遊客，妳可以放心地遊玩。」

「這是怎麼做到的？」余思蘋本能地問，再怎麼看這都不太現實吧。

「這不難呀。」皓修搔了搔頭：「我只是對員工下指示而已。」

「員工？指示？」

「放心吧，我會付他們合理的加班費。」皓修微微一笑：「身為這間遊樂園的幕後老闆，我一向很慷慨呢。」

同樣的夜空下，城市的另一端。顏子豪坐在自己的辦公室中，桌上擺著一小疊發黃的紙件。光看其紙質斑駁滲黃的程度，就知道它們來自許久以前。

這些，是顏龍的病歷。也許，顏龍還在時，顏子豪沒有能力、沒有膽子、也沒有必要去挖掘這些；但是當那天他聽完秦柏楊的描述後，他便只剩下一個念頭：他想知道一切事情的經過。而出乎他預料，他一下子就發現了答案。

「十五年前，爺爺曾經因為肌腱斷裂要開刀，住院一段時間。」顏子豪一頁一頁翻閱著。那間醫院，名為澄心醫院。

「而那時，他的主治醫生……」顏子豪的視線停在醫生那欄。

——黃皓修。

「二十五歲，甚至比我還年輕呀……」顏子豪苦澀一笑。

另一疊紙上，則記錄著這位醫生的生平資歷。無論是學歷、實習成績、學位、開刀經歷都記錄在其中；而就連他這個對醫學毫無概念的人，都看得出對方成就非凡。

以異常優異的成績畢業，年紀輕輕就成為醫界的寵兒，成功動過幾場過去只有經驗老到的大醫師才會成功的手術，進而成為ＶＩＰ們指定的醫生。

所謂ＶＩＰ，指的是有著雄厚背景的「患者」——這串名單裡，可能出現政商名流，也可能是曾捐獻過大筆捐款的大慈善家。他們在還沒出事前，就會以投保的概念指定較有口碑的醫生，以確保自己擁有優先開刀權。

這些ＶＩＰ需要開刀的理由，難度不見得比較高，甚至可能是雞毛蒜皮的小病症，有時連實習醫生都能成功；但由於他們的身分尊貴，他們便理所當然地享受這份特殊待遇。年輕的顏子豪是這名單中的一員，當年的顏龍自然也是。他指定的醫生，便是這位黃皓修。

「所以爺爺才說，他欠了黃家一筆債。」他默默推敲著當年的情境：「所以黃伯父才說，這是他們應該的。」

他繼續翻閱其它紀錄。接下來的資料既少且雜亂，顏子豪僅能透過些微蛛絲馬跡還有他所知道的真相，推敲出一個大概。

「那個叫黃皓修的，本來是爺爺的指定醫師，但在他需要動刀時卻拒絕了。」顏子豪思忖：「這一點，也讓爺爺記恨上了……」

光是想像那時爺爺的情緒，他就不禁打了個寒顫。顏龍能夠讓顏氏企業爬到那樣的高度，憑藉的自然不是善良。就算事後，顏龍成功找到別人開刀，而且同樣也是風評不錯的醫生，但這梁子可就結上了。

讓顏龍這樣的人記恨上，非同小可。所以他雇用了秦柏楊。結果也非常不好。原本只是想教訓對方一下——可能讓他諷刺地也住院一段時間、可能讓他再也當不了醫生——但一切都失控了。秦柏楊撞死了黃皓修，後來被判刑入獄。

以顏龍的有力背景，這一切自然都追查不到他頭上，這些年來依然安穩地過。秦柏楊出獄之後，也許是基於貪婪，也許是因為良心不安，纏上當年指使他的顏龍，希望可以得到更多報酬，直到他離世。

顏子豪閱讀完畢，默默地將所有資料疊好，閉上眼睛。

他揣測起爺爺這些年的心情。也許每當天氣一糟糕、腿部一疼痛時，他就會回想起當初那一位沒替他開刀的年輕醫生。此時的爺爺會感到愧疚嗎？還是會因為那疼痛，再次痛恨起那位年輕的醫生？

「真笨呀，你是為了什麼理由才推掉爺爺的手術？」顏子豪不禁想道。

明明是場簡單的手術，明明是一個天賜良機。只要動刀便幾乎一定成功，從此後必然飛黃騰達……但是黃皓修拒絕了。不知道拒絕的理由，但因此賠上性命，怎麼想都不值得。那麼，只剩最後一個問題了。

「……要把這一切，告訴他們家嗎？」顏子豪思忖。要把這一切，告訴這十五年來始終被瞞在鼓裡的黃家父母，以及同樣一無所知的余思蘋嗎？

他掙扎的同時，終於搞懂了顏龍的話中含意。難怪他要自己別再和余思蘋來往。畢竟，自己身上如同烙下了原罪，這是怎麼躲都躲不掉的罪惡感。顏家欠了黃家太多東西，尤其是真相。這是他們應得的。

但是，顏子豪做得到嗎？他深吸一口氣，卻發現自己的手在顫抖。要他坦率地為自己沒有做過的事，背負起自己曾深愛之人的憎惡？萬一這種等級的醜聞被外界發覺，可能整個顏氏企業都會大大摔一跤。又或者，讓這件事情永遠成為祕密？對顏家與黃家來說，對顏子豪與余思蘋來說，可能這樣還比較好。

窗外，繁星點點。

「……」顏子豪看著那些星光，眼神卻極為暗沉。他轉過身，將那些紙件一張張丟入碎紙機中。

喀啦啦、喀啦啦……

這些祕密，就隨著爺爺的離開，一起永遠消失吧。

本來皓修還有點擔心，余思蘋會對這樣突如其來的安排反感——事實證明他多慮了。遊樂園中，余思蘋玩瘋了。

「Yahooo——！」

「啊啊啊啊啊啊啊啊！」

自由落體往下直墜，余思蘋歡暢地叫著；皓修淒慘地叫著。

皓修為今晚估算了非常多的可能性，其中有余思蘋喜歡的十多種可能，也有她不喜歡的五十多種可能——最糟糕的，甚至可能是連入口都不想進，掉頭就走。幸好，結果是好的那種。出人意料最好的那種！

「呼哈哈哈！」

「嗚嗯嗯嗯嗯！」

每從一個設施下來，皓修能吐就吐，能抖就抖，有多暈就多暈——他沒有怪罪此時的身體太虛弱，因為他很清楚，他就是如此發自內心地害怕這些刺激的遊樂設施——但他女友喜歡，非常地喜歡！

每一個遊樂設施，余思蘋都非常投入。尤其是那種特別恐怖的、號稱嚇死人不償命的，她更是沉浸其中。從自由落體、雲霄飛車、甚至到笑傲飛鷹或傳說中的Ｇ５，她都能毫無懼色地上去，異常快樂地下來。

「哈哈哈！」

「哇哩哩啊啊啊！」

只見余思蘋臉色紅潤、眼睛閃閃發光，腳步愈來愈輕快，拉著皓修往下一處設施奔去。皓修覺得自己的魂魄可能不用等到七天，就要提早飛走。但是，看到如此開心的女子，他就覺得很滿意——

「——咿咿咿咿咿咿咿個屁啊！」

「哈哈哈！」

余思蘋牽著男友，甚至可以說是半拖著男友，繼續往下一個站點衝去。那燦爛的笑容，前所未見。彷彿，這一輩子都沒這麼盡興過。

劉心瑀曾出於好奇問過余思蘋，她能接受動物園、植物園、美術展、夜市，並且自虐般地把這些地方當成訓練自己習慣人群的場所，卻不能接受遊樂園的原因。

「因為這裡曾經有狼。」那時的余思蘋是這麼回答的。

「狼？」劉心瑀一開始想到的，是類似電車之狼一類的變態。

「不是那種狼。」余思蘋搖搖頭：「而是《放羊的女孩》中的那種狼。」

「……」劉心瑀慢了一拍，懂了。

「所以，這之後再怎麼呼喊狼來了、狼來了，他們都不會再來。」余思蘋淡淡說道。

遊樂園，是她記憶中與親生父母少數共通的、僅有美好部分的回憶。

「呼！好開心！」

「妳開心就好。」

余思蘋紅光滿面地大喊，皓修臉色發青、腳步蹣跚跟在後頭。總算全部設施都搭乘過一輪了。那麼，接下來——

「接下來，我們再來一輪！」

「什麼！」皓修差點腿軟。

「開玩笑的啦。」余思蘋總算停下腳步，吐了吐舌頭。但看她有點意猶未盡的表情，顯然剛剛那句話不太像玩笑。

「謝……謝謝妳的體貼。」皓修臉鐵青著舉手投降。

「休息一下再坐。」

「……嗚噁！」

兩人氣喘吁吁，來到了遊樂園中的景觀咖啡館。這裡，能用觀賞整個市區夜景的高度，一覽天空與地面的點點微光。余思蘋感受著拂面的涼風，表情仍帶著微笑。就算是皓修，也很少看見她這麼放鬆。

「嗯，爸、媽他們……」皓修說到一半，慌忙改口：「我是說，妳的養父、養母還好嗎？」

「還可以。」余思蘋隨口回答，表情卻沉了一下，嘆了口氣：「不，不對，爸爸今天一回家就破戒了。」

「……？」

「他以前很愛喝酒，簡直是嗜酒如命，是後來花費好大的心力才戒掉，每天只允許自己喝上三杯。」余思蘋說道：「但他剛剛喝了很多瓶，彷彿非得把自己灌醉不可。最後也如願地喝了個大醉，直接在沙發上睡著。」

「媽媽……妳的養母，沒有阻止嗎？」

「她自顧不暇。」余思蘋搖了搖頭：「再次見到那傢伙，讓大家都很不好受。」

「……」皓修本來還想多問，但又覺得此時不該破壞氣氛，而且問太多怕被懷疑，只好閉上嘴巴。他的腦海，突然冒出了無關緊要的念頭。

——這麼說起來，余思蘋算是自己的義妹嗎？

還是乾妹妹？

皓修浮想聯翩。

就在這時，余思蘋突然拋了個問題。

「話說，你怎麼會突然想拉我來這裡？」她問道。

「其實不是突然，我早就計畫好了。」

「是嗎？」余思蘋歪了歪頭，看著皓修，嘴角揚起淺淺的弧度：「沒想到你是這麼有心機的人。」

「謝謝。」皓修有點尷尬，「那……妳開心嗎？」

「……」余思蘋微微一笑，沒有回答問題，而是反問：「你問太多了，我們一問一答——你什麼時候變成這個地方的老闆了？」她對這種事沒什麼概念，但這代表他應該非常有錢吧？

「謹慎的理財規劃和精準的投資，可是能讓人收穫良多呢。」皓修有點得意地說道，這十五年他可是累積了異常豐厚的財產。

「有點奸詐呢。」余思蘋咕噥。皓修突然伸出手，從後頭將余思蘋拉進懷中。

「你——」余思蘋臉一紅。就算交往一陣子，對於這種突如其來的親暱舉動，她還是無法習慣。不過她掙扎僅僅一下子，很快就安分下來。

「差不多了。」皓修輕聲說道，抬頭看著天空。

「什麼差不多——」余思蘋才剛問，就立刻睜大了眼睛。

天空，突然爆開一朵又一朵的煙火。

五顏六色的光芒交錯炸開，彷彿光芒聚集成的百花一齊綻放。其規模之盛大，其姿態之亮麗，幾乎點亮了整個遊樂園頭頂的天空。余思蘋背後依著皓修，兩人一起仰頭欣賞這難得一見的絢麗美景。

「澎湖那時，抱歉沒讓妳看到完整的煙火。」皓修說道。

「又不是你的錯，你道歉什麼？」余思蘋噗哧一聲。

「我很高興，妳今天能陪我來看這場煙火。」皓修說著。

「我不陪你，難道你會找別人陪嗎？」余思蘋問，眼神不善。

「不。」皓修忍不住笑了，搖搖頭：「有妳的陪伴，真的是太好了。」

正是因為有對的人陪伴，這場煙火才如此美妙。天空煙花一朵朵地開，兩人就這麼感受對方的體溫，傾聽彼此的心跳。等到最後一道花火消失在天際，花火的光芒飄落，余思蘋才滿足地嘆息。

「真的好美。」她喃喃說道。
皓修微微一笑。
「那麼，你想告訴我怎樣的祕密？」余思蘋說著，就想要從對方懷裡離開。
「……」皓修沒有回答，但環著余思蘋的手卻突然一緊。
「……？」余思蘋微微一愣。
「我有聽見，只是我還在想……要怎麼說。」皓修慢慢說道。
「嗯。」余思蘋點點頭，也不再使力，而是溫順地依著對方懷抱。
「無論我說了什麼，妳都要保持冷靜。」皓修緩緩說道。
「……好。」余思蘋眉頭微微蹙起。對方的語氣，讓她變得不安起來。
「妳應該知道，我之所以會像現在這樣，每七天換一次身體，是源自於一筆交易吧。」皓修說。
「很離奇。」余思蘋當然知道。
「而之所以會有這筆交易，是因為我在不該死去的時間點出了意外——也就是說，我提早死亡了。」
「……」
「所以，我得到了這份禮物。」皓修繼續說道：「透過這種方式，我可以持續本來該屬於我的壽命。」
余思蘋的眼睛慢慢睜大。
「定下這筆交易的我，做為一個旅行者繼續在這世上生活。」皓修道：「所以某方面來說，我跟你們沒有什麼不同——妳們在屬於自己的身體裡活著，我則延用他人的七天人生。」

「……」余思蘋的手臂開始發抖。甚至，她開始想掙脫男友的環抱。皓修環著她的手臂微微使力，不讓她掙脫自己。他知道女友開始聽懂了。余思蘋一直是個聰明的女孩。

「而人的壽命，本來就有用完的一天。」皓修說著，卻發現鼻中充滿酸楚，字句變得模糊，「不久之前，我便得知了……我的壽命已經快用完了。」

「……」

余思蘋停止了掙扎。天空已經再無光點。只剩空氣中的淡淡餘燼。余思蘋再次開口，聲音非常沙啞。

「還剩多少天？」

「……」

「回答我。」

「還剩下七次旅行。」皓修慢慢說出最讓人心痛的答案：「也就是……四十九天的壽命。」

人，可以原諒彼此多少次的不告而別？

# 24

那一天，死神與年輕人相遇了。皓修簽下契約後，交易也即將開始。

「我很高興你接受這筆交易，不過有些話必須說在前頭。」

「……？」

「這筆交易是透過旅行的方式，將本來屬於你的壽命還給你。」

「我知道。」

「也就是說，遲早有一天你還是會用完壽命。」死神說道：「我會在你的生命只剩一年時告訴你，讓你提早做好準備。」

「謝謝你。」

「在這之前，請好好享受你的每一次旅行。」

旅行者一開始曾經快樂過。但漸漸的，卻不再那麼快樂了。不只是皓修，也許就連死神自身都小看了「寂寞」的影響力；無法跟任何人深度接觸的生活，只會不斷累積孤獨感；就像沉重的鐵錨，拉著他往沒有人的大海深處，愈沉愈深、愈沉愈深……

也許是在第八年、還是第十年某次旅行時的葬禮吧。

「我能提早結束旅行嗎？」皓修眼神空洞，突然問道。

「我說過了，每個人的生死都是註定的，該活多久、何時會死早有安排。」死神沉重地回答：「你當初的死亡已經是意外，現在還想要製造更多意外？」

「……」

「別忘了，死神七規中第五條跟第六條。」死神說道：「這可是保障你能用完壽命的規定啊。」

於是，公式化的旅行只能繼續下去。

正是因為如此，當皓修得知自己的生命只剩一年時，心情有些複雜——竟有種解脫感。在這茫茫人海中，不斷成為他人陌生人的人生，終於要結束了——就在此時，他遇到了余思蘋。

正在期中考的教室內，皓修面臨了人生第一次的一見鍾情。

余思蘋看著眼前的23號同學。

「沒有靈感嗎？」老師似乎輕笑了一聲：「還是你決定演另一個人偶？」

班上立刻爆出一串笑聲。但此時的皓修，完全被內心澎湃的情感奪去注意力。看著那好像沐浴在光芒中的女子，他為之悸動。

這之後，他開始抱有疑問——為什麼偏偏是現在？為什麼偏偏要在自己的時光開始倒數時，遇見這樣吸引自己的女子？為什麼偏偏得在自己開始期待結束的旅程中，邂逅讓自己如此動情的對象？

——但轉念一想，也許這樣對他反而比較好。皓修很快就醒悟到關鍵。

「既然自己的時間所剩不多，也不用再想那麼多……忘掉她吧。」

是呀，忘掉她吧。自己剩下的旅行次數愈來愈少，若還拿來對某個女子念念不忘，未免也太浪費。最多、最多，記得對方叫做「余思蘋」，這樣就好。

天不從人願。接下來，命運狠狠地給了他一記上鉤拳。

咖啡廳中，皓修再次遇到余思蘋。他發覺她能記住自己。發覺自己對她的感覺愈來愈深。發覺——

「如果她真的有某種特殊能力，可以在不同身體間找出我，那我是不是能真的與她有所連結？」

皓修這麼想著，不屬於他的心臟，卻開始砰然心動。

所以有了澎湖行。皓修心知肚明，在自己僅剩一年的前提下，向余思蘋搭訕、甚至告白，都是非常不負責任的行為。但各方面來說，這也成了能讓他奮不顧身的動力——反正都只剩一年了，不衝白不衝。反正對方這麼機車，拒絕我的機率大得離譜，我根本不用想太多。反正真的發生了再看看吧——這樣的想法，成了讓皓修願意破釜沉舟的動力。最後，所有的一切真的發生了。

四處流浪的蒲公英，被一隻溫柔的手輕輕握住。只能在大海裡載浮載沉的旅行者，靠了岸。

當初，皓修心底深處渴望的夢成了現實。當初他不願意面對的後果也因此成真。他沒想到余思蘋會真的愛上了自己。他也沒想到自己會如此深愛著她。

皓修說完了。余思蘋也聽完了。不知過了多久，她才能再次開口。

「……放開我。」

「……」皓修終於慢慢鬆開手。

余思蘋慢慢離開他的懷抱，慢慢轉身，臉上都是淚水。她舉起手，直接朝皓修的臉揮來。皓修沒有阻擋，甚至連躲開的意念都沒有。余思蘋的手卻停在半空中。顫抖著，遲遲無法再往下一吋。

「……對不起。」皓修喃喃說道。

「我現在最不想聽到的，就是這三個字。」余思蘋喃喃說道。

皓修看著女子止不住的眼淚，心如刀割。

「妳後悔愛上我了嗎？」他凝視著對方的眼睛。

「……我不知道。」

「如果，我一開始就告訴妳，妳還會愛我嗎？」

「我不知道。」

「我這樣是不是很自私？」

「……」這一次，余思蘋沒有再回答一樣的答案。皓修沉默。

# 25

一週過去了。

這段時間，皓修與余思蘋失去了聯繫。他沒有聯絡對方，余思蘋自然也不會主動聯絡他。皓修只是讓自己癱在豪宅裡，什麼事也不做，只剩下呼吸的力氣。

桌上的餐點又回到一人份。老管家多次想說什麼。最後卻嘆了口氣，一個字也沒說。

一週過去了。

「……」劉心瑀雙手插腰，瞇著眼睛，看著比自己早一步進到自己辦公室裡的閨密。滿臉憔悴、雙眼無神，一副生無可戀的樣子——這景象，她已經連續看了一週。

余思蘋有事沒事就會跑來這裡找她，但又不說話，只是默默地躺在一旁，若有所思地看著天花板，或是默默地在小筆記本上寫著什麼。

偶爾，會愣愣地流下眼淚。

劉心瑀心中暗道，看這丫頭眼睛的紅腫程度以及黑眼圈深度，她晚上回家應該也是在偷哭吧。

七天過後，劉心瑀終於忍不住了。

「……喂，丫頭，妳要把我這裡當免費旅館多久呀。」

「……借我待一下。」余思蘋的聲音細如蚊蚋，「我不想找有人類的地方。」

所以我不是人類嗎？劉心瑀一面心中痛罵，一面替對方倒了杯水。

「被甩了？」劉心瑀隨口問道，走到余思蘋旁坐下。

「……才不是。」余思蘋立刻回神。

「懷孕，被始亂終棄？」

「才不是。」

「他劈腿？」

「才不是！」

「那到底是怎樣？看妳好像世界末日的模樣。」劉心瑀挑起眉毛。

「……」余思蘋頓了頓，才訥訥地問：「有這麼明顯嗎？」

劉心瑀決定不提對方那對顯眼到爆炸的熊貓眼，而是選了別的理由：「本來天天膩在男朋友身邊的臭丫頭，現在卻沒事就跑來我這邊，不是感情出問題會是什麼？」

「『出問題』嗎？」余思蘋喃喃道：「如果只是這樣有多好？」

畢竟，只是出問題的話，總有解決的方式。

「只是發現事情跟我想像的不太一樣。」余思蘋慢吞吞地道。

「發現對方比妳想像的還糟糕？」劉心瑀問。

「不，他比我想像的還要好。」余思蘋誠實地說著。

說到這，她彷彿又有什麼靈感，在筆記本上寫起來。

劉心瑀知道自己的好友這十多年來一直都有寫日記的習慣，看來這場「失戀」讓她有非常多需要抒發的心情呀。

「他比妳想像的還好，也沒有甩了妳，妳卻還是難過成這樣？」劉心瑀忍不住問道。

余思蘋搖搖頭，維持沉默。事情的真相太嚇人，她當然不可能照實說。

「他之後要去很遠的地方。」余思蘋盡量找了個模稜兩可的解釋：「我不確定我們的感情還能不能維持下去。」

「出國深造嗎？」劉心瑀恍然，原來那傢伙想隱瞞的祕密就是這個呀。並不是什麼罕見的問題，遠距離的異地戀，一向高居分手原因前十名。

余思蘋慢慢說道：「而且那個地方沒有網路，我們很難維持聯繫。」

「遠距離的確是個大問題。」劉心瑀也露出苦惱的表情：「尤其對妳這種很沒安全感、很需要人陪的丫頭……」

「妳說的人怎麼聽起來完全不像我？」

「還有倔強、固執、不肯認輸……」

「……」余思蘋嘛起嘴巴，不想理會好友的揶揄。

「不過他要去的地方是有多落後呀，竟然連網路都沒有。該不會是未開發國家吧？」劉心瑀歪了歪頭。

「更糟糕一點。」余思蘋隨口胡扯：「他是……國際人道救援組織的醫師，專門去這種地方。」

「竟然會想去那種什麼都沒有的地方，真的挺偉大的，看來是個好男人。」劉心瑀順著余思蘋給出的線索，自行編織出可歌可泣的故事。

「不過代價就是，他會一直去不同的地方。」余思蘋喃喃說道：「能留在我身邊的時間變得所剩無幾。」

「難怪妳會難過。」劉心瑀點點頭，算是理解了好友的心情。

「我該怎麼做？」余思蘋問。

「嗯，這種狀況下有些人會選擇分手，避免太痛苦。」劉心瑀開始分析：「但也有些人會繼續堅持下去。」

「繼續堅持下去就不痛苦了嗎？」余思蘋忍不住問。

「這就得看妳有多愛他了。」劉心瑀道。

「太愛的話，不就……更難面對分離的時刻？」

「太愛的話，根本不可能提早分離。」劉心瑀說道：「更該好好珍惜還處在同一個地方的時候。」

「……」余思蘋默默咀嚼好友的話。

「他何時要出國？」劉心瑀將身子往沙發靠去。

「六個星期後。」

「以妳的個性，應該正和他冷戰吧。」

「並沒有，我們只是暫時沒有聯繫。」

「那就是冷戰。」劉心瑀頭痛地嘆了口氣。余思蘋不語，但眉間的固執仍舊難以化開。

劉心瑀思考著措辭，小心翼翼地開口：「我覺得……」她說道：「也許他本來沒有打算告訴妳的。」

「……」余思蘋一愣。的確有這個可能。她想起皓修那天的欲言又止，以及這段時間相處時種種的奇怪之處。也許，那天如果有哪個部份的氛圍不對，他就會把即將衝出口的真相吞回去。

「難怪他會問我能不能原諒『不告而別』……」余思蘋喃喃說道。

劉心瑀見好友眉間開始軟化，也放鬆了一些。

「在此之前，我一直不太喜歡妳的男友。」她坦承。

「……」余思蘋眉頭豎起。她雖然沒說話，但表情已經微變。看到這景象，劉心瑀心裡無奈。

嗯，就算是在冷戰中也要保護男友嗎？

真是女大不中留呀，這護短的臭丫頭。

「妳冷靜聽我講完啦。」劉心瑀嘆了口氣：「我不喜歡他的原因，在於他有太多的祕密。」

「……的確。」余思蘋認同這點。

「太多祕密的男人往往不可相信——祕密就像泡泡，一碰就破，破滅一定有人會因此受傷。」

劉心瑀緩緩說道：「但正是因為如此，當一個擁有許多祕密的男人願意向妳坦承時，代表他真的、真的很愛妳。」

余思蘋默默咀嚼好友的話。不無道理。或者說，裡面有自己想要聽的道理。

「要向女友坦承這種事情需要很大的勇氣。繼續隱瞞，也許可以維持表面上的風平浪靜，但等到分離那一天，對雙方傷害一定更大。」劉心瑀誠懇地說道：「所以他才冒著被泡泡炸傷的風險向妳坦白。」

皓修做出他的選擇。泡泡破了。接下來就換余思蘋要做選擇了。

余思蘋吸了吸鼻子，黯淡的眼神總算亮了些。她想起了這段時間參加過的無數場葬禮。有太多來不及，是發生在失去之後。有太多的珍惜，遲了一步——我不想這樣。

她看著手中的日記本。

狼來了，狼走了。

到底，放羊的女孩想隱瞞什麼，又向誰說了謊？

到最後，這個謊言又傷害了誰？

相較於有朋友可以談心的余思蘋，皓修的處境就淒慘許多。

這具身體的七天，他全部都待在豪宅裡，醒了就吃飯、吃完飯回去躺在床上，等到餓了就再去吃飯，吃完飯也差不多晚上可以睡覺了。除了基本的吃喝拉撒，皓修沒有做過其他的事。沒有去管這具身體本來的人生、沒有進行屬於他的人生。只有放空。發著呆，恍著神，想著她。拿著手機許久，卻連一個號碼都按不下去。等七天到了，他便慢吞吞地出門，完成本來該屬於那具身體的結局。然後，換了下一具身體，回到豪宅繼續重複以上步驟。

這一次的皓修，附身於一具女人的身體中。當她睜眼時，人在一間非常豪華的飯店裡；但她一點興趣都沒有，也不管在浴室裡那正哼著歌的男人是誰，直接離開房間。五星級大飯店就是五星級，等她走到飯店門口時，她的車已經在門口停妥。要價千萬台幣的跑車。

「……」早就見過無數款昂貴跑車的皓修，興致缺缺地跳上車，打檔、開車，一路飆回到熟悉的豪宅。

「老爺。」老管家躬身。

「謝謝。」皓修脫下極貴的羽絨外套，腳步蹣跚回到自己的房間。連衣服也懶得脫，他直接陷入柔軟的床鋪中。

呼，還是這裡最讓人安心。

「……」皓修慢慢地看向枕頭旁的手機。

沒有他想看見的來電紀錄，也沒有任何通訊軟體的訊息通知。

「不願意原諒我，也是理所當然……」皓修苦澀地想著。

他知道這一切都是自找的。從他靠近余思蘋那一刻起，他的每一步都是自私。從他愛上余思蘋那一刻起，故事的結局就注定是悲劇。

皓修並沒有天真到會向死神要求「請再給我多幾年」；更沒有打算違背死神七規，來場轟轟烈烈的逃離死神追捕之旅。

若要問他這十五年來學到什麼，其中一定包括「認分」這一點。該走的，終究會走；該留的，仍然會留。怕的就是，走的人走得不瀟灑，留下的人也心痛。

「……」皓修繼續躺著。

就在這時，手機的震動響起。皓修像是彈簧一樣彈起，迫不及待地看向手機——但響起的手機並不是屬於「黃皓修」的那台，而是在這具身體原主人口袋裡那台。發這封信息者，顯示名稱為「經紀人」——「梁芝穎，妳怎麼搞的，竟然直接失蹤！」

「梁芝穎？這名字有點耳熟呢。」皓修想到這裡就止住思考，也懶得繼續去探討這人是誰；他動作俐落地將整支手機拆解成再也拚不回去的碎塊，隨手丟到一旁。看著天花板，他露出自暴自棄的笑容。

「我最後的四十九天生命，竟然已經虛度了八天呢。」在無限的悔恨中，皓修沉沉睡去。

課堂上，余思蘋語氣平淡地向學生講課。但眼神中帶著殺氣。

學生們都感受到了，平常如冰山一樣的美麗老師，此刻就像是快要噴發的火山，但卻根本不知道理由。

「……是因為誰沒交作業嗎？」

「不，可能是親戚來了……」

「笨蛋，之前老師親戚來了也沒生氣過啊。」

「變態喔，你又知道人家什麼時候親戚來？」

「嗯，不太像是生氣，更像是……獨守空閨太久，所以很憤怒？」

「那也是生氣啊！」

「會不會是被男朋友甩——」

砰！余思蘋將書放到桌上，所有竊竊私語立刻消失。

「5號同學，請你向大家介紹一下，何謂『蒲公英』吧。」老師淡淡說道。

而這5號同學，正是那個猜測老師被男朋友甩掉的傢伙。

「……咦？」

「要詳細地告訴我它的學名、哪一科哪一屬，有沒有什麼軼聞、故事、傳說，又或是有什麼醫學用途。」

「咦咦咦咦？」

「答不出的話，學期總成績扣一分。」

「……！」5號同學只能苦著一張臉站起。

這下子大家都確定了，本來就常有任性舉止的老師，這一次是真的生氣了。

「蒲公英呀，就是一種很會飄的植物……風一吹就會飛很遠……有時候還會黏在人們的衣服、褲子上，每次掃墓都會遇到一堆……」5號學生吞吞吐吐、語焉不詳地介紹。

「你說的是鬼針草吧。」旁邊的學生小聲提醒。

「咦？」5號學生一臉懵懂。

「請坐。」余思蘋淡淡說道：「有其他人要補充嗎？」

學生們你看我我看你，很怕這時候舉手發言會踩到地雷。

「隨便回答都可以，有答的學期總成績都加一分。」余思蘋補了一句。

十幾雙手立刻拚命舉起，淹沒了表情瞬間僵硬的5號同學。

接下來，有關蒲公英的答案如雨後春筍冒出。有的亂答，有的認真，教室不時響起各種笑聲。

然而余思蘋作為發問的始作俑者，卻早早開始恍神。她心不在焉地看著窗外。

「……如果。」她開口。本來還在拚命搶答的學生們一愣。那兩個字並音量不大，他們一時間不確定有沒有聽錯。

「如果，你們愛上了蒲公英，會怎麼辦？」這一次語句清晰許多，所有學生都聽明白了。

「老師，這是加分題嗎？」他們再次你看我我看你。

「嗯，老樣子，隨意回答吧。」余思蘋淡淡道。

於是，五花八門的答案再次湧上。有些人把老師語句中的蒲公英當成一種藥材，有些人認為是食物，有些人認為那是一種抽象的精神概念，當然也有一些浪漫派的人，覺得老師絕對是想譬喻「愛情」。

余思蘋似乎有在聽這些答案，又好似在繼續放空。不知不覺間，她的嘴角竟然微微彎起一抹弧度。這份笑容是如此動人，讓所有學生都暫時被石化。良久，一個學生總算回神。

「老師，妳愛上蒲公英了嗎？」5號同學再次神勇發問。

「嗯，我在半小時前，傳了一封簡訊給蒲公英。」余思蘋答非所問。

「……？」所有學生滿頭問號。

「我告訴他，如果要原諒他，他要答應我一個條件。」余思蘋繼續說著。

之所以會露出微笑，是因為她聽見了。教室外頭，響起了急促的腳步聲。

學生們也聽見了。

目前班上只有一個空位，那進門的毫無疑問就是那旁聽生吧？旁聽生上週莫名其妙缺席，讓大家少了一件期待的事情，幸好這週還是等到了。

進門的會是怎樣的人呢？是高大的壯漢，還是稚氣未脫的小孩？是男人，還是女人？是外國人，還是台灣人？

門推開，答案揭曉。

所有學生的視線一齊射過去。然後嘩然，開始瘋狂討論起來。

余思蘋從學生的反應可以知道，這次的旁聽生應該是頗有來歷，甚至可能是某個知名的名人……不過她並不在乎這些。她只在乎自己能不能認出那個人。

「23號同學，妳遲到了。」余思蘋扳起臉，語氣變得很冷。

「對不起，臨時有事。」皓修苦著臉說道。

「都已經剩沒幾堂課了，還敢遲到？」余思蘋冷冷說道：「下週請準時。」

幾個學生噗哧一聲笑了出來。

「老師，她也只會來這一次呀。」

「難得有大明星來，只上一堂課好可惜喔。」

「不過，不管是誰，都只會來上一堂課嘛。」

「下週不知道會換誰？看來如果市長來也不意外了。」

「真的好可惜要期末了……」

余思蘋一拍桌子，震懾得底下鴉雀無聲。唯有皓修抓到了關鍵。

當他聽見余思蘋說出「下週請準時」時，本來的苦瓜臉一愣，瞬間變成了向日葵一樣的笑臉。

余思蘋輕咳一聲，用眼神提醒對方自己還沒真的息怒。皓修神色立刻重新嚴肅起來。

「作為遲到的代價，23號學生——請你回答我一個問題。」

「咦，什麼問題？」

「請你告訴我，蒲公英的花語是什麼。」余思蘋說道。

花語是：停留不了的愛。

# 26

余思蘋提出的條件很簡單——至少一開始，皓修是這樣認為的。

「在最後的日子到來前，請將我的戒指還給我。」余思蘋的簡訊裡提到。聽到這個要求，皓修第一個念頭是——

「啊，原來她還記得我沒還她戒指呀。」這好像也是理所當然的。仔細想想，余思蘋隨身攜帶這枚戒指十多年，怎麼可能沒注意到自己還沒還她？

「她怎麼會在這個時間點，突然希望討回去？」

豪宅內，皓修打量著手中的戒指。這小小的飾品，保養得很好，雖然看得出有些年歲，表面依舊閃耀光芒。

據說，這枚戒指曾屬於他。據說，這枚戒指是母親給他的傳家之寶。在他離開那個家以後，輾轉流到余思蘋手中。而現在，竟奇蹟般地再次回到原始主人這邊。

「也許是因為她不需要這枚戒指了……」皓修暗暗揣測，余思蘋以前需要，是因為她無所依靠，得靠這種思念物來安撫情緒。而現在不需要，是因為她有了自己。

「……這麼想未免也太自大了。」皓修慢慢趴到桌上，卻藏不住笑容：「雖然，這應該就是正確答案了吧，呵呵。」他一邊沉浸在自滿，卻慢慢地又收起笑容。既然如此，她在這時間點討回去的用意是？

「仔細想想，也只有那個可能吧。」皓修深呼吸。

在自己的生命只剩三十八天、在這段感情即將結束時。在這個時間點，余思蘋希望他把戒指還給她，也只有那個可能了。皓修有了和真相相隔十萬八千里的答案。

「她希望在我離開這世界以後，靠著這思念物來療傷。」他悲傷想道：「唉，真是讓人心疼的女人呀……」

有個人看不下去了。老管家嘆了口氣，走到趴在餐桌的皓修身邊，俯下身，輕聲說道：「老爺，那位女士的意思應該是，希望你向她……正式求婚。」他無奈地點醒聰明一世，卻在關鍵時刻糊塗的男人。

「……！」皓修倏然坐起。

求婚，指的是當兩人深愛彼此後，其中一方向另一方提出某種要求。若另一方應允，這兩人的關係將得到更進一步的昇華。無論在法律上還是在情感上，皆是如此。或者說，婚姻不見得會讓愛情變得更濃，卻一定會徹底改變兩人的關係。

最大的問題是——對皓修與思蘋來說，這是可能的選項嗎？先不提種種社會層面上的問題——其中一個甚至沒有法律上受認可的身分。

對這對情侶來說，很明顯有另一個更立即的問題得面對。他的生命，只剩下一次月亮的陰晴圓缺，卻要與另一個人訂下代表「下半輩子」的牽絆……
這毫無疑問是自私。
海邊。
海風很鹹。卻比不上眼淚。
「妳確定要這樣做嗎，思蘋？」皓修忍不住問。
「嗯，這就是我的條件。」余思蘋說得很篤定，一如她往常的態度。
「這樣很自私……」皓修遲疑道。
「重點不是自私不自私，重點是你想不想。」余思蘋問道：「至少，我想。」
「……」皓修見對方講得這麼果決，本來諸多意見只好吞了下去。
「相愛，本來就是兩個人的自私。」余思蘋說道：「我們相遇以後，我一口氣參加了許多場葬禮……你知道我有什麼收穫嗎？」
「……？」
「有太多的後悔建立在『突如其來』上。」余思蘋淡淡說道：「因為突如其來，所以來不及把握。因為突如其來，所以準備不周——」
她想起了那一場又一場葬禮上，哭得悽慘的人們。
「他們面對逝者的時候，首先想到的一定是生前種種美好的記憶。」余思蘋緩緩說道：「在告別式中，就算……就算有不好的回憶，從他們肯踏進這個地方起，一定都得到了原諒。」
「……」
「所以，與其把剩下的時間拿來責怪命運的不公平，不如好好把握。」余思蘋說道：「我想用生命最後的時光，陪伴我深愛的人。」

「……」

「失去後才懂得珍惜，也許是蠢蛋才會做的事情。」余思蘋深吸一口氣：「但如果曾經失去過，卻依然學不會珍惜，這才是無藥可救。」

「……」皓修覺得鼻子很酸。余思蘋同樣也在吸著鼻子。兩人就這樣吹著海風，看著夕陽慢慢消失在海平面——又一天過去，旅行者的旅程愈來愈接近尾聲。

「所以呀……23號同學，這就是我的條件。」余思蘋笑道。

「……收到。」

「然後呀，在道別的時刻到來時，請不要太難過。」余思蘋頑皮一笑：「記得喔，當分開的時刻到來，溫柔地說聲『再見』就好。」

「呃，用意是……？」

「妳管我。」

「……好。」皓修點點頭。在葬禮上，「再見」這個通俗的詞語絕對不該說。但在此時，卻變成余思蘋最後的祈願。

大部分人的大半輩子，體會的都是日子一天一天過去的正常人生。鮮少有人會提早知道生命的期限，也很少有人抱持過完一天少一天的心態。

就算是見過各種人生的皓修，也從來沒有這樣的經驗。這是第一次。也是最後一次了。

皓修與余思蘋的相處並沒有什麼重大的改變。沒有因為這份愛情面臨終點，就在剩下的日子每天以淚洗面；也沒有因為兩人即將告別，就二十四小時都黏在一起，沉浸於離情依依。

他們依然過著各自的生活，在每天都抽出一定時間陪伴對方。頂多，余思蘋花了比過去多抽出了一點時間，用來凝視皓修。不發一語，僅僅是靜靜地看。想要記住對方那樣地凝視著。像是要把對方刻畫進自己靈魂深處般地看著。皓修當然注意到對方的視線，但他也僅是微微抬頭，報以溫柔一笑。

時間繼續滴滴答答地溜走。這天，余思蘋像平常一樣，前往學校上課。教室中，已經坐滿了二十二名學生。

「……？」余思蘋注意到旁聽生的位置是空的，眉頭微微一皺。他又遲到了。在時間所剩無幾的時刻，他竟然又遲到了？

余思蘋本來就是不容易受影響的個性，很快就恢復正常。也許是遇到什麼事了，反正這也不是第一次了。她雖然討厭遲到的人，但皓修並不是會隨便遲到的性格，一定是有什麼事情耽擱了。

「開始上課吧。」余思蘋淡淡說道。

底下學生一陣騷動。就在這時，一個學生舉起手來。

「老師，我想發言。」是一號同學。

「我還沒開始上課呢。」余思蘋訝然，這是第一次自己還沒拋問題就有學生想講話。

「是的，但我還是想發言。」一號同學很堅決。

「……？」余思蘋眉頭微蹙，但還是點點頭：「好吧，你說。」

「老師，我得先說明一下，這可不是我們想說的話，我只是『幫忙』念喔。」一號同學說著，語氣中帶上了濃濃的笑意。

「……『我們』？」余思蘋一愣：「你們是幫什麼忙？」

只有她，才會在進到教室以後，竟然沒發現全班同學幾乎都在忍笑。大家的表情五花八門——有好奇、有興奮、有驚訝、有緊張。絕大部分學生的表情都很期待。一號同學清了清喉嚨。開口了。

「這裡，是我們第一次相遇的地方。」

一講完，1號同學自動坐下。「什麼？」余思蘋還沒回過神。

2號同學又舉手了。「老師我想發言！」他非常活潑地站起，也不等老師允許，就自顧自開始講話。

「所以，我認為更該要有始有終。」

余思蘋聽不出2號同學的聲音是尖細還是低沉。余思蘋看不出2號同學是男生還是女生。不過，她聽得懂2號同學所說的每一個字。但她暫時消化不了2號同學想表達什麼。

「等、等等。」余思蘋有點頭暈腦脹。完全不給老師回神的機會，3號同學迅速舉手，站起身子，朗聲念道。

「第一次見到妳，我以為妳只是個普通的討厭鬼。」

「你說什麼！」余思蘋瞪著3號同學。

「我們只是受人所託啊！」3號同學慘叫，連忙坐下。然後就是4號同學。緊接著5號同學。順理成章的6號同學——

班上的學生們一個接一個舉手，也不等老師允許就開始發言。

余思蘋一開始猝不及防，也漸漸冷靜下來。等到了第10號同學時，她已經全神貫注地坐下，開始傾聽。

一邊聽，一邊開始思考，他是何時安排這一切的呢？看底下同學看著稿子念的模樣，他大概在每個人的桌上都放了小抄吧？可能還夾了幾張小朋友，就當作是肯幫忙的小費。

這些年輕人對這種浪漫的事情抱有幻想，當然很願意幫忙。而且他知道，對自己而言所有學生都像是人偶。無法辨識人臉，在這種時刻反而方便；少了尷尬，少了不自然，他們的發言對自己來說只是「旁白」。

二十二個同學，二十二句台詞。有起有落，有始有終。余思蘋靜靜聽著。

23號同學走進教室時，她靜靜地看向對方。

彷彿看見了當初那個緊張上台，不知所措面對安東尼的學生。彷彿看見了那偷偷摸摸坐在咖啡廳角落、拚命豎耳偷聽的笨拙模樣。彷彿看見了他在澎湖「巧遇」自己時，太刻意擺出的驚訝神情。彷彿看見了他在醫院中，在關鍵時刻接住了她戒指的那個白袍身影——然後就沒有還她了。

直到現在。他的眼神，與她的眼神交會。第二十三句台詞，便由他來說——

## 27

我與妳第一次的相遇，就是在這間教室。
所以，我認為更該要有始有終。
第一次見到妳，我以為妳只是個普通的討厭鬼。
可能是一個愛玩人偶的討厭鬼。
可能是一個愛刁難學生的討厭鬼。
可能是一個愛惡作劇整人、害人公主抱塑膠模特兒半個市區的討厭鬼。
也可能是一個愛在公共場合跟別人打情罵俏的討厭鬼。
但是我錯了。
過去，我去過四十多個國家，看過美麗的極光，欣賞過鬼斧神工的絕景。
我以為我見識已經夠廣、看過的事情已經夠多。
我以為我對這世界已經開始麻木。
直到我在這裡，直到我遇見了妳。
在我開始旅行的這十多年，我是第一次只看了一眼就喜歡一個人。
我猜，這大概也是這輩子第一次吧？

我不敢說，這一份「旅行」是否能算幸運。
畢竟我沒有選擇的權利。
但我敢肯定，七百一十四次的旅行，全是為了在此時此刻遇見妳。
我曾以為，我早已被命運遺棄。
但我終於明白，這十五年的時光，都是為了這一次相遇。
妳就是我的阿尼瑪。
如果明天就是結束，那我就愛妳今天。
如果我們還能擁有萬年，那我就愛妳永遠。
嫁給我好嗎，思蘋？

這一次，余思蘋的答案只有一個字。

## 28

今天的風，是帶有絲絲涼意的微風。是適合告別的天氣。

男人的動作很優雅，節奏雖慢、卻不拖沓。每個細節都必須注意到：燙得筆挺的西裝，上頭找不到一絲皺褶；鍛鍊過的肩膀恰到好處地撐起肩線，貼身包覆著他勻稱體態；臉上的鬍渣刮得乾乾淨淨；近期流行的復古油頭，替他增添了成熟的風韻；皮鞋自然擦得發亮，連丁點灰塵都找不到。

這些習以為常的動作，這些每七天就會重複一次的行為，本來早該成為日復一日的千篇一律；但在此時此刻，男人仍然用莊嚴的態度對待。只因今天有很特別的意義。只因今天要獻給特別的人。

皓修看著鏡子中的自己，微微點了點頭。不愧是請死神特別挑選過的身體，正適合搭配如此美麗的女孩。

當他走下樓時，那個女人已經在等他了。今天的她，穿著一襲白色禮服。

余思蘋的禮服並不浮誇，甚至有點樸素；造型簡單，任由弧線美好的肩膀露出，僅在裙襬處有著縷空的雕紋，以及位於白皙頸部上簡單的銀色項鍊。並不浮誇，如同白雪。余思蘋出塵的氣質與這樣純白的長裙恰恰完美融合。

「好看嗎？」余思蘋抬頭，問著從樓梯上走下的男人。

「非常美。」皓修笑了，伸出手。

門口，老管家恭恭敬敬地站著。
這站姿，這位置，他十多年來早已習慣。但這一次，他的肅立中，帶上了些許不一樣的情感。
「這些年來，謝謝你的照顧。」皓修對著老管家微微一躬身。
「……」老管家回以一鞠躬。
根據老爺所說，他將要出門遠行一陣子。這棟豪宅從今以後便是他的了，看他要住、要租、還是要賣都可以。老管家並沒有太訝異，對這筆飛來的財富更是一點感覺都沒有。這個六十多歲的長者，一直都對這一天心裡有數。
神祕的老爺在十多年前救了自己一命後，他便發誓要用所有方式來回報。而他心知肚明，這神祕的老爺總有一天也會神祕地離去。
也許老管家的眼睛比大多數的人都盲，但心卻比任何人都透澈。
「我才要感謝老爺您當年的救命之恩。」老管家低聲說道：「若非您，我也無法重新找到生命的意義。」
皓修沒有說話，僅是微微一笑。相處多年，過多的言語反而沒有意義。所以他猶豫了一下，往前站了一步，輕輕握住老管家的手。
「之後的日子，要保重。」皓修說道：「如果可以，在庭院裡種點什麼吧。」
「要種……什麼？」老管家疑惑。
「給我點驚喜吧。」皓修說完，再次微微一笑。
再見了，老管家。
再見了，我在這世上的第二個家。

皓修這些年累積的財產，幾乎全部捐獻了出去。那數字，甚至足以讓顏氏企業的顏面神經抽搐一陣子。

「你這麼有錢，當初為什麼還會怕爭不過顏子豪？」這是死神的提問。

「我輸給他的，絕對不是錢。」皓修淡淡回答。

「是臉？」

「……我都特別挑了很帥的身體了，怎麼可能會輸！」

「不然呢？」

「是時間。」皓修嘆了口氣。

死神啊了一聲，懂了。皓修沒辦法給予余思蘋的，一直都是時間。

「但你最後還是自私了。」死神問。面對這問題，皓修若有所思。他想起了那名女子的堅決。

「漂泊不定的旅行者愛上別人，本來就是一種自私的行為。」他緩緩說道：「但我現在懂了——這世上有種幸福，就是有人因為你的自私而幸福。」

承租的賓士轎車上，受過專業訓練的司機載著這一對情侶前往目的地。那是一個拍攝沙龍照的絕美地點。

「你怎麼找得到願意幫我們拍照的工作室？」余思蘋好奇問。

再怎麼看，皓修能有效利用的身分都只有「七天」；對普世觀點來說，要在短短七天內找到婚紗公司並且拍照，絕對是閃婚或是詐騙式的結婚吧？

「我買下了這間工作室。」皓修如此答道。

「……」余思蘋一挑眉，就想講什麼。

「這不適用於ＡＡ制。」皓修立刻搶答：「畢竟我累積財富的方式跟正常人不太一樣。」

余思蘋噘起嘴，過了一會後卻笑出聲來。

「有什麼好笑的？」皓修不解。

「不知不覺，你已經猜得到我想講的話了。」余思蘋微微一笑。

「相處這麼久，有這種默契很自然吧？」皓修說著。

「是這樣嗎，23號同學？」余思蘋調皮說道。

「就像我知道，妳不高興的時候會皺起眉頭，高興的時候也會皺起眉頭。」皓修說著，不禁得意起來：「但是高興時皺眉是因為害羞——所以妳還會加上一個咬嘴唇的動作。」

他一副「我很厲害吧」的模樣，只讓余思蘋恨得牙癢癢的。

「有嗎？」但她也開始回憶起自己是否有咬嘴唇的動作。皓修不禁覺得，余思蘋用手指摸索嘴唇的動作，真的是——

「有吧。」他也沒浪費機會，直接俯身吻住女子。

「唔！禮服會皺——」

「再買一套就好——」

一時間，小小的賓士後座，只剩下你儂我儂的熱度。兩人相互擁吻著，若非司機先生輕咳一聲，這份濃情密意可能要持續到天長地久。

「抱歉打擾了，我們到了。」他顯然見過大風大浪，神色如常。

「好。」皓修鬆開了懷中的余思蘋，神色自若。

「……」余思蘋滿臉通紅，狠狠地瞪了對方一眼。

兩人下了車。

這裡是皓修選擇的地點，也是拍婚紗照的聖地——高美濕地。

攝影師擺好攝影機，助理放置好打光板，一切準備就緒。

風車徐徐轉動，廣闊的泥地近乎一望無際。逐漸西沉的陽光，帶來的是最溫馴的亮度。

「雖然不是海，但是也可以拍出海岸的感覺呢。」皓修說道。

「所以這算是婚紗照嗎？」余思蘋問，看了看自己身上的長裙。

「算是吧。」皓修聳聳肩：「不能公開的婚紗沙龍照。」

余思蘋微微一笑。「真想……再次看見你的模樣呢。」她說道。

「妳真該看看，畢竟我現在的樣貌可是帥到沒天理。」皓修自滿地說。

是呀，沒看到那攝影助理小妹一臉羨慕的樣子嗎?在旁人的眼中，他們這對璧人一定是郎才女貌、天作之合吧?男的英俊女的貌美，年紀輕輕又氣質非凡，隨便按下快門就是一張能當作工作室廣告的絕美作品（當然，皓修事先有嚴令禁止公開）。

「不，我想看的，是你真正的樣子。」余思蘋說道。

「這個……連我自己都忘記了呢。」皓修苦笑。

「我記得就好。」

「怎麼感覺妳話中有話？」

「看來，你跟我還是不夠有默契，不然你早就讀懂我的話了。」余思蘋調皮一笑。她的笑容是如此美麗，在夕陽餘暉下反射出動人的光輝。

「這……」皓修看呆了好一會，這才回神。

他正想說什麼，攝影師已經比出手勢。

快門開始按動，一張又一張照片被拍下；這支專業的團隊，開始用他們的技術，將這對男女的一切都記錄下來。所有的美好，都停留在這一刻。

「謝謝妳，思蘋。」皓修突然開口。

「……？」余思蘋側頭。

「謝謝妳愛我。」皓修認真說道。

「我才要謝謝你，回到我身邊。」余思蘋微微一笑。

她的無名指上，那一枚戒指正閃耀著幸福的光芒。

謝謝你。

# 29

時間所剩無幾。

能相處的時光愈來愈少，該做的事情也一件一件完成。對皓修來說，他想道別的對象差不多都告別完畢；對余思蘋來說，她想與愛人一起共度的事情也幾乎都度過了。

而兩人也約好，要在皓修的最後七天找一個無人的地方，讓余思蘋默默陪他走完最後一段旅程。

這是皓修的心願。他想平靜地走，不要有太多眼淚，只要有一份陪伴就夠——所以，他也答應了余思蘋的一個心願。

夜晚降臨。時隔十五年，皓修終於回到這個地方。

在十五年前，這裡曾是他的家。十五年後的今天，這裡則是他愛人的家。

「你們好。」皓修向桌子另一側的兩人輕輕一躬身。

余思蘋的養父、養母。他的親生父母。他幾乎得耗盡這些年來累積的所有經驗，才讓自己的動作不至於顫抖。

十五年過去了，他雖然記不得他們以前的樣貌，但仍然看得出歲月留下的痕跡。

這兩老今天的標記物是無鏡片眼鏡框。余爸戴著紅色的鏡框，余媽戴著綠色的鏡框，不可謂不潮。桌上擺著幾碟小菜，幾瓶酒，兩個空杯，一大杯冰塊。余媽一臉欣慰地看著自己的養女與「女婿」，愈看愈是滿意，不斷地點頭。至於余爸，他就只是默默看著眼前的年輕人，眼神如炬。

「……」皓修感受著對方灼熱的視線，盡力壓制自己移開視線的念頭。

也不知道該說是幸運還是不幸——

「爸，你怎麼已經喝醉了！」余思蘋終於忍不住了，一臉頭痛。

的確，此時的余爸一身酒氣，雖然還不至於大醉，但身體已經開始微晃——在養女帶男朋友回來前一個小時，余爸就已經灌完一整罐啤酒。這讓事先警告皓修多次「爸可能會灌你酒」的余思蘋很尷尬。對此余媽也是一臉無奈，覺得自己的丈夫真是丟臉。

「壓驚。」余爸重重一哼。

「壓什麼驚？」余思蘋一愣。

「妳突然說要帶男友回來，突然告訴我對方求了婚，突然又說妳就這麼答應了——」余爸緩緩說道：「我受到的驚嚇還不嚴重嗎？」這問題非常尖銳，皓修完全不敢講話。

「喔——」余思蘋拉長尾音。

「喔什麼！」余爸怒。

「看到女兒幸福，你不開心嗎？」余思蘋聳聳肩。

「妳……」余爸被嗆到了：「我是怕妳被欺負！」

「這世上有人能欺負妳女兒嗎？」余思蘋微微一笑。

「……也是。」余爸一愣，隨即嘆了口氣，再次看向皓修，「來，喝酒，男人之間還是要把酒言歡，才能真的了解彼此！」

「我來。」皓修連忙站起，替余爸斟了一杯。他夾起幾塊冰塊，放到啤酒中，然後推至余爸面前，隨即又替自己倒了一杯。

「酒量這麼差，還說什麼把酒言歡……」余媽嘟囔。

「別喝得太醉喔。」余思蘋小聲警告。兩個男人假裝沒聽見女人們的話，兩人對飲了一杯。

「嗯……呼。」本來就已經半醉的余爸，瞬間進入茫然狀態——他的酒量果然很差。

這之後的飯局，氣氛非常愉快。

皓修慶幸於這具身體的酒量並不差，陪著余爸喝了好一會。

余媽比較少說話，只是用慈愛的眼神打量著余思蘋還有皓修。

余爸從一開始的抗拒，漸漸地軟化，最後就這麼和皓修暢談起來：談國家，談政治，談養女，談人生。兩人也意外地投機——這讓一旁的余思蘋大大鬆了一口氣。

酒足飯飽時，皓修本來打算收拾碗筷，卻被余思蘋用眼神阻止了。

「你扶爸上樓休息吧，這裡我來收。」

「休什麼息，我們不是要不醉不歸嗎？」余爸晃了晃手，嚷嚷。

「說什麼不醉不歸？你已經醉了好嗎，而且你要歸去哪裡啊？」余媽瞪了丈夫一眼。皓修苦笑，扶起余爸往樓上走去。

「上去後，左手邊第一間就是我們的房間，把他丟到床上就好。」余媽叮囑。

「好。」皓修攙扶著余爸，一步一步往樓上走去。踏上樓梯時，余爸睜開茫茫的眼，打量著皓修。

「我……是不是在哪裡看過你啊？」他用大舌頭發問。

「可能吧，畢竟我去過很多地方。」皓修微微一笑。

「但我不常出門啊……」余爸咕噥。

很快的，他們來到了目的地。主臥室內，皓修將余爸放到床上後，眼神猶豫起來。睽違十五年的相會，沒想到對方卻幾乎都在酒醉狀態——不，也許這反而是好事。喝醉的余爸基本上已經半點意識都沒有，所以……

「死神七規，應該不適用了吧。」皓修心想。

余爸已經開始微微打起鼾來。皓修猶豫了一下，慢慢開口。

「您……別再喝酒了。」他說道。余爸的鼾聲不止。

「雖然你的身體還算硬朗，但這樣喝下去對身體真的不好——尤其是在見到秦柏楊後，你似乎又破戒了。」皓修繼續說道：「這個家庭需要你，媽媽需要你，思蘋也需要你。所以你得繼續健健康康，照顧她們。」他頓了頓。

「雖然我沒有生前的記憶，但我知道你一向是個有肩膀的男人。」說到這，皓修輕輕地笑了：「因為我自己也是——我想，這絕對是耳濡目染之下的教育成果吧？」說完，他關上門，輕手輕腳離開了房間。

等皓修回到樓下，這才發現余媽也睡著了。

「搞什麼……」他傻眼，就連余思蘋也處在半醉。

余媽和余思蘋顯然趁著兩個男人上樓時，自己又開瓶喝了一番。喝的是果汁酒。酒精濃度很低，但是對酒量差的人足矣——皓修沒想到余媽也是酒量很差的人！

「讓她睡一樓客房就好。」余思蘋眼神迷濛，勉強維持一半清醒：「不然爸爸的鼾聲會吵醒她。」

她看著睡得深沉的余媽——在她的印象中，母親從沒喝醉過，也許這證明了她真的很開心吧。

「好。」皓修點點頭。兩人扶著余媽進了客房，安頓後便離開。

「結果你們都沒機會聊到天呢。」余思蘋關上房門時，露出了微笑。

「這樣也好吧。」皓修倒是鬆了口氣：「省得引發婆媳間的衝突。」

「說相反了吧？」

「呃，嗯，對。」

「那現在呢？」余思蘋問。

「本來預計今天會弄到很晚，沒想到多出很多時間呢。」皓修沉吟。看了看手錶，這具身體的時間還剩下不少。

「我先去準備下週的行程吧。」皓修說道。

接下來是他人生的最後七天，他可不想出任何差錯。只是一隻手輕輕拉住他的衣袖。

「不留下來陪我一會嗎？」余思蘋說著，頭還微微一側。

此時的她臉頰紅撲撲的，一向清冷的秀麗容貌也變得軟綿綿，煞是可愛。

「嗯……我繼續在這裡待著也不太好吧。」皓修苦笑，自己再怎麼說，好歹也是客人的身分，在兩位主人都醉臥的時間點，實在不該再留在他們養女身邊。

「那至少等我睡著後再走。」

「……好。」

「你為什麼要吞口水，變態嗎？」余思蘋口氣雖是責怪，卻又似是嬌嗔。

「咳咳，這是很正常的反應好嗎。」皓修正色。

——看來這酒量奇差的女子，真的也喝醉了。沒想到自己竟然成了這個家中唯一清醒的人呀……

「我送妳回房間吧。」皓修微微一笑。

「你要怎麼送我？」余思蘋懶洋洋說著。

「這樣。」皓修說著，直接將余思蘋公主抱抱起。

「你做什麼！」女子當場驚呼一聲。

「這是要報之前的一箭之仇。」皓修得意洋洋地說著，就這麼抱著余思蘋往樓上走去。

「……」余思蘋哼了一聲，卻也沒有反抗，只是靜靜窩在對方懷裡。

皓修抱著余思蘋回到房間，將她溫柔地放到床上。房間內，帶著女性特有的氣息，以及若有似無的香氣。皓修一踏進來，就有一種強烈的既視感——這裡，大概曾經是他的房間吧？

「我該走了。」皓修替余思蘋理了理秀髮，溫柔說道：「妳們今天就好好休息吧。」

余思蘋側躺在床上，努力睜開快閉上的眼睛，突然開口：

「我想問你，如果你知道了你的生命正在倒數，你會想要做什麼？」她問。

「這真的是大哉問呢。」皓修苦笑，伸出一隻手：「別忘了，我的生命的確正在倒數。」

「你害怕嗎？」余思蘋牽住那隻手。

「很怕。」皓修坦承：「但妳陪伴在我身邊，這樣就足夠了。」是呀，選擇待在余思蘋身邊，這就是皓修的選擇。

「真會說話，23號同學。」余思蘋笑了。

「如果可以，我的確還想多一點日子跟妳相處，而不是只剩區區這七天。」皓修柔聲說道：「但是……如果不是因為當初我的時間所剩不多，我也不見得有勇氣向妳跨出那一步。」

所以，皓修並不責怪命運。畢竟命運帶來一份美好，並不是為了讓你失去它。

「真是豁達呢。」余思蘋喃喃道。

「我參與了七百多份人生，看過太多太多的生離死別——也許我在這之中學會的不是豁達，而是珍惜。」皓修深深地說道：「我不知道我能夠給你多少，但我一定會把我所有的一切都給妳。」

這就是皓修的愛。這就是他們的愛。

余思蘋嘴角上揚，男人這番話連甜言蜜語都算不上，但仍讓她很開心。她只是覺得眼皮愈來愈沉重、愈來愈沉重。

「你可以唱鄧麗君的〈月亮代表我的心〉給我聽嗎？」在快睡著前，余思蘋如此要求。

「妳喜歡這首歌嗎？」皓修訝然。

「還好。」余思蘋喃喃說道：「但你很愛去別人葬禮放這首歌，聽著聽著，就習慣了。」

皓修乾笑一聲，他搗亂別人葬禮時，的確「不小心」讓余思蘋參與不少次。

「哄我到我睡著再走，好嗎？」余思蘋的手緊緊握著皓修，眼睛已經閉起。

「沒問題。」皓修莞爾。這女子總是只有在快要睡著的時刻，才會展露出如此柔弱的樣貌。皓修憐惜地看著女子，輕輕開口唱了。

聽著、聽著，余思蘋睡著了。

唱完了，皓修用最小的動作站起身子，鬆開了牽著她的手。

他輕輕地親了她額頭一下，便離開了房間。

皓修走下樓後，將桌上的餐具碗盤都收好、洗好；略微摸索一下，便把所有東西都歸位。花了約莫半小時，整個餐廳已經恢復得乾乾淨淨。

「我猜，我以前一定很少回家，也很少幫忙做家事吧？」皓修想著。

他看了看二樓余爸的方向，又看了看一樓余媽的方向。

然後微微地低下頭，心中默默念道：「既然這世上真的有死神，那應該也有輪迴吧。」

這個家、這曾經熟悉無比的地方。

因為一次不該發生的意外，皓修被迫離開。如今，他再次回來了。

「可惜的是，我這次回來，卻是準備再次道別……」皓修心中默念。雖然沒有記憶，但不知不覺間，眼淚仍充盈了他的眼眶，「希望來生，我還能再當你們的兒子，盡我這輩子沒有盡到的孝道。」

再見了，爸，媽。

十五年前來不及的道別，終於趕上了。
接下來，便是最後的七天了。

黃皓修做了一個夢。
余思蘋也是。
夢裡，有著他們的起點。

# 30

一時之間，他分不清楚夢境與現實。蒲公英飄呀飄，也不知是在過去的風中遊盪，還是在回憶的海洋裡掙扎。唯有一點很確定——那一天發生的事情，便是一切的起點。遠在命運尚未展開的十五年之前……

意識還很模糊。疲倦緊抓住他，那是長時間工作累積的困頓，不讓他輕易清醒。所以男人還想多睡一下。

「醫生、醫生——」呼喊他的聲音只能無奈地重複。

「……醫生，醒醒！」一直到第十八次呼喚，才讓醫生睜開眼睛。

「……我睡著了？」他揉了揉惺忪的睡眼，卻還是有點睜不開。

他得等到一分鐘過後，才會發現他竟然坐在辦公室的椅子內直接睡著。

「你已經很長一段時間沒回家了，真的不去休息嗎？」值班的護士皺眉。

醫生揉了揉眉心，讓渙散的意識慢慢凝聚。

「等我看完這幾個病歷再說吧。」他看向窗外，一面打了個呵欠。

已經連續下了一陣子的大雨。進醫院的人數減少了些，但會進來的人也狼狽了些。

「真的是工作狂呀……」護士嘖了一聲。

他非常年輕，長相清秀，可惜就是總臭著一張臉，給人「生人勿近」的距離感。

「我爸媽也常這樣念我呢。」醫生無奈地笑著。

「不過，他們一定很為你感到驕傲吧。」護士顯然怕自己剛剛的話聽起來太衝，連忙又補了句。

「這倒是。」醫生微笑，他很高興父母能為自己感到驕傲。

「對了，503號房的小妹妹又在鬧脾氣了。」護士突然想到什麼。

「……她不是我負責的患者吧，為什麼找我？」醫生翻著資料的手頓了頓，「我記得，由誰來執行手術好像還沒確定吧？」

「她脾氣太大，王醫生跟劉醫生都無可奈何，大概只有你有辦法了。」護士嘆了口氣。

「身心科看過了嗎？」醫生問。

「還沒趕到。」護士說：「但他之前說過，小妹妹的問題不只是身心。」

「硬把這個問題踢給我們嗎？」醫生闔上卷宗。

當他轉身走向目的地時，心中冒出這個念頭：「與其說無法決定由誰動手術，不如說……這手術到底該不該動，本身就是個問題呀。」

當醫生來到503號房時，裡面已經寧靜下來。

他小心翼翼地走進去。現場還殘留著剛剛發生暴動的痕跡。餐盤被打翻過吧？地上有重新擦拭、消毒的跡象。嗯，牆壁上的掛畫也被打掉了，現在只能靜靜地躺在牆角。旁邊櫃子上的塑膠花瓶消失無蹤——啊，這下至少知道掛畫是被什麼打掉的。

「……」醫生審視著，思量著，最後才將視線投向病床上的那人。一個年僅十二歲，頭上纏著白色繃帶，此刻正閉著眼睛沉睡的小女孩。她為什麼又發脾氣了？這已經是這三天來第五次。是因為傷口的疼痛折磨？過度想念家人？還是……綜上所述所有理由？

「……」醫生拉了一張椅子，在病床旁邊坐下。他想起剛剛閱讀的病歷表。

她叫余思蘋。

十天前，她遇到一場車禍，父母當場死亡。她僥倖未死，卻也受到重傷；一塊鐵片刺入她的腦部，讓她陷入昏迷。經過一番搶救後，她醒了，但鐵片卻尚未取出。鐵片的位置旁有太多神經與血管，動刀風險極大。但如果不動刀，鐵片遲早會奪走小女孩的生命。

「這手術，很困難。」院內資歷最深的大醫生都如此說道。

若是找一般的醫生動刀，成功機率大概百分之十五。皓修來動刀，則可以提升到百分之三十。依然是個危險的數字。而且就算、就算手術成功，之後隨時有再次瀕死的可能。

「不過，比起手術成功率，更重要的是……」醫生無奈地想著：「她本身有沒有求生欲望吧。」

求生欲望。這個詞彙，看似不該出現在講究實際數據的醫學領域，卻貨真價實對手術的成功率有關鍵影響。如果他沒猜錯，這小女孩剛剛鬧脾氣的理由是——正當醫生沉思的時候，他不經意的一瞥，發現小女孩正睜開眼睛，冷冷地看著他。

「……！」醫生一震。

「盯著睡著的人看，你是變態嗎？」小女孩語氣冰冷，裡頭帶著濃濃的厭世。

「醫生看著患者，這是很正常的事吧。」醫生神色不動。

「我應該不是妳的患者吧。」小女孩說著，眉頭不屑地一抖：「那些人拿我沒轍，所以就找了個新的倒楣鬼？」

倒楣鬼？醫生眉頭也一抖。看來這患者不但早熟，而且聰明。還頗讓人頭痛。

「好吧，思蘋小妹妹，請告訴我妳這次是為什麼生氣？」醫生溫和一笑。

「我沒有生氣。」小思蘋淡淡地說道。

「沒有生氣，會連續尖叫一個小時，把所有觸手能及的東西全部摔出去？」

「……」小思蘋閉上嘴巴，拒絕作答。

很顯然，若對方無法正確揣測她的念頭，她就懶得繼續溝通。

「……」醫生無奈，但隨即心念一動，注意到這小女孩的雙手正緊捏著棉被。微微顫抖。他若有所思地站起身來。

「原來是這樣。」他走到窗邊，拉起了窗簾。雨聲一被隔絕，小女孩的顫抖立刻變弱許多。

「果然。」醫生心中暗暗想道。是雨聲。那場車禍，便是發生在視線不佳、容易打滑的大雨夜裡。

「……」小女孩皺著眉，似乎在重新評估這個……新醫生。

他是第一個注意到這件事的人。

這幾天來了這麼多醫生，有男有女，大部分都比較年長，卻沒有一個人注意到這件事。

「噁心。」小思蘋張嘴，說出的話卻跟道謝相差十萬八千里。

「彆扭。」醫生重新坐回椅子，忍不住回嘴。

這種明明只要開口就會有人幫忙的舉手之勞，小女孩卻一個字都不肯說。真的很彆扭。

「我要準備睡覺了。」小女孩說著，將身體放平，眼睛閉上。醫生聳聳肩，默默看著小女孩的顳骨部位。這兒，只能隱隱約約看見一道小傷口，但誰能看出裡頭埋著一塊異常凶險的小鐵片，正蠶食著她的生命力？無論要動刀取出還是放任，都是在賭命。

「你為什麼要一直盯著我看。」小女孩的聲音再次響起。

醫生嚇了一跳，這才注意到小女孩又睜開眼睛，不滿地看著他。

「抱歉。」他再次苦笑，只能站起，準備離開病房。畢竟，脾氣已經安撫，問題根源也解決了，他沒有理由待著。後頭突然傳來悶悶的聲音。

「你叫什麼名字？」

「……」醫生腳步一緩，回頭，發現小女孩眼睛沒有瞧這，人縮在被子裡頭。他忍不住笑了。

「我的名牌上有寫。」

「……」小思蘋瞪著這傢伙。幼稚。

醫生的名字，叫做黃皓修。

十五年前，人生暫停在二十五歲的黃皓修。

該怎麼評價皓修這個人呢？

問問醫院，裡頭的人清一色會給予正面好評。皓修從醫學院畢業時，成績非常優秀，幾乎是直接被安排到醫院內的重要位置；在幾次跟刀後，就得到了替患者開刀的重要資格。

雙手穩健，腦袋清晰，判斷力精準，絕不妄自菲薄，也不會夜郎自大。他曾經動了一個連續十六小時的手術；當手術結束後，所有護士、助手都立刻累癱昏睡時，他卻維持著清醒，面對著家屬做出完整的交代。

前輩給予好評，後輩報以崇敬。年紀輕輕，就成為醫院中的特級醫師，得到替ＶＩＰ病人動手術的資格。更重要的是，英俊挺拔，從容非凡。

「黃金單身漢。」學妹Ａ欣羨地說。

「一定是個好丈夫。」學姊Ｂ忸怩地說道。

「我還真的講不出他有什麼缺點耶，待人溫柔，對學弟妹體貼，對前輩們也很有禮貌……簡直完美。」學妹Ｃ邊說邊臉紅。

「可惜就是太注重工作了。」學姊Ｃ嘆氣。

太注重工作，可說是皓修最明顯的特點。某方面而言，這當然不能算是「美中不足」；但對這些飢渴的女性來說，太專心在工作的皓修，離「戀愛」兩個字也很遙遠。那麼，扣掉這個缺點，皓修是否有其他明顯的缺點呢？

這天，一個稍微年長一些的醫生說道：「皓修，你被病人投訴了。」

「什麼？」皓修一呆。該醫生臉上帶著笑意。

被病患投訴並不是什麼罕見的事，可能病患覺得今天醫院提供的菜色不好，可能覺得哪個醫生臉太臭。這種投訴往往可大可小，端看投訴的事宜是否嚴重，或者是更現實一點的——病患是否有強而有力的背景。不過，對於頗具完美主義的皓修而言，這可算是不得了的大事。

「是誰投訴我？」他百思不得其解。

「我看看……」醫生裝模作樣地檢視手中資料，然後才說道：「是503號病房的患者。」

「……」皓修皺了皺眉，覺得這數字有點耳熟。

「投訴事項是──『幼稚』。」醫生說著，身邊幾個護士都笑了起來。

「什、什麼？」皓修只覺得受到莫大汙辱。

幼稚？竟然投訴我幼稚？

「你去看看吧。」醫生笑聲不止。

「我不要，我為何要去看一個投訴我的小鬼。」皓修傻眼。

「你不是也對她的案子研究許久。如果由你動刀，最適合不過吧。」

「你想說的是，如果是由我動刀，她會比較願意接受吧。」皓修嘟囔。

「誰叫你是大帥哥呢？」

「謝謝！」

皓修並不是只有在值班時間會值班──他幾乎把所有值班之外的時間都拿來進修，也因此才得到工作狂的稱號。而最近，他值班時間之外的時光還多了一個行程──來這間503號病房。

「告訴我你的名字，我就撤銷投訴。」

「我的名字名牌上有寫，自己看。」

「……」小女孩瞪著皓修，皓修也坦率地給她瞪。

「算了，你叫什麼不重要。」小女孩——或者說小思蘋淡然說道：「醫生，你可以告訴我一些快樂的事嗎？」

「快樂的事嗎？」皓修努力忽略對方前一句話，「嗯，這個嘛……」

「隨便什麼都好。」

「其實我想不出來耶。」

「……」小思蘋一臉震撼，難以想像竟然有人想像力這麼貧乏。

「如果真的要說……那就是我能成功拯救一個生命吧。」皓修想了半天，總算擠出這樣的答案。

「你是說，讓那些病人逃避死亡的時候嗎？」小思蘋說著，似乎完全忘記自己同樣也是病人，而且是最嚴重的那種。

「這個嘛……」皓修苦笑：「再好的醫生都無法阻止死亡，再精湛的醫術都無法做到這一點，我們只是延長病患的生命而已。」

「有差別嗎？」小思蘋對這樣的話題來了興趣：「當你救回了一個人，不就是阻止他的死亡？」

「反過來講就有差別了。」皓修聳聳肩：「當我們救不回一個人時，豈不就是害死他了？」

「……」

「啊……」

皓修這才發現，自己跟這樣一個小孩討論這種事，似乎有些不妥。

只不過看著小女孩若有所思的模樣，他又覺得挺值得的。

就在這時，一個年輕的小護士探頭進來。

「醫生，你……想喝杯咖啡嗎？」只見她有點害羞地問。

「謝謝，請給我一杯拿鐵。」皓修露出愉快的笑容，舉起一隻手：「請幫我加三包糖——愈甜愈好。」

「……」只見小護士臉立刻垮下來，她本意絕非如此，但也只能乖乖去照辦。

「這間醫院真好，那些學妹們總是願意幫學長泡咖啡呢。」皓修衷心感謝著這世間上所有的善良。

小思蘋一臉難以置信地看著完全會錯意的醫生。「……那姐姐擺明喜歡你吧。」

「咦咦咦？是這樣嗎？」皓修吃了一驚。

「你真的很遲鈍。」

「呃，話不能這麼說吧……」

「你的爸爸媽媽一定很擔心你娶不到老婆……」

「妳怎麼知道……咳咳，這才不是重點！」

病房內，一大一小，沒大沒小的對話持續著。不知不覺，皓修愈來愈習慣來到這間病房。而小女孩從沒對他發過脾氣，一次都沒有。

這天，醫院內變得稍微熱鬧，幾個醫生聚在一起。

「皓修！恭喜你！」

「顏龍的手術時間訂了，就在下週。」

「那不是很有錢的大老闆嗎？」

「只是很簡單的閉鎖性骨折。」皓修沉吟：「目前先打上石膏，降低組織的炎症反應後，大約一星期後便可以開刀。」就算是這樣的小手術，他仍花了許多時間和心力研究病歷，自己也進行了多次模擬開刀，只為了做到萬無一失。

「感覺是個機會呀……」旁邊的醫生一臉羨慕。

「這種沒什麼風險的手術，給學弟練習不是比較好嗎？」皓修皺眉。

「對方指名要你啊。」另一個醫生笑道。

並不是什麼稀罕的事。愈有錢有勢的人，就愈會想尋求最穩定、保險的管道來治療自己。皓修這些年累積下的成功經歷，讓他成為醫界新星，也成了一些有力人士心目中的「保險」。

「類似品牌迷思吧？」皓修本身不太喜歡這樣的安排，嘆了口氣。

「臭皓修，是在暗捧自己是名牌嗎？」他的學長捶了他一拳。

「呃，也不是這個意思啦。」皓修尷尬地搔了搔後腦：「只是，我想把這些時間拿去幫更多其他人呀。」

眾醫生你看我我看你，都是暗暗搖頭。該說是讓人嫉妒還是羨慕呢？這年輕的醫生，明明有著大家都豔羨的技術和機運，卻寧可把心思花在幫助他人上。他的身上，有一種在這白色巨塔中極少出現的特質——善良。

「我知道這不合你本性，但這世界上就是這樣，你不可能要世界永遠繞著你轉。」一個學長拍了拍皓修肩膀：「只有飛得更高，才能幫助更多人呀。」

「也是。」皓修無奈看向手中關於顏龍的資料，心中卻有著自己的小算盤。接下來，再模擬兩次閉鎖性骨折的處理手續後，就繼續熟悉開腦手術的流程吧。

顏龍的手術時間愈來愈接近。

這種毫無壓力與難度的手術，對皓修而言只是個小插曲。他更擔心小思蘋的手術。嵌入頭殼的碎片，如果拖太久，只會跟增生的微血管纏繞在一起，更增風險，但就算要強硬的開刀，也有非常大的難度——成功率不超過百分之三十。

503號病房內。

「該……怎……麼……辦……」皓修一面把玩著手中的戒指，一面發呆。

小思蘋皺眉看著一副神智不清模樣的醫生，半小時後終於忍不住了：「你到底在幹麼？」

「小孩子不會懂啦。」皓修回神，卻立刻將對方的疑問退回。

小思蘋眉頭一皺，顯然被激怒了。「看你玩戒指玩得這麼痛苦……」她冷酷地說：「你離婚了？」

「我連結婚都沒有，什麼離婚不離婚的！」皓修虎軀一震：「而且萬一我真的離婚，妳這麼直接豈不是傷害到我的心！」

「虧你還自詡醫生，難道不能治療心傷嗎？」小思蘋嘲諷。

「什麼自詡！我真的是醫生啊！而且是很棒的那種。」皓修挺起胸膛：「不信妳去問問其他人！」

「所以那枚戒指是怎樣？」小思蘋不想理對方的自誇。

「……這是我的幸運戒指。」皓修臉垮下：「是我媽媽給我的傳家之寶。」

「媽寶。」

「別縮寫得這麼順啊……」皓修嘆了口氣，凝視手中的戒指：「總之呢，我老媽跟我說過，戒指是把我們套在這世界的甜蜜枷鎖——所以每當我難過的時候，我就會想像自己被這枚戒指套住，也就有了繼續在這世界紮根的理由。」

「……」

戒指的用意是這樣的嗎？小思蘋似懂非懂，卻覺得這樣的解釋也不賴。

「是人，都需要在這世界上紮根，我們不可能沒有根的前進，那樣不就太可……」皓修說到一半，立刻閉上嘴巴。他想到眼前小女生的遭遇，這番話也許有點不合時宜。

「沒關係，我已經認清了。」小思蘋並沒有掉眼淚。也許那塊碎片、那場車禍，已經讓她失去流眼淚的能力了。

「我好像沒有紮根的理由了。」她開口。

「……」

「我不是笨蛋，我也知道自己的頭裡面有個怪東西，每天睡著後可能都醒不過來……」小思蘋說著，搖了搖頭：「這樣也好，反正我在這世上已經沒有什麼重要的東西了。」

「別說這種話！」皓修脫口而出。

「……？」小思蘋看著年輕的醫生。眼神裡沒有半點漣漪，不因痛楚而翻攪。那是已經漸漸放棄一切的平靜湖水。

「……那麼從今天開始。」皓修突然說道。

「什麼？」

「我就當妳的家人吧。」皓修認真地說道。

「……」余思蘋一愣。過了幾秒，她噗哧一笑，「家人什麼的……」

「我認真的——如果妳認為這世上沒有重要的東西，那我就當妳重要的人吧。」皓修繼續說道：「我讓妳紮根。」

小思蘋本來還想嘲諷些什麼，但當她看到年輕醫生眼中的真誠時，卻什麼話都說不出來了。在不知如何反應的情況下，她直接把自己埋入被窩中。

一時之間，病房內陷入沉默。良久，被窩中伸出一隻手。

「給我。」

「嗯？」

「那枚戒指。」

「什麼！」

「這不是你最重要的東西嗎？」

「是呀。」

「你也說了，我對你而言很重要。」

「呃……是沒錯……」

「所以到底哪個比較重要？」

「咦？這哪能這樣比較……」

「……」

那隻小手慢慢收回。

被窩裡傳來悶悶的聲響。

「算了，不稀罕。」

然後就再也沒動靜了。

「……」皓修只能苦笑。他看了看手中的戒指。說實在的，這枚戒指雖然是幸運物，但觀賞性質比實用性質大多了。

媽媽，請原諒我接下來打算拿傳家之寶做的事。

不過呢，救人一命勝造七級浮屠啊……

「我可以給妳這枚戒指。」皓修說道。

棉被一震。

「不過，妳得答應我一個條件。」皓修繼續說道。

「……什麼條件？」

「接受手術。」皓修認真說道：「然後等手術成功後，親手把戒指還給我。」

這就是皓修的打算。如果小女孩沒有求生欲望，那他就給她一個活下去的理由。哪怕再微不足道，只要能讓她有重新睜開眼睛的動力就好。

慢慢地，被子被拉下。皓修接觸到的，是小女孩狐疑卻複雜的眼神。

「你真的要把這枚戒指給我？」

「是借妳。」皓修輕咳，強調重點：「要還的。」

「……」小思蘋瞇起眼睛。

她當然知道這醫生心中的小算盤。她也知道對方打算透過這樣的小手段來讓自己能接受手術——非常粗糙又幼稚。

但是，卻是真的希望她好起來的小心機。

小思蘋一把搶過那枚戒指。

「拜託妳珍惜它……」皓修只覺得一陣肉痛，眼睜睜看著傳家寶被奪走。

「唉，我才十二歲耶……」小思蘋看著手中戒指，突然說道。

「嗯？」

「違法了喔。」

「啊……？」

「好歹等我成年再來吧。」小思蘋再次把自己縮回棉被中。

「妳到底在說什麼呀？」皓修還搞不清楚之前的話，連忙重複：「還有妳這算是答應我要動手術了對吧？一定要還給我喔！」

小思蘋沒回答。棉被下的小手，卻把戒指握得很緊、很緊。

顏龍手術的前十個小時。這位商場上的傳奇，早就住進了單人套房，等時候一到便可進行手術。

手術前二十四小時，皓修排開了所有行程，只為了養精蓄銳。

「感覺沒問題了。」皓修舒了口氣，面前擺著練習用的矽膠模塊。對於病患極度負責的他，就算是小手術也務求過程完美。

「既然如此，按照慣例去看看那個小妹妹吧。」他伸了伸懶腰。

也就是在此時，意外發生了。余思蘋陷入了重度昏迷。這並不算出乎預料，甚至是早已可以預估的情況。

「病人昏倒了！」

「腦壓升高中！」

「要立刻動刀嗎？」

「不行！沒有醫生願意動這手術……」

「難道要眼睜睜看著她死嗎！」

「成功機率太低了，而且就算這次開刀成功，很有可能會留下嚴重的後遺症，她在幾年內倒下的機率也很高！」

「唉，年紀還這麼小啊……」眾位醫生討論著，看著各種資料與照片，研究著碎片刺入的角度，以及比較進行各種手術的成功機率。很難。想要救回這個小女孩，除非有奇蹟。

「如果是叫皓修來……」一個學弟扶著額頭。

「別鬧了，他再過幾個小時就要替顏龍進行手術了。」年長的大醫生瞪了他一眼：「別拿這事去煩他。」

「但若不快一點動開腦手術取出碎片，她根本撐不到明天。」另一個女醫生咬了咬牙，看著愈來愈微弱的生命跡象。

「從我們穿上白袍那刻起，就該有這份覺悟了。」大醫生嚴肅地說道：「我們不是神，不可能拯救所有人。」

「是……」其他幾個醫生互看一眼，認命一般嘆了口氣。

「但我們身為人，更應該要盡力去拯救所有能被拯救的人。」就在這時，聲音響起。所有醫生轉頭一看，發現穿上無菌手術服的皓修正走進來。

「你這是幹麼？」大醫生一愣。

「我來替她進行手術，準備好八號手術房。」皓修已經戴上口罩，快速說道：「第二小組跟我進去，第三小組在外頭待命。」

「你瘋了嗎？你這是打算推掉ＶＩＰ的預約？」大醫生立刻意識到事情的嚴重性。

「一個大腿不方便的富豪，跟一個不開刀就會死的小女孩……」皓修淡淡回答：「我不認為這有必要去做選擇。」這根本不構成選擇題。而是是非題。

「你想得罪ＶＩＰ嗎？」大醫生怒問。

「在我面前，大家都是一條命，並沒有差別。」皓修說完，走進手術室。

其他人你看我我看你，隨即都露出會心一笑。

「真是的，你這樣子根本不適合當醫生啊……」大醫生無奈，卻也不禁笑了。

手術，成功了。

「接下來只要等她穩定過來，應該就會醒來。」

「恭喜你，皓修，你又達成一項不可能的任務。」

「你先好好回去休息吧。」

「唉，顏龍那邊我想辦法安撫一下，看他願不願意接受院方安排的其他醫生……」

之後幾天，小思蘋的狀態非常良好。碎片成功取出，沒有傷到重要的血管，生命狀態極為穩定——如果用旁人的眼光，可能會說這是發生了奇蹟；但就皓修來說，這不過是幸運地碰上百分之三十的手術成功率吧。

雖然還在昏睡，但甦醒只是時間的問題了——若真的要硬找缺點，大概就是頭側會留下明顯的疤痕吧？

皓修慢慢地走到醫院外人行道上的公共電話亭，撥了通電話回家。

「爸、媽，成功了，能拯救別人的感覺……真的很棒。」他說道。

電話那頭說了些什麼——

「我等等就回家吃晚餐了。」皓修笑了起來：「是呀，好久沒陪你們好好吃飯。」他沒有注意到，對街的某台車裡，有個人露出盯上獵物的眼神。

「唉，我有個想法。」皓修突然想到什麼。對街車內酒味瀰漫，正醞釀待會的「意外」。引擎發動。

「我們家不是還有空房間嗎？」皓修認真地向父母提議：「也許我們可以再多一個家人……」

就在此時。

車頭燈伴隨著喇叭，急速朝皓修逼近。電話亭內的他，只來得及錯愕轉頭，視線就三百六十度旋轉起來——

砰！

碎玻璃四處噴濺，他也狠狠摔回地上。撞了他的汽車，在人行道上胡亂地打轉後，飛快地往旁邊狂飆而去。

皓修躺在地上，鮮血汩汩流出。他呆呆地看著天空，直到耳邊響起呼喊聲也沒注意到。

「……皓修！」

「立刻報警，肇事的人逃走了！」

「擔架呢？快把擔架抬過來！」

「學弟，看著我，保持清醒！」

「快！準備A型血包，要手術室立刻預備！」

這些呼喚，皓修都聽見了。但他也聽不見。在逐漸渙散的意識裡，只剩一縷殘存的意念支撐著他。

「我不可以在這邊倒下……我跟她約好了……」他舉起染血的手，似乎想抓住什麼。

「我……」最終，卻什麼也沒抓到。

黃皓修，二〇〇一年死亡。

享年二十五歲。

31

陽光輕輕地拂過臉頰。皓修睜開眼睛時，淚已成海。

這個夢……不，這份記憶，就好像涓涓細流般流入他的靈魂，將所有埋藏起的細節都喚醒了。全部都想起來了。屬於黃皓修的回憶，屬於余思蘋的回憶。這兩者相互交織，讓他終於想起一切。

他與余思蘋的緣分，並不是從那間教室開始。而是更早、更早之前。那枚戒指，的確曾屬於他，卻透過這樣的方式轉交到余思蘋手中。而她就這樣守著這份自己來不及履行的約定整整十五年。明知道自己已經死了，明知道她在等的是一份虛幻，她依然在等。

「……」皓修慢慢地從床上坐起。

這裡是余思蘋的房間，也是他曾經的房間。死神在最後七天，把他的回憶還給了他。或者說，把「他們」的回憶都還給了他。

皓修看著枕邊的那本日記本，本子上貼著一張便條紙。

當你看到這本日記時，一切大概正如我所想的那般發生了。

抱歉了，你才是被留下的那個人。

我先走一步了。

娟秀的字跡，屬於余思蘋；但是握著筆的手，屬於他。

皓修有了某種預感，不禁發出負傷般的呻吟，慢慢轉頭看向一旁的鏡子。

鏡中的倒影，映照出與昨天截然不同的身體，但卻是最熟悉不過的面容。

鏡中，余思蘋正靜靜看著他。

女子的臉頰上帶著乾涸的淚痕，那是屬於她的最後痕跡。而她眼中此時湧現的，卻是屬於皓修心碎的眼淚。一剎那間，他明白了一切。

皓修的手微微發抖著，伸向那本日記。翻開。

皓修。

你是這世界上第一個看到我日記的人。當你翻開這本日記時，也代表我的生命已經結束了吧？我將我的一切都寫在這本日記裡了。

對不起。

我沒有遵守約定，本來說要陪你最後七天，卻用這種方式先離開你。我知道你一定很驚訝、也很難過，但我還是希望你能冷靜地看完。這是一份艱難的選擇——我必須選擇，哪一方要成為先離開的人。

雖然只差了一週，這是注定改不了的，但還是讓我掙扎很久。我猶豫了半天，後來察覺到我真的無法承受失去你的痛苦——我沒辦法想像沒有你的人生，哪怕只是短短七天，我太害怕那種感覺。都怪你讓我人生最後一段路，過得實在是太幸福。

我有好多話想跟你說，但在我還活著時，我不能透露任何資訊。所以只能透過這種方式告訴你。因為我必須遵守死神訂下的規矩——是的，我也和死神做過交易。我也有屬於我的死神七規。

我並不是存心要騙你，因為作為代價，我忘記了我與死神「交易」過的一切相關記憶；是直到遇見你、聽見你訴說關於旅行的點點滴滴，才隱約察覺到這一切。

在最後七天時，死神才讓我取回了所有記憶。

我第一次遇見你時，我就說過——我最討厭別人遲到了。而你的確遲到，這一遲到就是十五年。你一定想問，我到底是何時發現你的真實身分，對吧？其實在我們從澎湖回來以後，就開始懷疑了。一開始只是莫名的既視感，到最後愈來愈多蛛絲馬跡，讓我做出聯想。

你喜歡聽鄧麗君的歌，在我的抽屜裡，有一整疊上個世代的錄音帶。你喝拿鐵一定要加滿三包糖，但你似乎忘記這個黃金比例，所以總是點了又不喜歡喝。你困擾時會搔鼻子，你不知所措時會抓後腦。你喜歡綠色跟紅色，討厭粉紅色。你熟悉澄心醫院的布置。你對醫學方面的深刻理解。你對人偶做CPR。你對雙手的愛護遠超過普通人。你也是左撇子。明明是第一次來我們家，你竟然就會自動避開第七節樓梯。你知道爸的喝酒習慣，所以能精準地替他調出啤酒和冰塊的完美搭配。

我不怪你隱瞞我，這部分也是你該遵守的條件，對吧？

當我知道你的確就是我一直在等待的那個人時，我真的覺得好快樂、好快樂。

無法辨識他人的人生，其實非常痛苦，也非常寂寞。說來有點丟臉，我之所以在家裡放了個安東尼，就是為了練習與人群互動；藉著跟塑膠模特兒對話、吃飯、唱歌，我希望能學到和正常人相處的方式。效果顯然不太好。幸好終於遇見了你。幸好還是遇見了你。

我猜，一定是你拯救我的那一天，在我代替你死亡時也得到了你的一部分生命，所以才能認得你吧？這個想法也許過於天馬行空，但卻讓我非常幸福。你救了我，你成為了我，你連結了我，你圓滿了我。

也因為察覺到這點，當我得知你只剩下四十九天的生命時，我也愣住了。如果我的猜想正確，我得到了你一半的生命，那我們離開世界的時間點，將會非常、非常靠近。幸好你沒有不告而別。幸好你坦承了，我才能提早做好心理準備。

你曾問過我，先離開的人與被留下的人，哪個比較痛？我曾問過你，如果得知自己的生命正在倒數，你會想做什麼？這些問題的答案，都好痛。我不想面對，卻被迫面對。

但到了最後，你替我戴上戒指的那一刻，一切不安都消失了。再怎麼害怕、再怎麼不捨，我都慶幸自己當初有活下來。所以才能遇到這麼棒的養父養母，遇到我最好的朋友，遇到你。

臉盲症帶來的痛苦，讓我學會珍惜僅有的一切。無法和正常人好好相處，讓我能夠更珍惜你們。

皓修，我愛你。也謝謝你愛我。

千萬別忘了，我們約好的——最後要說的不是道別，而是說聲「再見」。

我有個心願——最後七天請帶著我的身體，去看看蒲公英的花海吧。

# 32

今天的風很溫柔。風中，嘆息著最後的命運。

皓修回到了５０３教室。這個時間點，這裡不會有任何人，只有他。還有一個像是早就在這邊等他的人。

「死神。」皓修平靜地說道。

「嗨。」死神舉手打了個招呼。

皓修慢慢地走到他專屬的位置旁，卻沒有坐下。他看了這座位一眼，隨即繼續往講台上走去。

站定——原來她平常看出去的視野，就是長這個模樣啊？

「……」皓修默默地看著空無一人的底下。

「謝謝你，沒有對我發火。」死神開口了。皓修的嘴角牽了一牽。

「一開始的確想責怪你，但……」

責怪任何人並沒有意義，尤其是在余思蘋展現出這麼強烈的覺悟後，況且，皓修也慢慢理解了，死神只是命運中的一部份，甚至還幫了他們許多忙。

岸邊慢跑的辣妹，葬禮中的工作人員，畫攤的老闆娘。有些乍看下只是風的耳語，其實是祂在適當時機推人們一把。

「讓她七天後離開的，應該是大腦內的腫瘤吧？」皓修喃喃說道，輕輕地摸了摸大腦：「這是無法避免的後遺症。」

「她本該在睡夢中安詳離去的。」死神坦然。就是那腫塊，讓她大腦產生了某種變異，變得無法分辨人們。

「……」

「以她的狀況，能多活十五年已經是奇蹟了。」

「奇蹟嗎？」皓修忍不住笑了。此時的他，已經釐清了所有思緒。

十五年前，皓修本該去替顏龍動手術，而余思蘋會在當晚死去。但他推開了ＶＩＰ的手術資格，而是選擇拯救小女孩。商場大老一個不愉快，找人來教訓他一頓。意外就此發生。本該死去的余思蘋活下，本該繼續活著的黃皓修死了。

「所以，從那個時刻開始，她就繼承了我的壽命，對吧？」皓修問。

「沒錯。」死神點點頭：「你們對分，所以是一人一半。」

「也就是說，我本來也只能活到五十五歲？」

「操勞成這樣，能活超過三十五歲就該偷笑了。」死神一攤手。皓修苦澀一笑。

「所以，她才能認得我。」他吸了一口氣。

「畢竟你們使用的是同一份生命。」死神再次頷首：「所以，對於你告訴她交易這件事時，我才能夠處理得這麼寬鬆。」

皓修注意到，死神用的是「才能夠」而不是「才會」。

這代表有很多事情都是他睜一隻眼閉一隻眼的結果；一旦將他們兩人視為同一個人，死神七規中前幾條都可以「繞」過去——

美其名打擦邊球，其實就是鑽漏洞。這是死神的溫柔。

「也因為我們一人一半，所以離開世界的時間點才這麼近。」皓修喃喃說道。死神第三次點點頭。

「還有什麼疑問，儘管問吧。」他凝視著皓修。

「思蘋她到底跟你做了什麼交易？」皓修問。

「這個嘛……」死神開口。

十五年前的那一天，皓修的葬禮上。

頭上纏滿繃帶的小思蘋，愣愣地坐在椅子上。四周發生的一切都難以理解，所以她很困惑。為什麼她好不容易醒來，但拯救她的人卻走了？為什麼她滿心期待，想將戒指物歸原主時，卻發現原主人已經失約了？

不知不覺，淚水模糊了視線，也漸漸模糊了所有人臉。小思蘋站起，慢慢走出會場。外頭是大雨。這陣子一直、一直在下雨。一個一身黑衣服的人，適時地遞來一把傘。

「余思蘋妹妹。」對方開口，嗓音很輕。

「……」小思蘋慢慢轉頭看向那人。

那是一個很模糊的人影，一身黑衣，但無法辨識容貌。

而這人一開口，便是讓人難以理解的話。

「我是死神，我帶著一筆妳有權拒絕的提議而來。」自稱死神的人物說道。

「……」小思蘋處在悲傷中，聽不懂對方的話，也沒什麼心思去聽。

「人的死亡早已注定，但是只有在極少數的狀況下，會出現意外。」死神用溫和的語速說道：「這種極為罕見的情況，我們統稱為『系統的bug』。」

「……」

「妳本來在那天就應該要死去的。」死神繼續說：「但是，那位醫生推開了屬於他本來榮華富貴的命運，選擇了替妳動刀。」

「……！」小思蘋一震，茫然的眼中出現一抹情緒。

隱約，她知道對方說的一切都是真的。

「也因為他的這個選擇，他死了。」死神道。

「……！」小思蘋張了張嘴，慢慢意識到死神話中的意思。

「也就是說，拯救了妳的醫生，他代替妳死去。」

「我……」小思蘋猛然轉身，伸手抓住死神的褲管：「我不要這樣！」

不管對方說的是真是假，她都拒絕這樣的可能性。

「我知道。」死神蹲下身來，平行看著小女孩的眼睛：「妳也是善良的孩子。」

「我才不要他救我！」小思蘋哽咽起來：「我寧可自己死掉！我寧可他繼續活著！」

「我知道。」死神深深地說道。

他很清楚，就算讓那個醫生有機會重新選擇一次，讓他提前知道自己可能面對的命運，他還是會拯救這個小女孩。這份善良，觸動了死神。關鍵來了。要讓這份交易文件生效，還差一個條件。

死神說道：「本來，每個人的生命都有固定的長短——妳現在繼承的，是屬於那位醫生的壽命。」

「我可以還他嗎？」小思蘋脫口：「一命換一命。」

「不可以。」

「……」死神果決的話語，讓小思蘋感到絕望。

「但我一開始就說了，我帶來一份妳有權利拒絕的提議而來。」死神微微一笑。

「……？」小思蘋精神一振：「你能讓醫生復活嗎？」

「人死不能復生。」死神搖搖頭。

「那……」

「但，我們可以來一記擦邊球。」

「怎麼做？」

「這個部分就得靠我的專業技術了。」死神微微一笑，「不過妳也不該知道更詳細的內容，那不是妳該了解的。」他頓了頓，提出關鍵：

「妳只要先明白，若是妳答應的話，將會損失一半的生命。」

「……」小思蘋一愣。

「假設妳本來能活十年，那妳就剩五年可活。」死神說道：「假設妳本來能活四十年，那妳就剩二十年。」

假設她本來只剩一年可活，減半後將剩下更少的，半年。

「我願意。」小思蘋毫不猶豫地回答。

「完全不思考？」死神有點訝異。

「不需要。」小思蘋果決地說道。

「好吧。」死神從懷中取出一份文件，輕輕放在小女孩面前：「如果妳確定了，在這邊蓋個指印吧。」

小思蘋看著那份文件，毫不猶豫地印上大拇指。沒有印泥，卻依然浮現指紋。

「契約成立。」死神點點頭。他將那疊契約收回懷中，重新站起身體。

「接下來我必須取走妳關於和我談話的所有記憶。」死神嚴肅了一些：「妳將會忘記這份交易、忘記我。」

「我會記得醫生嗎？他真的會復活嗎？」小思蘋急急地又問了第二次。

「妳會記得他，但不會記得他也回到世上的這件事。」死神搖搖頭：「而且他回到這世界的方式，可能會和妳想像的不太一樣。」

「如果我忘記他已經回到這世上，我該怎麼……」小思蘋一呆。不過她很快就把這問題吞回去，這不該是她關心的重點。

「那……他會快樂嗎？」她換了個角度問。

「這問題妳應該要在蓋章前就問呀……」死神苦笑。他還是很有耐心地回答了。

「我想，他會快樂的。」死神暖暖地說道：「因為他跟妳一樣，有非得回到這世界不可的理由。」

「什麼理由？」

這一次死神沒有回答，僅僅一笑。他伸出手，輕輕地摸了摸小思蘋的頭。

小女孩反射性閉上眼睛。等她再次睜眼，雨水已經重新淋回身上。她愣愣地站在雨中，記憶裡關於剛剛五分鐘內的一切都消失了。

「……」小思蘋低頭，看著掌心中的那枚戒指。

就這麼呆站了許久，直到全身濕透。她不記得交易。她忘記了死神。但她還記得，要把這個戒指還給那個男人。

一對夫妻注意到淋雨的小女孩，走上前來關心。

「……」小女孩吸了吸鼻子，握緊了戒指。

她離開會場時，心裡卻已經種下一個潛意識。那是一份，對方來不及履行、而自己將會一直等待下去的約定。

同一處葬禮，另一邊。

「黃皓修先生，我必須很遺憾的通知你兩件事情。」

「哪兩件事情？」

「第一件事情，你已經死了。」

「什麼？」

「第二件事情，你本來不該死的。」

「什麼！」

「不過別擔心，我是來補償你的。」

「等等，你到底是誰？」

「我是死神，帶著一筆你無法拒絕的交易而來。」死神笑著，秀出了剛剛的那份合約。還處於茫然狀態的皓修，也沒注意到這份合約上已經有另一個指印，就這麼傻傻按下。

兩個指印，一大一小，就這麼在這份契約上相偎相依著。要一直等到十五年後，它的主人才會再次相逢。皓修離開會場時，心裡只有一個念頭：那是一份，自己來不及履行的約定。

「……」皓修默然。

原來如此。如果當初余思蘋拒絕了死神的提議，那皓修就沒機會開始旅行。余思蘋則可以得到完整的壽命繼承權——也就是再十五年的人生。

就如同死神所言，死亡是公平的，也是不公平的——沒有人規定好人一定會活得比較久，壞人又能及時得到報應；就算余思蘋因為自私而不願意讓出生命，也不會因此損失什麼。

就像顏龍，這輩子做了許多見不得光的壞事，卻仍然壽終正寢。

這就是死亡的公平。平等的不公平。

「不過……」皓修看向手指。屬於余思蘋的纖細無名指上，戴著一個銀色戒指。

「謝謝你，死神。」皓修說道：「讓我們都有了第二次的機會。」

「我只是希望能給你們一點點的救贖罷了。」死神嘆息。

「這樣就夠了。」皓修站起來，就準備離開教室。

「你要去哪？」死神問道。

「我本來和她約好，最後七天有些地方一定要去。」皓修灑脫一笑：「雖然她爽約了，但我還是想去看看。」

嘖嘖，先去好好戲弄一下余思蘋的朋友好了——不過隨便一想，好像也只能舉出劉心瑀這個例子。

而且他也可以趁機體驗一下臉盲症的生活；或是去戲弄一下那個顏家小少爺，全當作當年的小小報復？或是就真的頂替余思蘋，替學生們上一堂亂七八糟的課程？還是寄給出版社一本無字天書，說這就是她最新的靈感？

皓修打著如意算盤，似乎打算在短短七天內，徹底敗壞余思蘋過往的名節。

「別忘了死神七規。」死神只能提醒。

死神七規。

第一，不能探詢自己的過往。

第二，不能讓其他人意識到「黃皓修」的存在。

第三，不能讓其他人知道有關死神、有關交易的一切。

第四，不能影響社會秩序。

第五，不能提早結束附身者的生命。

第六，無論如何，附身者延長的壽命都只有七天。

第七，無論如何，附身者離開世界的方式不會改變。

「都已經最後七天了，你還想來掃興嗎？」皓修嘟囔。

「不，我不是那個意思。」死神搖了搖頭：「你有想過，我為什麼要擬定第七條嗎？」

的確只有第七條，是目前為止最沒意義的安排。

「……」皓修皺了皺眉：「不就是為了穩定人間的平衡嗎？」

死神笑著搖了搖頭。

「七規中的第七條——余思蘋本來離開的方式，是幸福祥和的離去。」死神說道。皓修一愣。

「所以你七天以後，也務必要幸福、平靜地離開這世界。」死神認真說。

「是嗎？」皓修看向窗外。晨曦之中，一陣風吹來。皓修帶上了悲傷、卻又溫柔的笑容。

務必要幸福、平靜離去的最後七天呀……

首先，就找一個有著蒲公英花海的地方，然後好好地做一個夢吧。

【全書完】

鏡小說 028

# 邀請妳參加我的每一場葬禮

作者：穹魚
責任編輯：王梓耘、陳彥廷
責任企劃：林宛萱
美術設計：張巖
副總編輯：鄭建宗
總編輯：董成瑜
發行人：裴偉

出版：鏡文學股份有限公司
11070 台北市信義區東興路 45 號 4 樓
電話：02-6633-3500
傳真：02-6633-3544
讀者服務信箱： MF.Publication@mirrorfiction.com

總經銷：大和書報圖書股份有限公司
242 新北市新莊區五工五路 2 號
電話：02-8990-2588
傳真：02-2299-7900

內頁排版：宸遠彩藝有限公司
印刷：漾格印刷股份有限公司
出版日期：2020 年 3 月 初版一刷
ISBN：978-986-98373-7-8
定價：380 元

國家圖書館出版品預行編目 (CIP) 資料

邀請妳參加我的每一場葬禮 / 穹魚著. -- 初版. -- 臺北市 : 鏡文學, 2020.03
376 面 ; 14.8×21 公分 . -- ( 鏡小說 ; 28)
ISBN 978-986-98373-7-8( 平裝 )

863.57　　109001524